김을동과 세 남자 이야기

김을동과 세 남자 이야기

초판 1쇄 발행 2011년 12월 8일

지은이   김을동
펴낸이   김순정
펴낸곳   순정아이북스

편집팀장   김민수
편집   도원경, 오효진
녹취정리   황내도, 박경남 외1
교정·교열   이수경
디자인   장유진
사진촬영   단스튜디오
사진제공   김을동 의원 사무실·김좌진 장군 기념사업회
도움을 주신 분 이원철

출판등록   2002년 10월 8일 제16-2823호
주소   서울시 서초구 서초동 1330-18 현대기림빌딩 704호
전화   (02)597-8933 팩스 (02)597-8934
이메일   bestedu11@hanmail.net
홈페이지   www.soonjung.net

ISBN 978-89-92337-29-8 (03810)
값: 15,000원

김을동과 세 남자 이야기

김을동 지음

순정아이북스

세상에는 거부할 수 없는 운명이라는 것이 있다.

나의 이름 앞에 붙는 수많은 운명적 수식어 앞에

이제 떳떳하고 싶다.

"김을동이 아주 늦복이 터졌구나!"

마음을 터놓는 오래된 친구들은 요즈음 내게 이렇게 말하곤 한다. 그들이 이런 말을 하는 데에는 내 지난 세월을 훤하게 꿰차고 있기 때문일 게다. 어느덧 60을 훌쩍 넘긴 이때 내 인생을 되돌아보면 '인생만사 새옹지마' 라는 말을 실감케 한다. 예쁜 외모와는 거리가 먼 내가 온 국민이 다 아는 연기자로 자리 잡은 것도, 연기자에서 무모하게 정치판에 뛰어들어 지금껏 버텨온 것도, 비례대표 5번으로 드라마틱하게 국회의원이 된 것도 모두 기적이었다. 어디 그뿐인가! 연기에 도통 관심도 없던 아들은 어느 순간 연기자가 되더니 이제는 '한류스타' 라는 칭호까지 달았다. 누군가 인생은 우연의 연속이라고 했는데 가만히 돌아보면 우연만은 아니라는 생각이 든다. 어쩌면 그것은 운명이 아닐까……. 거부하려 해도 소용돌이치듯 더 빨려드는 강한 이끌림! 그런 운명의 끌림에 의해 그렇게 안간힘을 다해 살아온 것은 아닌가 싶다.

"저기, 김두한의 딸이 지나간다."

"김좌진 장군의 손녀잖아."

"주몽 엄마야! 송일국의 어머니라구."

5

사람들은 내가 지나가면 이렇게 쑥덕거리곤 한다. 나 '김을동' 이란 이름보다 내 할아버지, 아버지 그리고 이제는 아들까지 내 이름을 대신한다. 너무 유명한 가족들 덕분에 다른 이들보다 늘 관심의 대상이 된다.

"아버지는 어떤 분이셨습니까?"

"할아버지가 독립 운동가셨는데, 독립군의 후손으로 사는 것은 어떻습니까?"

"아드님을 어떻게 키우셨나요?"

내가 철이 들고나서부터 지금까지 지겹도록 받았던 질문들에 대해 나는 일일이 솔직하게 답하지 못했다. 내 가족에 대해서 묻는 사람들마다 전부 그들을 붙잡고 얘기해줄 수도 없는 노릇이고, 또 내가 말 한마디라도 잘못하면 그 파장이 엄청날 것이기 때문이다. 그만큼 나의 인생에서 '가족' 은 너무나 무거운 존재였다. 때로는 상처로 얼룩지고, 때로는 서로의 존재감을 빛내주는 운명 같은 우리 가족사.

간간이 사람들에게 할아버지, 아버지, 일국이의 이야기를 해주면 사람들은 너무나 흥미롭게 들으며 눈을 반짝거린다. 이런 이들을 대할 때마다 언젠가는 나의 가족사를 정리하여 책으로 한번 내보는 것도 괜찮겠다는 생각을 했다. 그런데 워낙 글재주가 변변치 못한지라 차일피일 미루다가 이제야 이렇게 책을 낼 결심을 하였다.

비록 내가 지금 국회의원의 신분이긴 하나, 이 책은 여느 국회의원들의 책과는 많이 다름을 미리 말씀드리고 싶다. 이 책은 심각한 정치 이야기도 아니요, 그렇다고 인생에 대한 심오한 철학책도 아니다. 김을동이라는 배짱 두둑하고 소탈한 여인네의 수다라 여겨도 좋을 만큼 단순히 내가 겪고, 느끼고, 생각한 솔직함을 있는 그대로 담기 위해 노력했다.

3천의 독립군으로 5만의 일본군을 물리치신 대한독립군 총사령관 백야 김좌진 장군, 협객이며 정치인으로서 정경유착의 부정부패를 질타하며 국회에 똥물을 퍼붓던 시대의 풍운아 김두한, 아버지의 뒤를 이어 최초의 부녀 국회의원이 된 연기자 김을동! 그리고 나의 대를 이어 연기자의 길을 걷고 있는 아들 송일국까지. 4대(代)가 대한민국 인명사전에 올라 있는 유별난 우리 가족의 얽히고설킨 이야기에서부터 나의 정치이야기까지, 숨겨진 가족사의 기나긴 여정을 거슬러 올라가고자 한다.

작은 바람이 하나 있다면 이 책을 읽는 동안 두어 번만이라도 소리 내어 웃어 주신다면 나에게 그보다 더한 만족은 없을 것 같다. 그렇게 유쾌하고 통쾌하게 다가가고 싶다.

혹시나 나의 주관적 견해와 실명을 거론함으로써 불편을 드렸다면 넓은 아량으로 이해해 주시길 바라며……. 마지막으로 지금의 김을동이 있기까지 언제나 지원군이 되어준 나의 가족과 연기자 선후배 동료들, 내가 어려울 때 곁에서 도움을 주고 격려를 아끼지 않았던 지인들과 친구들에게 감사의 마음을 전하고 싶다. 또한 오랜 시간 책이 나올 때까지 애써주신 순정아이북스 출판사 가족들의 노고에도 깊이 감사드린다. 그리고 나의 업(業)을 함께 해 주고 있는 백야 김좌진 장군 기념사업회 가족들, 의원실 보좌진들에게도 고마움을 전한다.

2011년 12월
세월의 종점이자 시작점에서
김을동

차례

한 순간의 주연보단
영원한 조연이 낫다

내게 있어 연기는 하나의 생명이다. 이를 통해 나는 많은 것을 얻었다. 우선 연기자라는 내 삶과 조연으로 다양한 인생을 살며 누구보다 사람의 마음을 깊게 이해하는 시각도 얻을 수 있었다. 그리고 무엇보다 내 주변의 조연들을 다시금 둘러보고 성찰하는 계기도 되었다.…… 그러고 보면 결국 이 모든 일이 운명이라는 말밖에 달리 설명할 길이 없다. 만약에 누군가 내게 어떻게 배우가 되셨냐고 물으면, 이렇게 대답할 것이다. "나는 반드시 배우가 되어야 할 사람이었고, 그것을 지켜나간 사람이었을 뿐" 이라고.

운명적 만남,
연극에 미치다

나의 첫 운명적 끌림은 10대에 찾아왔다. 내 나이 열다섯 살, 중학교 2학년이던 그때에 미치도록 견딜 수 없는 하나를 알게 됐다. 그 시절 대개의 소녀들이 첫사랑이라는 열병에 온 밤을 토해냈듯이 나 역시 그와 같은 가슴앓이를 하게 된 것이다. 비록 대상이 사람만 아니었을 뿐, 그것은 나의 첫사랑이자 숙명이었다.

"을동아! 코빼기도 안 뵈고 그새 또 어딜 나간 거야! 을동아!"

집에서는 늘 나를 찾는 소리가 끊이질 않았다. 학교에서 돌아오면 다녀간 흔적만 두고 휑하니 사라져 해가 다 져서야 들어오기 일쑤였다. 그러니 어머니의 음성이 담벼락을 넘는 날이 잦았고, 공공연히 '을동이 집에 없다'를 이웃에 알리는 셈이었다. 때문에 당시 나는 천방지축 왈가닥으로 동네에서 나름 유명했다.

사실 이상하게도 집안 여성 중에서도 나는 유별난 구석이 있었다.

장군의 부인답게 엄하시고 강직한 할머니가 계시고, 누가 봐도 천상 여자라 할 만큼 단아한 어머니 밑에서 보고 자랐음에도 여성스러운 성품은 드물었다. 도리어 드센 남성의 자유분방한 기질이 다분해서 집안에서는 거의 돌연변이로 통했다. 게다가 마음에 드는 것을 발견하면 앞뒤 볼 것 없이 그것에만 몰두했다. 마치 나의 아버지(김두한)처럼 말이다. 이런 나의 고지식하고 고집스러운 성격 탓에 내 중고교 시절은 공부보다는 다른 것에 뜻을 두게 되었다.

요즘 아이들이 드라마나 영화를 보며 열광하는 것처럼 1960년대에 아이들의 눈길을 끄는 것은 바로 연극이었다. 당시 나는 선풍적으로 인기몰이를 하고 있던 한 여성국극(여성단원들로 이루어진 창극의 한 갈래로서 연극의 한 장르)을 보고 난 후에 연극이라는 예술문화에 완전히 매료되었다.

한창 감수성이 무르익는 중학생 소녀에게 연극은 눈이 번쩍 뜨일 만큼 새로운 세계였다. 심지어 연극이라는 세계를 알게 해 주신 신에게 감사드릴 만큼 그저 단순히 보고 즐기는 것에 그치지 않았다. 그것은 나를 사로잡고 이끄는 멋진 꿈으로 다가왔다. 비로소 나는 연극이라는 짝사랑으로 가슴앓이를 시작하게 된 것이다.

어머니는 하나뿐인 자식이 열심히 공부하기를 얼마나 바라셨던가. 하지만 나는 공부에 별로 관심이 없었다. 오로지 나에게는 '어떻게 하면 연극을 한 편이라도 더 볼 수 있을까'로 골몰한 시간뿐이었다. 덕분에 난 몇몇의 방법으로 마음껏 연극을 볼 수 있었다.

지금에 비할 수는 없겠지만 그 시절에도 학생들에게는 참고서와 학습과 연계된 책이 많이 필요했다. 특히 '전과'라고 해서 두꺼운 참고서가 인기가 좋았는데 두께만큼 가격도 꽤 나가는 고급책 중의 하나였다. 남들은 전과를 자신의 공부의지를 불태우는 데 사용했지만 나는 연극관람 의지에 바쳤다. 어머니께는 전과를 산다고 용돈을 받고서 연극티켓을 사는 데 전부 써버렸던 것이다. 비단 그것만이 아니라 학습에 필요한 책이 생길 때마다 책값을 받고 마음껏 연극을 보러 다녔다. 때때로 도가 지나쳐 의심 받을 정도로 필요 이상의 책값을 부르곤 했다. 하지만 그럼에도 어머니는 단 한 번도 잔소리나 미심쩍은 눈길 없이 달라는 책값을 모두 챙겨주셨다. 생각해보면 우리 살림이 그리 넉넉지 않았음에도 어머니는 어디서 매번 그런 돈이 나온 걸까? 오히려 집안은 돌보지 않고 생활비도 한 푼 가져오지 않는 남편에 돈만 타가는 딸내미로 가정 형편은 늘 어려움을 면치 못했다. 겨우 어머니의 삯바느질로 힘겹게 살림을 꾸려나가는 정도였다. 그런데도 못난 딸은 공부는 뒷전이고 거짓으로 돈을 받아내 연극구경만 다니고 있었으니 동네 사람들이 혀를 찰 노릇이었다.

그렇게 받은 책값으로 진짜 공부를 했더라면 지금쯤 나는 대한민국 최고의 엘리트가 되어 있지 않았을까……. 하지만 그처럼 고생하셨던 어머니께는 너무 죄송한 말이지만 엘리트의 길은 나의 길이 아니었음을, 나는 일찍 시인하고 말았다. 언제부턴가 책값으로 받은 용돈은 고스란히 연극을 보러 다니는 데 쓰였다.

나는 돈을 받자마자 곧장 책방이 아닌 극장으로 뛰어갔다. 어머니에 대한 죄책감을 떨쳐버릴 만큼 연극이 너무 좋아 어쩔 줄 몰랐다. 주말이면 하루 종일 극장에 앉아 아침부터 저녁까지 있는 공연을 모조리 섭렵하고 지방공연도 따라다녔다. 어디 그뿐이랴! 연극공연을 갈 때마다 배우들에게 줄 선물을 바리바리 싸서 줄 정도로 광적인 연극팬이었다. 요즘 내 아들 일국에게 산더미처럼 들어오는 선물 꾸러미를 보면 그때의 내 모습이 투영되는 것 같아 이런 말을 건네기도 했다.

"이게 다 50년 전에 엄마가 뿌렸던 선물들이다. 지금 너한테 다시 돌아오는 것 보니 역시 세상에 공짜는 없어."

이렇게 당당히 너스레를 떨 수 있을 정도로 당시 나의 연극사랑은 대단했다. 어찌나 푹 빠져있었는지 연극배우의 대사를 들으면 그날 배우의 컨디션 상태를 알아맞힐 정도였다. 그러니 책값으로 마음껏 연극을 볼 수 있었던 시간이 얼마나 행복했겠는가! 남들 이목은 신경 쓸 겨를 없는 몰아지경이었다.

연극에 대한 열정은 고등학교 입학 후 절정에 이르렀다. 1학년 때의 일이었다. 우연히 교내 게시판에 붙은 벽보를 보게 된 나는 극심한 전율을 느꼈다.

'회색의 크리스마스 배역 공모'

연극배우를 모집한다는 글이 뚜렷하게 들어왔다. 늘 바라만 보던 연극무대에 직접 설 수 있는 기회가 찾아온 것이다. 드디어 짝사랑하는 상대와 마주 바라보는 날이 내게도 온 것이다. 이 얼마나 고대했던 순간인가! 내 선망의 대상을 섣불리 놓칠 수 없기에 난 그날을 되뇌고 또 되뇌였다. 오디션이 있던 전날은 도통 잠을 이루지 못했다. 걱정과 불안도 있었지만 무엇보다 설렘이 커서 오디션장에서도 적잖이 상기되어 있었다.

오디션 과제는 의외로 간단했다. 압정이 있는 의자에 앉았을 때의 반응을 연기로 표현하라는 것이었다. 누구나 쉽게 상상할 수 있듯이 대부분의 참가자들은 모두 똑같은 연기를 펼쳤다. '아얏' 하고 소리를 지르며 벌떡 일어나서 얼굴을 찡그리는 것이 전부였다. 이러다가는 오히려 눈에 띄는 일이 쉽지만은 않을 것이란 생각이 미쳤다. 나는 다른 사람과 좀 더 차별화된 방식이 필요했다. '압정에 찔렸을 때 나라면…….' 실제 나라면 어땠을까를 거듭 고민했다. 그렇게 지속적으로 고민하면서 오디션 무대에 올랐다.

잠시 고요했던 오디션장에 날카로운 소리가 울렸다. 가운데 있던 의자가 내 발끝에서 떨어져 순식간에 무대 끝으로 내동댕이쳐졌다. '실제 내가 압정이 있는 의자에 앉았다면 어땠을까……. 과연, 어땠을까?' 비명과 함께 의자에서 벌떡 일어난 나는 그 의자를 냅다 걸어차 버린 것이다. 정말 나는 그러했을 테니까. 덕분에 나는 '형사 1'이라는 단역으로 뽑혔고, 연습 3일 만에 주인공인 아버지 역으로 전격 교체되었다. 그동안 책 대신 보아온 여성국극은 결국 내게 훌륭한 학습이 되었던 셈이다.

그 후로도 난 연극반 반장이 되어 연극이라면 만사를 제쳐 놓을 정도로 몸을 아끼지 않았다. 그때만 하더라도 무언가에 미친다는 것이 꿈을 만들고 이루어가는 시작점이라는 사실을 알지 못했다. 마냥 연극이 좋고, 날로 커져가는 연극에 대한 마음을 순순히 인정하며 받아들인 것이 전부였다. 이 같은 순수한 열정이 결국 나를 배우로 살게 한 것을 보면, 한 사람이 무언가에 끊임없이 몰두한다는 것은 그의 인생에 있어 하나의 중요한 기회로 작용하는 것만은 분명하다. 내가 그러했듯이 그때의 시간들이 공부에 투자했던 가치 못지않게 매우 귀중한 시간들이었다.

2

연기, 진정성으로
승부하다

배우 김을동. 내 이름을 수식해주는 말 중에 '배우'만큼이나 나 스스로를 자유롭게 하는 건 없다. 물론 내가 처음부터 배우의 길을 걸었던 것은 아니다.

고등학교를 졸업한 후, 나는 아버지의 권유로 중앙대학교 정치외교 학과에 입학하였다. 당시 여학생의 정치외교학과 선택은 다소 파격적 이었다. 실제로 10년 만에 여학생이 들어왔다고 하여 학과 남학생들 이 난리도 아니었다. 내가 등하교 할 때마다 주변에는 남학생들이 줄 줄이 따라다닐 정도였다. 더군다나 그때는 나도 예쁘장한 여학생 축 에 끼었다. 비록 한쪽으로 질끈 동여맨 머리와 선생님처럼 보이는 금 테 안경이 살짝 아쉽지만, 나름 우쭐될 만큼 주변의 시선도 받았다.

하지만 그렇다고 남자들에게 새침 떠는 여학생은 아니었다. 평소 내 성격을 보더라도 대학생활 역시 얌전히 했을 리 만무했다. 사람

좋아하고 소탈한 성격을 무기로 정치외교학과는 물론, 연극이라는 고리로 필연적으로 엮일 수밖에 없는 연극영화과 학생들과도 두루 친분을 쌓았다. 그러던 중 우연한 기회로 교내 웅변대회에 출전하게 되면서 더욱 유명세를 떨치게 되었다.

나는 원래 뱃속에서 울려 나오는 호흡이 긴 편인 데다 연극을 했던 경험이 있기 때문에 웅변에 대한 두려움이 없었다. 처음 나가는 웅변대회였지만 나름대로 자신도 있었고 무대도 익숙했다. 하지만 모든 일에는 예기치 못한 변수의 상황이 찾아오지 않는가. 웅변대회가 바로 그런 날이었다.

첫 음부터 기분 좋은 시작이었다. 나는 거침없는 어조로 한 문장, 한 문장을 청중들에게 던졌다. 그렇게 술술 잘 넘어간다 안심할 찰나, 불현듯 다음 내용이 떠오르지 않는 것이었다. 모두 새까맣게 잊어 전혀 기억나지 않는 것이 아닌가! 여간 당황스러운 일이 아닐 수 없었다. 이 상황을 어찌할까 내 머릿속에 온갖 생각들이 스쳐가는 사이에 침묵의 몇 분이 흘렀다. 의아해하는 청중들은 일제히 내 얼굴만 멀뚱멀뚱 바라볼 뿐이었다.

"내용을 잊어버렸네요. 죄송합니다!"

나는 잠시 흐트러진 정신을 가다듬고 고개를 숙였다. 생각지 못한 나의 사과에 청중들은 잠시 어리둥절하다 일제히 박수를 보냈다. 의외로 여유로운 표정에 솔직하게 사과하는 모습이 꽤나 인상 깊었던 모양이다. 덕분에 나는 다시 자신감을 얻어 무사히 웅변 내용을 이어갈 수 있었다. 그래서였는지 생각지도 않았던 총장상까지 타게 되었고, 친구들은 내게 "배짱 한번 좋다!"고 거듭 칭찬해 주었다. 그땐 그게 무슨 의미인지 몰랐는데 지금 돌이켜보니 배짱 두둑한 여학생이 틀린 말은 아닌 것 같다.

이때 배운 웅변은 훗날 내 연기생활에도 큰 도움을 줬다. 웅변을 통해 목소리를 틔운 덕분에 발성과 표현력에 더 힘을 키울 수 있었고, 특히 동아방송 성우로 입사하는 데 훌륭한 자양분이 되어 주었다.

1967년, 나는 처음 동아방송 성우로 입사한 이후에 연기자로 입문했다. 당시에는 나 외에도 성우로 시작하여 연기를 하는 사람들이 많았다. 김영옥, 김용림, 나문희, 전원주, 사미자, 2006년 고인이 된 한영숙 그리고 연극배우 박정자 씨 등 지금 활동하고 있는 대부분의 중견 배우들이 그러하다.

그 시절에는 아직 TV가 흔치 않아 라디오가 매우 인기 높았다. 특히 라디오 연속극의 인기는 폭발적이어서 연기를 하는 성우들에게도 배우 자질은 필수적이었다. 표정을 볼 수 없는 라디오의 특수성을 감안해서 목소리 연기만으로 사람들을 울리고 웃길 수 있어야 했기 때문이다. 연극에 미쳐 학창시절을 온전히 배우로 보낸 나로서는 천직이 아닐 수 없다. 더군다나 웅변 발성까지 익혔으니 그간 경험들은 성우로서의 연기생활을 위한 걸음이라 해도 과언이 아니었다. 대본을 받아보면 마치 연극무대가 펼쳐지는 듯했고, 캐릭터에 대한 이해와 몰입도 빨랐다. 그러니 자연히 연기력에 대한 논란이나 의심의 여지가 전혀 없었다. 이는 나뿐만이 아니라 연극무대에서 갈고 닦은 모든 연기자들에게 통하는 진리와도 같다.

실질적인 무대경험은 연기자들의 기본 덕목이자 연기력을 검증

받는 가장 어려운 관문이다. 지금도 연극배우 중에 TV 드라마나 영화배우로 전향하여 활약하는 실력파 배우들이 많다. 이를테면 설경구나 최민식, 조재현, 박해일 등 연기력에 한 치의 의심도 없는 내로라하는 국민배우들이다. 그도 그럴 것이 연극무대는 관객과의 상호소통이 이루어지는 공간으로, 브라운관처럼 NG나 실수가 용납되지도 않고 시선 처리 하나, 대사 하나에도 내면의 모든 것을 끄집어내야 할 정도로 고도의 연기력을 필요로 한다. 당연히 연극무대 경험이 풍부한 연기자가 브라운관에서도 훨씬 뛰어난 연기를 보여줄 수 있는 것이다.

나 역시 내 생애에 가장 열정적이었다 해도 좋을 만큼 최선을 다해 무대에 서곤 했다. 한번은 백일섭, 사미자 씨 등과 함께 세종문화회관 무대에서 〈바람과 함께 사라지다〉라는 작품을 올린 적이 있었다. 넓게 퍼지는 드레스를 입고 부채를 살랑살랑 부치는 우아한 부인 역이었는데, 암전상태에서 그만 무대를 전환시키는 기계장치에 허벅지를 찔리는 사고가 발생했다. 순간 비명을 내지를 만큼 극심한 통증이 전해졌고 피가 다리를 타고 줄줄 흐르는 게 느껴졌다. 하지만 내가 무대에 올라와 있는 이상 연극이 끝날 때까지는 결코 내려갈 수가 없었다. 그것이 모든 연극인의 숙명이다.

나는 자신도 모르게 새어나올지 모를 미약한 신음도 이를 악물며 참았다. 겉으로는 태연한 척 무대에 올라 최선의 연기를 펼치고 커튼콜까지 무사히 마쳤다. 공연이 끝나자마자, 급히 병원 응급실로 달려갔었는데 이미 드레스 속 패치 코트는 빨간 피로 흠뻑 젖어 있었다. 그 사고로 나는 16바늘을 꿰맸으며 전쟁 영웅처럼 훈장 하나를 몸에 달았다.

가끔 이런 생각도 해본다. 만약 그때 아픔을 참지 못하고 공연 도중 퇴장했더라면 어떻게 됐을까? 사실 상상하기도 싫지만 상상도 안 되는 일이다. 결코 내게서 그런 일은 일어나지 않을 테니까. 어떤 이유에서건 공연은 계속되어야 한다는 것이 내 연극 지론이다. 남들 보기에 참으로 미련하고 고집스러운 일이겠으나 그만큼 연극에 대한 나의 열의는 대단한 것이다.

그러나 일의 긍지와는 달리 연극배우란 벌이가 거의 되지 않는 고달픈 직업이기도 하다. 내가 연극을 하는 십여 년 세월 동안 받은 돈이 고작 합쳐 300만 원도 되지 않으니 두말의 여지가 없다. 게다가 육체적으로 고되고 복잡한 감정선을 오가다 보니 심적으로도 버티기 어려운 것이 사실이다. 그럼에도 불구하고 수십 편의 연극에 기꺼이 출연을 했던 것은 오직 연기 그 자체가 너무나 좋았던 것, 그 진심 하나뿐이다. 돈에도, 육체의 상처에도 신경 쓰지 않고 오로지 연기에만 몰두했던 그 시절. 아마도 내게 있어 가장 순수하고 아름다웠던 시절이 아니었을까! 지금도 그때의 젊음, 열정, 흥분을 그리워하며 항상 무대를 꿈꾼다. 내가 생을 마감하기 전에 한번은 다시금 연극무대로 돌아가 관객들과 마음을 마주하고 싶다.

3

스스로
조연을 청하는 사람

고등학교 2학년 때 연극경연대회가 있었는데, 우리 연극반은 〈춘향전〉을 공연했다. 내가 아직도 그때를 기억하는 이유는 내가 맡은 역할이 방자였기도 하며, 이 대회에서 나는 심사위원 전원일치로 최우수 개인 연기상을 탔기 때문이다. 받은 상이라고는 개근상이 전부였던 내게 그보다 더한 영광은 없었다. 비록 주인공도 아니고 여자역도 아니었지만 방자는 내게 특별한 의미였다. 훗날 내가 연기자로 전환하게 된 기막힌 계기가 되었으며, 내 배우생활의 방향을 은연중에 암시해주는 역이 아니었나 싶다. 조연 중에서도 결코 평범치 않은 개성 강한 역할들만 만났으니 말이다.

"너 고등학교 때 방자 역 했던 김을동 맞지?"

동아방송 성우로 한참 활동하고 있을 당시, 〈춘향전〉의 분장을 도와주셨던 전예출 선생님을 우연히 만나게 되었다. 성우생활을 하면서도 종종 연극무대에 서곤 했는데 내가 출연한 연극을 보러 오셨다 방자 역의 나를 기억한 것이었다.

"그때 방자 연기 한번 끝내줬지. 근데 왜 텔레비전은 안 하고?"

"에이, 선생님 농담 마세요! 제 얼굴로 어떻게 텔레비전을 해요."

이때만 해도 나는 공중파 방송은 예쁘고 잘난 사람들만 하는 거라 생각했다. 그도 그럴 것이 70년대 여배우 트로이카로 불리던 정윤희, 유지인, 장미희가 한창 활동한 시절이었으니 그런 생각이 드는 것은 당연한 일이었다. 게다가 나는 욕심 없이 어디라도 연기할 수 있는 무대만 있으면 그저 행복한 사람이었다. 그것이 연극이든 TV든 말이다.

"예쁜 사람만 TV에 나오란 법 있니! 배우는 연기가 얼굴이 되는 사람들이야!"

'배우란 모름지기 연기를 잘하는 게 우선'이라며 선생님은 지속적으로 나를 설득하며 한번 도전해보라고 권유하였다. 그리고는 곧장 TBC(동양방송)에 추천해주셨고, 이를 계기로 성우가 아닌 연기자로 데뷔할 수 있게 됐다. 비로소 내가 브라운관에 입문하게 된 것이다.

처음으로 텔레비전 방송국이라는 곳을 구경하게 된 나는 모든 게 신기할 따름이었다. 카메라가 어떻게 생겼는지도 몰랐고 카메라 앞에서 어떻게 연기를 해야 할지도 모르는 그야말로 신출내기였다. 그저 '연극을 할 때처럼 열심히 하면 되겠지'라는 생각으로 동작도 크게, 목소리도 크게, 정말 연극을 하는 것처럼 연기를 했다. 텔레비전이라는 것은 연극무대와는 또 다른 것인데 그것을 몰랐던 것이다. 그러니 텔레비전에서 보이는 연기는 매우 어설프기 짝이 없었다. 그나마 다행인 것은 NG 없이 녹화를 척척 해냈다는 사실이었다.

아무리 베테랑 연기자라도 방송국만 바뀌면 긴장을 해서 NG를 많이 낸다. 그런데도 TV에서는 신인인 내가 별 무리 없이 녹화를 이어가는 것을 보고 많은 사람이 감탄을 했다.

"김두한 씨의 딸이라 역시 달라. 배짱이 두둑해!"

사람들이 칭찬할 때마다 괜스레 무안해졌다. 솔직히 내가 NG 없이 녹화를 해낼 수 있었던 건, TV환경에 대해 아는 것이 전혀 없었기 때문이다. 아무것도 몰랐으니 겁이 날 일도 없다. 그저 연극무대에 서처럼 열심히만 하면 된다는 생각뿐이었다. 내가 가장 잘 아는 무대의 경험을 살려 연기를 하다 보니 당연히 위축되거나 떨리는 일이 없어 실수가 생기지 않았다. 이를 배짱으로 좋게 봐준다면 나야 고마운 일이었다.

엉겁결에 브라운관에 입성해 겁 없이 펼친 내 연기에 어떤 가능성이 보였던 것일까? 나를 추천하는 선배연기자들과 연출가 덕분에 바로 다음 일일연속극인 〈하얀 장미〉에 캐스팅이 되었다. 그 전까지의 배역은 일종의 오디션 개념이 큰 반면에 일일연속극의 조연급은 본격적인 데뷔인 셈이었다. 이 배역을 필두로 역할이 아무리 크든 작든, 내게 주어지는 연기에 최선을 다해 몰입했다. 주연이냐 조연이냐를 따지는 일은 내게 그리 중요치 않았다. 한 무대에서는 모두가 각자의 배역을 충실하게 연기하는 주인공이기 때문이다. 그리고 나는 그 안에서 바뀌지 않을 진실 하나를 깨달았다. 연기가 바로 내 삶이요, 나를 지탱해주는 버팀목이란 사실을 말이다.

내 연기 인생을 돌이켜보면 대부분 조연급이 전부이다. 극성스러운 아줌마, 남장여자, 억척스러운 광주리장수, 인색한 아내, 나이 많은 상궁 등 극중 나올 수 있을 법한 모든 배역을 다 해봤다고 할 정도로 다양하다. 게다가 역할 또한 선 굵고 개성 강한 것들이라 어지간한 인상 갖고는 명함도 못 내미는 배역들이 대부분 나에게로 왔다. 이 때문에 내가 유일하게 안 해본 역할이 있다면 그것은 바로 간호사이다. 나의 걸걸한 이미지에 새하얀 간호사복장이 어디 어울릴 법한 일인가! 요즈음 같으면 시트콤이라는 장르가 있어 상상을 뛰어넘는 캐스팅이 가능하겠지만, 당시에 내가 간호사로 출연했다면 아마도 방송국엔 항의 전화가 빗발쳤을지도 모를 일이다. 역시 자신의 주제를 잘 알고 배역을 선택하는 것도 연기를 잘하는 방법 중의 하나임이 분명하다.

솔직히 나는 그 주제를 잘 아는 연기자 중 하나였다. 처음부터 배역에 지나친 욕심이나 불만을 갖지 않았다. 뛰어난 미모를 지닌 여배우들마저 방송계에서 살아남는 일이 치열한 마당에 어떻게 내가 배역에 욕심을 부릴 수 있겠는가. 그것은 내 몫이 아니므로 일찌감치 마음을 비웠다. 그래서 동기생들 중 유일하게 나만 꾸준히 활동할 수 있었던 것 같다. 결국 다른 배우들에 비해 부족한 내 외모가 단점이 아닌 장점으로 작용한 셈이다.

애초에 배역 욕심이 없는 난 다른 배우들에 비해 스트레스가 적었다. 그동안 연극판에서 쌓아둔 기본적인 연기력과 호흡법, 성우생활을 하면서 다져진 목청이 바탕이 되다 보니 '연기' 자체에 대한 두려움이 없었고 만족도도 높았다. 스트레스 받지 않고 하고 싶은 일을 하면서 심지어 돈까지 벌고 있으니 이 얼마나 멋진 일인가! 스스로 즐기며 일한다 것은 연기자로서 생명력을 지속할 수 있는 큰 힘으로 작용했다.

누군가 어떤 배역에 나를 필요로 한다는 사실만으로 나는 감사했다. 그래서 굳이 작가나 PD들에게 잘 보이려 부도덕하거나 원치 않는 행동을 할 필요가 전혀 없었다. 물론 연기자들도 일반 회사원처럼 비즈니스를 통해 인맥을 넓혀야 하는 게 연기생활에 있어 중요하다. 하지만 내게 그런 융통성은 없었던 모양이다. 몇십 년의 연기생활에도 불구하고 친한 작가나 PD가 거의 없으니 말이다.

내가 배역에 대한 욕심을 버렸다고 해서 연기에 대한 욕심이 없었던 건 아니다. 그간 출연한 드라마나 영화를 모니터링하면 항상 부족함을 느꼈다. 언제나 내 연기의 부족한 점을 채우려 끊임없이 배우고 노력하는 일에 게을리하지 않았다.

한번은 무당 역을 맡아 연기해야 할 때가 있었다. 무당은 무당인데 어떤 무당인지 갈피가 잡히지 않는 것이었다. 남들은 무당이면 다 같은 무당이지 뭐가 다르냐 말하지만 나는 똑같은 배역이라도 연기만큼은 같게 해서는 안 된다고 생각한다. 사람이 모두 다르듯 연기자의 행동, 습관, 어투도 수시로 바꿔야 하는 것이다. 그래서 나는 전국에 내로라하는 무당들을 전부 찾아다니며 배우기 시작했다. 실제로 무당들도 지역마다 그 소리가 다르다는 것을 그때 처음 알았다.

당시 내가 맡은 역은 황해도 무당 역이었다. 나는 그쪽으로 유명한 무형문화재 김금화 분을 찾아가 무당의 호흡조절, 특징 등을 열심히 배우고 익혔다. 그렇게 고생하며 역할에 임했건만 만족할 만한 연기는 나오지 않았다. 사람들은 모두 완벽한 연기라며 칭찬해주었지만 내 자신만은 박수를 보낼 수 없었다. 그것은 내가 어떤 역할에 완전히 몰입한다 해도 마찬가지일 것이다. 자신을 만족시키는 일이 세상에서 가장 어려운 일임을 잘 알고 있기 때문이다.

배역을 맡을 때마다 늘 긴장과 설렘으로 새로운 세상을 만나는 것이 배우라는 직업의 매력이지만, 그 결과에 대해서 100% 만족할 수 없는 것 역시 배우의 숙명이다. 그럼에도 불구하고 신이 내게 다음 생을 약속한다면 나는 또 다시 망설임 없이 배우라는 직업을 선택할 것이다. 비록 주연은 아니라 하더라도, 큰 박수갈채와 사랑을 받지 못한다 할지라도 말이다.

내게 있어 연기는 하나의 생명이다. 이를 통해 나는 많은 것을 얻었다. 우선 연기자라는 내 삶과 조연으로 다양한 인생을 살며 누구보다 사람의 마음을 깊게 이해하는 시각도 얻을 수 있었다. 그리고 무엇보다 내 주변의 조연들을 다시금 둘러보고 성찰하는 계기도 되었다. 내 어머니이자 김두한의 아내로 자신의 생을 헌신하신 '이재희' 여사. 오랜 세월 아버지와 나의 조연으로 삯바느질을 하며 모진 시간을 묵묵히 감내하셨던 분. 내가 배우라는 직업을 가졌기에 지금이라도 그분의 삶을 조금이나마 조명할 수 있는 기회를 얻게 된 것이라 여긴다.

그리고 보면 결국 이 모든 일이 운명이라는 말밖에 달리 설명할 길이 없다. 만약에 누군가 내게 어떻게 배우가 되셨냐고 물으면, 이렇게 대답할 것이다. "나는 반드시 배우가 되어야 할 사람이었고, 그것을 지켜나간 사람이었을 뿐"이라고.

풍문여고 시절, 연극 경연대회〈춘향전〉방자 역으로 출연해
최우수상 수상(첫 번째 줄 맨 오른쪽 '방자' 역의 내 모습)

나의 여고 시절
(풍문여고 졸업사진)

중대 연극영화과 졸업작품〈원숭이 재판〉에서
대통령 부인 역으로 우정 출연(뒷줄 가운데)

〈바람과 함께 사라지다〉에 출연한
사미자 선배와 함께

4

조연을 위한
조연은 없다

예전에 했던 이색 설문조사 하나가 생각난다. 중년 여배우들 가운데 학창시절 싸움을 가장 잘했을 것 같은 사람을 뽑는 것이었는데, 단연 압도적으로 내가 1위를 했다. 그동안 선 굵은 역할을 해온 데다 다른 배우들에 비해 덩치가 큰 편이니 그럴 만도 하다. 게다가 주먹의 일인자인 아버지의 영향도 컸으리라. 누가 봐도 나는 강한 여성의 이미지였다.

하지만 내게도 젊고 아름다운 시절이 있었다. 요즈음 젊은 연예인들처럼 오목조목 귀엽거나 이목구비가 뚜렷한 마스크의 미인형은 아니었지만, 지금의 내 모습과는 사뭇 다른 나도 있었다. 심지어 그때 찍은 사진을 본 사람이 나를 가리켜 "이분은 누구세요?"라고 묻기까지 했다. 내심 그 정도일 줄은 몰랐는데 세월 따라 나도 많이 변했음을 느낀다. 그래도 나 또한 따르는 남자들이 많았던 꽃다운 청춘이 있었으리라! 물론 그때도 성격이 여성스럽고 얌전했던 것은 아니지만 공주대접 받던 시절이 분명히 존재했다.

촬영이 시작되고 가냘픈 여주인공이 눈물을 뚝뚝 흘리며 남자에게 이별을 고할 때, 나 역시 그녀가 되어 보는 상상을 하곤 한다. 내가 만약 저런 여주인공의 역할을 하면 어떨까? 그것은 모든 여자조연들이 한 번쯤은 해봄 직한 상상이었으리라. 조연을 아쉬워하는 것이 아니라 단순히 여자의 본능이다.

여자는 태어나는 순간부터 예쁘고 보호받고 싶은 본성이 있다. 그래서 성형을 하고 최대한 젊음을 유지하려 갖은 방법을 동원하지 않는가. 나야 그러한 노력에는 별 관심 없지만 그렇다고 예뻐지고 싶은 마음이 없는 것은 아니다. 나 역시 '지금보다 조금 더 예뻤더라면', '더욱 여성스러웠다면' 하는 생각을 종종 해본다. 많은 여성이 바라는 것처럼 때때로 공주 같은 삶을 그려보기도 한다.

사실 외모경쟁력이 요즘처럼 극심한 때가 없었다. 젊은이들의 시대가치가 그만큼 바뀌고 좋은 외모를 중요한 자기 표현수단으로 여기는 듯하다. 그렇다 보니 성형수술이 워낙 보편화되었고, 길거리만 나가도 연예인 뺨치는 선남선녀들을 수시로 볼 수 있다. 물론 얼굴보단 건강한 신체와 정신이 무엇보다 제1의 가치임은 불변의 진리지만, 이왕이면 다홍치마라고 잘생긴 외모에 호감이 가는 것은 당연지사다.

언예계 생활을 오래해서인지 나 또한 잘생긴 사람이 좋다. 언젠가 어느 프로그램에서 "아드님이 어쩌면 그렇게 잘생겼어요?"라는 말에 "글쎄, 내 눈엔 그 애가 잘생긴지 잘 모르겠어요. 솔직히 현빈이나 배용준 같은 꽃미남 배우들이 더 좋습니다."라고 말해 웃음이 터져 나온 적이 있다. 그러고 보면 '아들은 엄마와 달리 잘생겼네요.' 라는 의미가 내포된 말이지만, 날 안 닮은 것은 사실이니 스스로도 그 말을 부정할 수 없어 절로 웃음이 난다. 어쨌든 배우인 아들이 남들로부터 잘생겼단 소리를 들으니 여간 다행스러운 일이 아니다.

배우라면 특히 잘생긴 외모가 곧 경쟁력인 경우가 많다. 연기력은 훈련과 노력으로 가능하지만 외모는 어느 정도 타고나는 것이기 때문이다. 배우에게 일단 잘생긴 외모가 중요한 이유는 다양한 캐릭터를 연기할 수 있어서이다. 현실적으로 인물이 별로인 배우보다 수려한 외모의 배우가 좋은 역을 맡을 수 있는 기회가 많은 것이 사실이다. 물론 너무 조각 같은 외모는 오히려 금방 질려 한계가 드러나는 경우도 있지만 다행히 일국의 외모는 배우 하기 적당한 얼굴이란 생각이 든다.

"일국아! 네가 신성일, 김지미 씨처럼 잘생긴 배우의 아들이었다면 사람들은 큰 관심을 갖지 않았을 거다. 김을동의 아들로 태어나서 오히려 네가 돋보이는 거야! 그러니 엄마한테 고마운 줄 알아."

아들에게 농담처럼 너스레를 떨었지만 실제로 사람들은 "김을동에게 저런 아들이 있었어?"라며 일국에게 한번 더 시선을 돌린다. 오히려 내가 뛰어난 미인이 아니었기에 내 캐릭터로 인해 아들이 더욱 부각될 수 있었다고 여겨진다. 이런 것을 볼 때 공주와 같은 삶을 꿈꾸긴 했지만 그것이 그저 꿈으로 끝나버린 것이 참으로 다행이란 생각이 든다. 아들의 경우도 그렇고, 소시민의 캐릭터로 다양한 삶을 살 수 있었다는 점도, 훌륭하지 않은 내 외모 덕이리라! 내가 가지고 있는 것에 이토록 만족스러울 수가 없다.

그러고 보니 우리는 모두 인생의 주연이자 조연이 아닌가 싶다. 김좌진 장군인 내 할아버지의 손녀로, 협객이었던 아버지의 딸로, 그리고 톱스타 반열에 오른 아들 송일국의 어머니로……. 나의 수식어에는 항상 세 남자들이 따른다. 그렇기 때문에 나 역시도 함께 빛나는 거겠지. 간혹 상처가 되기도 했지만 결국 서로를 빛내주고 있는 4대(代)! 이제 볼 수 없는 두 분과 연기자로 바쁜 아들이 유난히 그립다.

대(代)를 이어 촬영에 바쁜 아들을 보면 새삼 연기자 때로 돌아간다. 나는 연기를 하며 촬영장에서 불평을 하거나 얼굴을 찌푸린 적이 거의 없었다. 그저 연기를 할 수 있게 해 준 방송국이 내게는 편안한 친정과도 같았다. 때문에 연출가나 스태프들이 조금 무리한 요구를 해도 대부분 수용하는 편이었다. 사실 연기자들이 보여지는 것과는 달리 너무나 열악한 환경에서 촬영을 할 경우가 많다. 대본만 하더라도 쪽대본으로 급하게 나와 벼락치기로 촬영할 때가 많고, 잠도 못 이루며 몇 날 며칠 강행군을 할 때도 많다. 특히 사극의 경우에는 더 심하다. 의상에서부터 대사, 몸짓까지 일반극과 달리 세심하게 체크해야 해서 신경이 곤두설 수밖에 없다. 그러니 사극 촬영이 끝나면 쓰러지는 배우가 한둘이 아니다. 연기자뿐만 아니라 스태프들도 촬영장에서의 고생은 이루 다 말할 수 없다.
이런 문제로 촬영환경의 개선을 요구하는 배우들의 시위를 심심찮게 볼 수 있다. 실제로 촬영현장의 문제는 꼭 해결되어야 할 과제이다. 배우나 스태프 모두 잠을 못 자 집중력이 떨어져서 대형 사고를 일으키는 경우도 자주 있어왔기 때문이다. 새로운 것에 민감하고 의견개진에 적극적인 시청자들의 입맛을 맞추기 위해 촬영과 대본 작업을 거의 동시에 진행하는 우리의 현실이 촬영과정의 안정성을 얼마나 담보해낼 수 있을지는 미지수이다.

이렇게 힘든 환경 속에서 찍은 드라마들이 해외에 수출이 되어 좋은 평을 얻고, 한류라는 커다란 트렌드가 생기고, 세계시장에서 경쟁력이 붙는 것을 보고 있노라면 연기자와 스태프 모두 대단하다는 생각뿐이다. 앞으로 더 내실 있는 드라마 강국으로 진보하기 위해 하루빨리 안전하고 체계적인 제작시스템이 뒷받침되었으면 하는 바람이다.

가르침이
곧 배움의 진리이다

연기를 하는 것보다 더 자신 있었던 일은 사실 연기지도이다. 방송 3사에서 드라마에 신인연기자가 캐스팅되면 그중에 연기력이 부족한 배우들을 내게 보내곤 했다. 이것을 계기로 나는 연기지도를 시작했다.

연기지도는 연기를 잘하는 것과는 또 별개의 문제다. 좋은 대학을 나온 것과 남을 가르치는 실력이 비례하는 게 아닌 것과 같다. 연기지도 역시 연기만큼 타고난 감각이 가장 중요한 요건이다. 웅변과 성우생활로 남성의 화술을 익혔고, 연극무대에서도 남자 역할을 많이 해왔던 터라 여자후배들뿐만 아니라 남자후배들에게도 연기지도를 해줄 수 있었다. 또한 대본을 발췌하는 능력이 남보다 빨라 핵심을 잘 짚어낼 줄 아는 것도 연기지도에 한몫했다. 물론 타고나길 오지랖이 넓은 성격 때문이기도 하지만 말이다.

당시 내게 연기지도를 받은 배우들은 모두 스타급 중견연기자가 됐다. 전광렬, 유동근, 박상원, 전인화, 이미연 등 지금은 모두 출중한 연기력을 바탕으로 인지도와 신뢰도가 높은 배우로 성장했다. 잠시나마 그들은 가르친 선배로서 무척 자랑스러울 따름이다. 아무튼 이런 연유로 내게 연기지도를 받는 후배들은 촬영장에서 나를 부관처럼 따라다니곤 했다. 그래서 내가 얻은 별명 중의 하나가 바로 '사단장'이었다. 남자후배들이 뒤를 따르는 모습이 마치 부대를 호령하는 장군 같다고 해서 이를 본 PD나 연기자들이 붙여준 별명이다. 이후 나는 현장에서 "김 사단장님!"이라고 불리게 됐다.

　　사실 누군가를 가르친다는 것은 또 다른 무언가를 배우는 것과 마찬가지이다. 세상에 절대적인 가르침은 없다고 하지 않는가! 나도 후배들을 가르치면서 그들이 향상된 연기력으로 인정받는 것을 보면 내심 흐뭇하다가도 내 연기에 대해 다시금 곱씹게 된다. 특히, 연기에 대한 매너리즘에 빠지지 않도록 후배들을 통해 늘 스스로를 단속하려 많은 노력을 기울였다. 가르치는 사람이 결코 우월해서가 아니라 함께 부족한 부분을 발견하고 채워가는 일임을 주지시켰다. 그래야 살아 있는 연기를 보여줄 수 있는 것이다.

　　예술을 하는 사람은 언제고 슬럼프나 매너리즘에 빠지는 시기가 찾아온다. 어떤 이들은 주기적으로 그것을 겪는 이도 있다. 간혹 한두 번의 슬럼프나 매너리즘을 이겨내지 못하고 영영 자신의 예술적인 감각을 잃어버리거나, 창작활동을 못하게 되는 사람도 봤다. 예술가에게 슬럼프나 매너리즘은 곧 사형선고나 마찬가지다. 이 같은 불행을 겪지 않으려면 창작하는 사람들은 늘 자신을 경계해야 한다. 한순간이라도 과신하지 않고 오만하지 않도록 겸손의 자세로 끊임없이 노력해야 한다.

특히 연기자들은 더욱 치열해야 한다. 엄청난 스포트라이트와 많은 팬들이 자신을 향해 열광하면 평정심을 잃기 십상이기 때문이다. 그 반대의 경우도 마찬가지이다. 주변의 소리를 여과 없이 들어야 하는 배우에게 스스로를 단속하는 일은 쉽지 않다. 따라서 연기에 대한 감각이 예전보다 못하다고 느끼거나, 연기패턴이 늘 똑같다고 스스로 깨닫게 된다면 바로 그때를 조심해야 한다. 자신이 어디까지 떨어질지는 아무도 모르기 때문이다.

그런 점에서 많은 후배들을 가르칠 수 있었던 경험은 내 연기 생활에서 참 다행스러운 일이었다. 후배들을 가르쳐야 했기 때문에 내 연기에 대해 충분히 생각하고 모니터를 할 수밖에 없었다. 그 덕분에 매번 긴장하게 되고 스스로를 무장할 수 있어서 매너리즘에 빠질 겨를이 없었던 것이다. 나로선 참으로 감사한 일이 아닐 수 없다.

많은 후배를 가르치다 보면 많이 받는 질문 중에 하나가 이것이다.

"어떻게 하면 연기를 잘할 수 있을까요?"

이미 몇 천, 몇 만 대 일의 경쟁률을 뚫고 들어온 신예 연기자들도 자신들의 연기에 대해 이렇게 푸념들을 한다. 솔직히 얼마나 답답하면 그러겠는가. 이해가 안 가는 건 아니다. 그러나 내가 말하고 싶은 것은 정말 연기는 정의를 내릴 수가 없다는 것이다. 어떻게 표현을 하느냐가 문제인데 그것도 그 연기를 하는 배우에 따라 천차만별이기 때문이다.

예를 들어 슬픔을 연기한다고 해보자. 어떤 배우는 대성통곡을 하며 절절한 마음을 그대로 표현하는가 하면, 또 다른 배우는 눈물 한 방울 안 흘리고도 심연의 아픔을 고스란히 전달하기도 한다. 결국 연기를 잘하기 위해서는 끊임없는 배역 탐구와 많은 연습, 자신의 진솔한 경험을 통해 연기에 대한 감을 익혀나가는 수밖에는 없다. 그리고 경험이 풍부한 선배들에게 다가가 자문을 구하고 진심 어린 충고와 질책을 수용할 줄 아는 자세도 필요하다.

보통 후배들은 선배들을 어려워해서 연기에 대해 속앓이를 하면서도 선뜻 가르쳐달라는 말을 힘들어한다. 그러면서 매일 연출가에게 질타를 받고, 무엇이 잘못된 것인지 모른 채 전전긍긍해 한다. 그런 후배들을 보면 내 성격상 못 본 척 넘길 수가 없다. 내 쪽에서 먼저 "그렇게 힘들어하지 말고, 일단 이리 좀 와봐!"라고 하면서 후배에게 다가간다. 그렇게 내게로 온 후배들에게 나는 곧장 실전에서 써먹을 수 있는 핵심만 뽑아 가르쳤다. 카메라를 보는 시선처리, 대사를 발췌하고 짚어내는 감, 사소한 동작들 등 아주 기본에서부터 차근차근 가르쳤다. 처음에는 자신이 맡은 배역에 대해 울상을 지었던 후배도 돌아갈 때면 얼굴에 화색이 돌곤 했다. 그래서 어떤 이들은 가끔 내 연기지도 방법을 '응급처치법'이라 부르기도 했다. 급할 때 당장 고쳐주어 촬영하는 데 무리가 없게 해준다고 하여 생긴 또 하나의 별명이다.

한때 공중파 TV 3사가 모두 사극 바람이 불어 사극 배역을 맡은 배우들의 연기지도에 한창 고심했던 적이 있었다. 특히 신인이 주연급이나 극을 이끌어가는 중요 배역을 맡았다면 연기력에 대해 충분히 검증을 거쳐야 했기 때문이다. 예전에 〈토지〉라는 드라마에서 길상이 역을 했던 배우 윤승원과 함께 전광렬, 유동근도 내게서 사극 연기를 지도받았다. 사극은 금방 대중들에게 연기력을 어필할 수 있는 좋은 기회였다.

처음 유동근이 내게 대본을 가져오면서 도움을 청한 작품은 〈파천무〉라는 사극의 수양대군 역이었다. 그의 절정의 연기력은 〈용의 눈물〉이라는 작품에서 두드러졌지만, 이미 사극에 대한 기본기를 이 작품으로 다져 놓은 것이다. 그 후 유동근은 자신의 경험에 비추어 아내인 전인화를 내게 보내기도 했다. 〈여인천하〉에 문정왕후 역으로 캐스팅된 그녀가 배역을 어떻게 소화해야 할지 막막하다는 것이었다. 나는 곧장 인화를 사무실로 불러 리딩(대본읽기)을 시켜보았다. 물론 그녀는 탄탄한 연기력을 가지고 있었지만 가냘픈 그녀의 체형 때문에 약간의 카리스마가 부족한 듯 보였다. 전인화의 얌전하고 현모양처 같은 이미지에서 강인한 캐릭터로 변신을 꾀하기가 쉽지만은 않았던 것이다.

'어떻게 하면 카리스마 넘치는 문정왕후의 캐릭터를 만들 수가 있을까?'

고심 끝에 나는 고개를 움직이지 않고 연기를 해보도록 제안했다. 그녀는 내 조언을 받아들였고 무거운 가체를 쓰고서도 꼿꼿이 고개를 세우고 열연을 했다. 사소한 것 같지만 그 지적을 계기로 문정왕후의 캐릭터가 잡힐 수 있었던 것이다. 결국 〈여인천하〉를 통해 전인화는 강인한 여성 이미지로의 변신에 성공할 수 있었다. 이러한 후

일담이 신인 연기자들에게까지 전해지면서 그들은 내 사무실로 모여들었다. 2005년 방송됐던 〈신돈〉의 노국공주 역을 맡은 서지혜, 〈주몽〉의 소서노 역을 맡은 한혜진까지, 많은 연기자들이 사무실로 찾아오는 통에 아예 연기수업 교실로 오해하는 사람도 있을 정도였다.

이처럼 많은 연기자를 지도했음에도 내가 가르칠 수 없었던 딱 한 사람, 가장 어려운 후배 한 명이 있었다. 그것은 바로 내 아들 일국이다. 일국이가 지금의 인기와 배우로서의 입지를 다지기까지는 그야말로 전쟁 아닌 전쟁을 나와 치러야 했다.

겉보기와는 달리 연기지도를 하면서 후배들에게 한 번도 화를 내본 적이 없는 나였는데 일국에게만은 예외였다. 아들이 연기를 시작할 무렵, 그는 다른 배우들에 비해 '끼'라는 것이 부족한 편이었다. 그것을 채워주는 것이 내가 해야 하는 일이라고 생각했다. 그래서 내 욕심껏 일국을 채근하고, 지적하며 다그쳤다.

"아니, 왜 그걸 그렇게밖에 못해."

답답한 마음에 슬슬 화까지 올라오고 있었다. 하루 종일 대사를 외우고 준비했음에도 아들이 이것밖에 해내지 못한다는 사실이 이해가 되지 않았다.

"다시 한 번 집중해서 제대로 해봐!"

아들은 목소리를 가다듬고 다시 대사를 읊어갔다. 그러나 이번에도 달라진 것이 없었다. 나는 더 이상 들어줄 수가 없어 가지고 있던 대본을 던져버렸다. 홧김에 일어난 일이었지만 순식간이라 나 또한 어찌나 놀랐는지 모른다. 곧장 후회가 들었지만 이미 상황은 벌어진 후였다. 그렇게 아들이 하루 종일 연습한 연기는 단 5분 만에 쓰레기

취급을 당한 것이다. 그것도 엄마한테서 말이다.

　이후 일국이도 화가 나 밖으로 나가버렸다. 선생님도 자기 자식은 못 가르친다더니 공정한 시선으로 아들을 가르칠 수 없다는 판단이 섰다. 이러다가는 사이좋은 모자 사이도 금이 갈 것 같아 결국 아들의 연기지도를 포기하고 말았다. 아들 역시 내게서 연기지도 받기를 극구 거부한다. 내 연기지도의 아쉽고 씁쓸한 에피소드 중의 하나이다.

　물론 아들을 제외하고는 일일이 열거할 수 없을 정도로 많은 연기자들을 지도해왔다. 그러나 이 일로 내가 어떤 이득을 챙기거나 바랐던 적은 결단코 한 번도 없다. 만약 내가 돈을 벌고자 했다면 진작 연기학원을 차렸을 게다. 나에게 연기지도는 상업적인 계산으로 치부되는 종류의 것이 아니다. 그것은 내가 가장 자신 있게 할 수 있는 일종의 재능기부이며, 좋은 연기자들이 많았으면 하는 바람에서다.

　지금은 배우가 아닌 정치인의 삶을 살고 있어 아쉽게도 연기지도를 하지는 못한다. 하지만 예전에 나를 찾아와준 후배들을 브라운관을 통해 만나면서 그래도 냉정한 연예계에서 외롭지만은 않은 배우였다는 생각이 든다. 더구나 내가 가르친 후배들이 지금은 아들 일국에게 다시금 좋은 스승이 되어 주고 있지 않은가! 보상을 바라지 않고 가르쳤지만 결국 아들에게 다시 돌아오니 세상 이치가 사뭇 오묘하기만 하다.

6

마파도에
할머니는 없었다

2006년, 영화 〈마파도2〉 촬영. 최근의 연기생활 중 가장 기억에 남는 작품이다. 촬영현장의 스케치가 눈앞에 선한데 벌써 5년 전 일이라니, 시간이 참 빠르다.

할머니들의 가슴 따뜻한 얘기를 다룬 〈마파도〉는 내게 참으로 의미가 깊은 영화이다. 처음에 시나리오를 받아들었을 때만 해도, 아니 촬영을 하면서도 이 영화가 흥행에 성공할 줄은 배우들이나 감독, 스태프, 그 누구도 몰랐다. 촬영을 하면서도 여운계 선배는 내게 이렇게 말할 정도였다.

"우리가 텔레비전에는 공짜로 나오니까 그냥그냥 봐주는 거지, 누가 우리 얼굴 보러 극장에 돈까지 내면서 오겠냐?"

그 얘기에 나 또한 맞장구를 치며 웃었던 기억이 난다. 흥행의 여부를 떠나 여름 한철 더위를 피해 휴가 왔다 생각하며 참으로 재미

있게 촬영을 했다. 그래서인지 영화를 찍은 후에 흥행에 대한 부담 감으로 밤잠을 설치는 젊은 배우들과는 달리, 나처럼 오랜 경력의 조연급 배우들은 그저 편안한 마음으로 개봉일을 기다렸다. 그런데 의외의 흥행이라니! 즐겁게 일하면서 생각지도 못한 흥행까지 덤으로 얻었으니 애정이 갈 수밖에 없는 작품이다.

제작사의 입장에서 보더라도 앞으로 시리즈로 이어가도 괜찮은 영화일 것 같다. 블록버스터처럼 큰돈이 들어가지 않고, 그렇다고 높은 개런티를 요구하는 배우들이 있는 것도 아니고, 의상이며 소품 그 외의 경비도 여타 영화보다 적으니 도전해볼 만하지 않은가. 게다가 이렇게 저예산으로도 좋은 영화를 만들 수 있다는 하나의 가능성을 제시한 것이다. 그런 면에서 〈마파도〉는 제작비를 많이 들이고, 스타급 배우들이 나와야 흥행한다는 고정관념을 깨뜨리지 않았나 싶다. 전혀 예상치 못한 곳에서 의외의 즐거움을 발견하고, 대박 성공의 신화가 터지는 걸 보니 세상살이는 참 재미있다는 생각이 든다.

그러나 내가 이 영화에 큰 의미를 두는 이유가 흥행에 성공했기 때문만은 아니다. 평균 연령이 60세, 연기 경력 30년 이상의 늙은 연기자들이 주축이 되어 연기할 기회가 그리 흔치 않기 때문이다. 날고뛰는 연기력을 겸비한 중견 연기자들이 모였으니 연기력 부족으로 NG를 낼 일도 없었고, 나이도 먹을 만큼 먹어서인지 두 달 동안 합숙을 하면서도 얼굴 한번 붉힌 적이 없을 정도로 편하게 연기에 임했다. 이를 보더라도 촬영장 분위기가 얼마나 즐거웠겠는가.

가장 재미있었던 점은 김수미의 연기를 구경하는 것이었다. 촬영

내내 전라도 사투리를 능수능란하게 구사해야 하는데, 내 딴에도 구수한 전라도 사투리를 한다 했지만 역시 오리지널은 못 당했다. 바로 김수미의 맛깔스런 전라도 사투리 연기를 말한다. 물론 다른 배우들 모두 잘하지만 마지막 장면에서 김수미가 던지는 한마디의 사투리는 촬영장을 폭소케 했다. 그동안 내가 썼던 전라도 사투리는 그야말로 흉내만 내는 것에 불과할 정도였다. 역시 단연 전라도 대표 연기자이다.

그리고 또 한 명의 대표 연기자, 여운계 선배님. 〈마파도 1, 2〉를 함께한 여운계 선배님은 안타깝게도 2009년에 세상을 떠났다. 내가 평소에도 좋아하던 연기자셨는데, 이 영화가 여운계 선배와 함께한 마지막 작품이라는 점에서 또한 뜻깊다. 지금도 문득문득 그녀를 떠올리면서 나는 커다란 공허함을 느낀다. 사람들은 배우라는 직업이 굉장히 화려하고 사치스러운 줄 알지만, 실상은 그렇지 않을 때가 많다. 여운계 선배가 그 전형적인 케이스이다. 그녀는 당신이 배우 생활을 하는 동안 남편을 외국유학까지 보내고 뒷바라지를 하여 박사를 만들어놓았다. 배우라는 직업과 달리 내조에 충실했던 현모양처의 전형이었다. 또한, 자신의 옷은 사입지 않고 옛날 옷을 꺼내 단을 줄여 입던 생전의 알뜰살뜰한 모습이 기억난다.

그녀의 살뜰한 성품은 〈마파도〉 촬영장에서도 보였다. 영화의 배경지로 촬영 내내 전라도 영광에 머무를 날이 많았는데, 그 지역에는 굴비백반으로 유명한 한정식집이 많았다. 우리는 마치 식도락 여행처럼 종종 맛집을 찾아 먹으러 가곤 했다. 그런데 이상하게 여운계 선배는 자신의 식사 외에도 반찬을 사서 포장을 해가는 것이었다. '두고 먹으려고 그러나?' 생각했었는데 알고 보니 실제 마파도에 살고 계시는 할머니들에게 갖다 주기 위함이었다. 당신 혼자 좋은 음식 먹기가 미안했던 모양이다. 그런 그녀의 고운 심성 덕에 마파도 할머니들은 영화촬영 동안 반찬걱정 없이 지낼 수가 있었다. 이처럼 따뜻했던 언니, 훌륭한 배우, 존경받을 만한 여인이 지금 내 곁에 없다는 것이 참으로 허전하고 그립다.

함께 연기했던 선배, 동료 연기자들을 하나둘 떠나보내니 나도 노(老)배우라는 사실을 더욱 실감한다. 이젠 정말 할머니이다. 앞으로 내가 또다시 나와 같은 중년의 배우들과 〈마파도〉 같은 영화를 다시 찍을 수 있는 기회가 올까? 그렇기에 〈마파도〉는 내게 더욱 와 닿았던 것이 아닌가 싶다.

〈마파도〉는 할머니들의 이야기이다. 우리들의 기억 속에 존재하는 할머니들은 온화하고 자애롭지만 한편으론 무력하고 처량해 보이기까지 한다. 나조차도 할머니 하면 늙고 병약한 모습이 먼저 떠오르니 그럴 만도 하다. 그 어떤 의욕도 남지 않은 것 같은, 인생의 마지막을 정리하는 사람으로 생각되는 노년. 그러나 할머니들에게도 젊고 아름다웠던 시절이 있었다는 것, 생기발랄하고 매력적인 시절이 있었다는 것은 좀체 기억하려 하지 않는다. 지난간 과거를 눈으로 직접 보지 못했기 때문에……

〈마파도 2〉에 이런 대사가 있다.

"할머니는 왜 남의 사진을 들고 있어?"

이문식이 할머니들의 젊은 시절 사진을 보며 얼굴 대조 검사를 하는 부분에서 나오는데, 내 사진을 보고 하는 대사이다. 시나리오 작가도 참 짓궂지. 왜 하필이면 6명의 할머니 중 나를 향해 그런 대사를 넣었을까? 이 김을동이 제일 많이 변했다 여겨서일까? 내가 생각해도 그런 것 같다. 참, 나도 왕년에는 좀 괜찮았었는데…….

〈마파도〉의 또 하나 화젯거리는 엔딩장면에 나오는 사진들이다. 할머니들의 젊은 시절 사진들이 올라가는데, 시사회 때에도 마지막 엔딩이 끝날 때까지 한 사람도 자리에서 일어나지 않았다. 출연 배우들조차 잊고 있었던 자신들의 옛 사진들을 보며 잠시 눈시울이 붉었던 기억이 난다.

'맞아. 우리들에게도 그렇게 좋은 시절이 있었지.'

생활에 쫓겨 뒤돌아볼 겨를 없이 살다 보니 어느새 황혼이다. 그나마 〈마파도〉를 통해 쉼표처럼 지나간 추억을 회상할 수 있어 다행스러운 일이다.

최근 뉴스를 보니 요즘 장년층들은 70세가 넘어야 비로소 자신이 노인이라고 느낀다고 한다. 나도 마음속으로는 내가 아직 할머니가 아니라고 생각하듯이……. 이제 몇 년 후면 나도 노인이라 느끼는 순간이 오겠지. 손자들이 "할머니." 라고 부르며 달려들어야 비로소 실감이 날 것 같다.

1980년대 언론통폐합 과정 속에서 흑백 TV에서 컬러 TV로, TBC에서 KBS 전파를 타고 방송되었던 드라마 〈달동네〉. 그 당시 최고의 인기를 구가하던 똑순이 김민희 씨, 김종결 씨, 구충서 씨와 함께

젊은 시절 20대 후반

TBC 드라마
〈임금님의 첫사랑〉
배우들과 함께

KBS 드라마〈토지〉출연 당시, 배우들과 함께

내 젊은 시절 사진(동아방송 성우 시절)

〈마파도〉 촬영장에서 주인공들과 함께

영화 〈마파도〉 시사회장에서 출연 배우들과 기념촬영(사진 출처 : mydaily)

가족을 이끄는
강한 운명의 역사

내 이름 앞에 늘 따라다니는 '야인 김두한의 딸'이라는 수식어는 언제나 나를 자유롭지 못하게 했다. 조강지처의 유일한 혈육인 내게 아버지는 단 한번도 따뜻한 말이나 눈빛도 준 적이 없고, 평생 집에 생활비 한번을 가져오지 않았다. 아내나 자식이 어떻게 살고 있는지 일절 관심도 없었던 아버지……. 원망도 컸지만 지금은 그런 아버지를 어느 정도 이해할 수 있을 것 같다. 그때 아버지가 왜 그랬는지, 그렇게밖에 살 수 없었는지를. 이제 어느 누구보다 아버지의 인생에 대해 내가 잘 알고 있기 때문이다.

대(代)를 잇는
연기자의 길

언제부턴가 아들 녀석 때문에 부러운 시선을 한몸에 받는다. 내가 현역 연기자로 활동했을 때보다 더 호기심 어린 눈빛들이다. 여기저기서 일국이에 대한 얘기뿐이니 확실하게 아들이 연기자로 자리매김한 모양이다. 선배 배우이자 어머니로서 여간 다행한 일이 아닐 수 없다.

지금이야 우리 모자(母子)를 모르는 사람이 없지만 처음부터 유명했던 것은 아니다. '송일국'이라는 이름 석 자가 알려지기 시작한 것은 그의 나이 서른을 넘겨서이다. 아침 드라마 〈인생화보〉에서 바람둥이였다 순애보적인 남편으로 바뀌는 인물을 연기하고 난 후 큰 사랑을 받게 됐다. 이 작품으로 신인연기상을 받았으니 말이다. 그때까지 대부분의 사람들은 송일국이 갑자기 혜성처럼 등장한 슈퍼신인쯤으로 알고 있는 경우가 많았다. 그동안 그가 5년 이상의 무명시절을 보냈다는 사실은 전혀 모른 것이다. 왜냐하면 실제로 브라운관에서 그의 모습은 거의 찾아볼 수 없었기 때문이다. MBC 공채 탤런트로 데뷔는 했지만, 한동안 이렇다 할 배역이 들어오지 않아 내심 고생이 심했으리라. 조연은 했어도 무명살이는 겪어보지 못한 나로서도 그의 마음고생이 얼마나 컸을지 쉽사리 짐작조차 어렵다. 그때 살갑게 챙겨주지 못한 것이 내내 미안한 마음이 든다.

사실 일국이가 연기자가 되리라고는 정말 생각지도 못했다. 평소 TV 드라마 한 편조차 제대로 보지 않는 아이여서 전혀 상상조차 못한 일이었다. 심지어 엄마가 무슨 드라마에 나오고 있는지도 모를 정도였다. 그런 아이가 연기자라니! 지금도 고개가 갸우뚱한다.

일국이는 어려서부터 그림 그리는 것을 상당히 좋아했다. 나는 당연히 그가 미대에 진학할 거라 생각했다. 만약 대를 물려 연기를 한다면 일국이보다는 오히려 딸인 송이 쪽을 기대했었다. 어려서부터 방문을 걸어 잠그고 AFKN에서 흘러나오는 팝송에 맞춰 춤을 춘다거나, 평소엔 얌전하다가 연기 대사를 읊고, 내가 연기하는 모습을 보고 그대로 흉내냈다. 영락없이 나를 닮아 연기자의 자질과 끼를 그대로 물려받은 듯했다. 그리고 송이는 내 예상대로 자연스럽게 연극영화과에 진학하여 SBS 탤런트 2기생으로 데뷔했다. 한동안 연기자 생활을 하기도 했고, 다른 동기생들보다 배역도 쏠쏠하게 많이 맡았다. 그런데 배우로 대성할 것 같았던 딸은 이제 평범한 주부가 되어 있다. 대신 연기의 '연'자도 몰라 내 복장을 터지게 했던 아들은 국민배우에 한류스타가 되어 있으니……. 세상일이란 참으로 묘한 것이다.

일국이는 대학에 진학할 때에도 많이 힘들어했다. 자신이 가고 싶어 하던 미대에 계속 떨어지자 한동안 의기소침해 있기도 했다. 워낙 그림

그리는 것에만 관심이 있던 터라 그 외의 성적은 별로 좋은 편이 아니었다. 내 마음 같아선 성적 되는 곳으로 맞춰 갔으면 싶었는데, 핏줄 탓인지 그 역시 고집이 만만치 않았다. 게다가 부모라고 마음대로 자식의 진로를 결정해 버릴 수도 없고……. 내가 할 수 있는 일이라곤 크게 실망하지 않도록 아들을 격려하며 곁에서 지켜보는 수밖에 없었다.

나는 진심으로 공부가 인생의 전부는 아니라고 생각한다. 나 역시 공부에는 그다지 관심이 없어 어머니의 속을 참 많이도 썩이지 않았던가. 그래서인지 자식들을 키우면서 '공부하라'는 잔소리를 한번도 하지 않았다. 그저 밝고 건강하게만 자라주는 것이 감사할 따름이었다. 하지만 일국이가 재수에 삼수를 거듭하자 나도 심난하기는 마찬가지였다. 하루는 용하다는 점집을 찾은 일이 있었다.

"애는 배우 될 거예요!"

아기 목소리를 한 점쟁이가 말했다. 이때 나는 속으로 '용하기는 개뿔……. 괜히 돈만 버렸네.'라고 생각했다. 연기에는 도통 관심도 없고 끼도 없는 애가 갑자기 배우가 된다니 누가 믿겠는가. '돌팔이 점쟁이가 오히려 남의 속을 긁는구나!'라고 탄식하며 더 이상 아무것도 묻지 않고 나와 버렸다. 그런데 훗날 일국이가 진짜 연기자가 되었을 때, 속으로 욕만 실컷 했던 그 돌팔이 점쟁이의 말이 가끔씩 떠오른다. 남의 돈 공짜로 안 먹는다더니…….

아무튼 일국이의 대학진학을 놓고 고민하다가 나는 불현듯 일국이가 무대 세트 디자인을 전공하면 어떨까 하는 생각이 들었다. 연극배우를 하면서 세트 디자인이 연극에 얼마나 많은 영향을 미치는지 잘 알고 있던 터였다.

"무대미술이요?"

"그래! 네가 가고 싶어하는 디자인학과는 이미 포화상태야. 운 좋게 전공을 하고 졸업한다 해도 또 다시 취업입시에 시달릴 수밖에 없어. 대한민국에 디자이너가 얼마나 많니! 하지만 무대미술 쪽은 아직까지 불모지거든."

그토록 미대 진학을 원하는 아이라서 나의 말과 행동은 무척 조심스러웠다.

"하지만 저는 연극 쪽엔 전혀 관심이 없는데요."

"배우가 되라는 게 아니야. 연극영화과에 가서 무대미술을 공부하라는 거지. 그러면 네가 하고 싶어했던 디자인 공부도 할 수가 있잖아."

일국의 표정에는 망설임이 가득했다. 하지만 그에게 거부의 낯빛은 없었다. 아들은 조심스러운 그의 성정처럼 한참을 깊게 생각하더니 결국 고개를 끄덕였다. 미술공부를 포기하라는 것이 아니라 다른 방법의 길을 택하라는 나의 설득이 나름 명쾌했던 모양이다. 망설임 없이 연극영화과에 원서를 넣어 놀랍게도 한번에 붙어버렸다. 이것도 운명이 아닌가 싶다.

하지만 합격을 하고 대학생활을 하는데도 일국의 방황은 계속됐다. 늘 함께 연기연습을 하고 몰려다니는 것이 아들의 성격과는 맞지 않았던 모양이다. 지금도 그렇지만 일국이는 술·담배도 하지 않고, 개인적인 시간을 보내는 것을 좋아한다. 작업도 혼자 몰두하며 즐기는 편이라서 연대의식이 강한 연극영화과의 특성이 부담감과 괴리감으로 작용했던 것 같다. 실제로 예능 토크쇼에서 아들의 동창은 '송일국은 아웃사이더'라고 말하기도 했다. 틀린 말은 아니다. 집에 와서도 별다른 얘기는 하지 않았지만 그 애가 방황하고 있다는 것쯤은 나도 눈치챌 수 있었다. 어렵게 들어간 대학생활에 잘 적응하지 못하는 아들을 보니 내 책임인 것만 같아 그저 미안하고 안쓰러울 따름이었다.

이렇게 수줍음 많고 과묵한 아들이 무슨 생각으로 MBC 공채 탤런트 시험에 응모했으며, 어떻게 시험을 봤는지는 여전히 의문이다. 후배 유동근이 일국에게 연기를 권유했을 때도 그는 아무 말이 없었다. 그러다 어느 날, 차를 타고 가던 도중 "저 MBC 공채 탤런트에 합격했어요."라고 뜬금없는 소식을 전하는 것이 아닌가! 시험을 치른 사실조차 몰랐는데 얼마나 깜짝 놀랐는지 모른다. 어리둥절함과 기쁨이 뒤섞여서 무슨 반응을 보여야 할지 몰랐다. 나 혼자 당황하며 혼란스러워할 때에도 운전하는 아들의 표정은 평소처럼 무덤덤했다.

물론 찰나이나마 '아들도 연기를 하면 어떨까?' 생각해 본 적은 있었다. 하지만 실제로 권한 적이 없었을 뿐더러 이렇게 갑자기 연기자 선언을 할 줄은 더더군다나 몰랐다. 마치 보이지 않는 운명의 끈이 잡아당기는 것처럼 본의 아니게 우리 가족은 4대가 매스컴하고는 인연이 아주 깊은 모양이다.

하지만 아들의 합격 소식에 기쁨도 잠시, 그보다 걱정이 앞섰다. 연기자의 길이란 그 화려한 포장과는 달리 그야말로 약육강식의 치열한 세계인데, 앞으로 험난한 가시밭길을 걸어야 하는 아들의 모습이 눈에 선했다. 게다가 연기를 하려고 간 연극영화과가 아니지 않나! 일국의 성격, 꿈을 누구보다 잘 알고 있었기에 선뜻 납득이 가지 않는 결정이었다.

　일반인들은 어떻게 생각할지 모르지만 '연예인 2세'라는 타이틀은 후광보다는 강한 부담감으로 작용할 때가 많다. 아마 부모나 가족이 평범한 인물이 아닌 유명인이라면 대부분의 사람이 그러리라 생각된다. 과거 내가 장군의 손녀이며, 협객 김두한의 딸이라는 것에 큰 부담감을 느꼈듯이 내 아들도 어머니가 연기자라는 사실이 편치만은 않을 것이다.

　나 역시 아들이 평범한 삶과는 거리가 먼 연기자의 길로 들어선다고 생각하니 썩 좋지만은 않았다. 더욱이 선배 연기자로 그 애를 냉정하게 평가하면, 연기자 2세라는 마이너스 요인 외에도 금방 눈에 띄는 연기력이나 외모는 아니었다. 남들처럼 어려서부터 연기자가 되고자 했던 것도 아니고 '끼'가 많은 것도 아니라서 다른 연기자들에 비해 불리한 조건이 많았다. 남들보다 몇 배는 치열하게 연기연습을 해야지만 그나마 겨우 동료들과 나란히 설 수 있으리란 생각이 들었다.

　이러한 나의 우려는 현실로 나타났다. 공채 탤런트 시험에 합격하기는 했으나 긴 무명의 세월을 보내야 했던 것이다. 속상한 일이 있으면 밖으로 푸는 것이 아니라 속으로 삭이는 아이라 본인의 심정은 얼마나 애가 탔을까……. 그의 성격을 잘 알기에 가족도 뭐라 할 수가 없었다.

　몇 년의 시간 동안 아들은 대부분을 집에서 보냈다. 겉으로 태연하려고 애쓰는 모습을 보고 있자니 안타깝기도 하면서 때론 울화가 치밀기도 했다. 하지만 일절 그 어떤 섭섭한 표현도 안 했다. 일단 그런 아들이 내겐 약한 사람이라고 생각됐기 때문이다. 원래 내가 약자에게는 한없이 약한 사람이라 용돈이 없어서 내 카드를 조금씩 쓰고 다녔던 아들의 행동도 그저 측은하게만 느껴졌다. 그래서 한번도 카드내역에 대해 언급하지 않았다. 일국이는 지금도 내가 몰랐을 거라고 생각할 것이다. 하지만 세상 어머니가 모두 그렇지 않은가. 알면서도 모르는 척, 일국이 성격에 큰돈을 쓰고 다닐 것도 아니어서 그저 지켜보며 모른 척해주었을 뿐이다.

행여 저러다 나이만 먹어 가면 어쩌나 걱정도 들었다. 하지만 언젠가는 꼭 좋은 날이 올 것이라는 희망을 버리지 않았다. 나나 일국이나 최선을 다해 살아온 인생이지 않은가. '노력은 배신하지 않는다' 는 명언처럼 우리의 인내도 절대 배신하지 않을 것이란 걸 굳게 믿고 있었다.

그리고 마침내 믿음의 결실이 맺혔다. 의외로 생각보다 오랜 시간이 걸리지 않았다. 송이는 좋은 남자와 결혼을 해서 행복한 가정을

내 뒤를 이어 연기자가 된 아들

꾸렸고, 일국이는 점점 단역부터 배역이 들어오기 시작했다. 그리고 다시 한번 세상 이치는 아무도 모른다고, 몇 년 후에 상황이 역전될 줄이야 누가 알았겠는가! 이제는 일국이가 내게 신용카드를 건네며 마음대로 쓰시라고 한다. 그간 천국과 지옥을 수차례 오갔을 아들 녀석이 그 고통의 시간을 잘 견뎌준 게 새삼 대견하고 기특하다.

2

재능이 아닌
노력으로 승부한 배우 '송일국'

〈장희빈〉을 촬영할 때의 일이다. 나는 장희빈을 모시는 나이 많은 상궁 역으로 캐스팅되었다. 그런데 일국이 역시 인현왕후 측 서인세력이었던 김춘택 역을 제의받은 것이었다. 한 드라마에 모자(母子)가 동반 출연하는 기회가 찾아왔는데 우리는 오히려 고민이 많았다.

"엄마랑 같은 드라마에 나오면 아마 후회할 일이 생길지도 몰라. 오빠, 잘 생각해!"

딸아이인 송이가 일국에게 이렇게 말했다고 한다. 일국이는 이번 일은 잘해야 본전, 못하면 자신은 물론 어머니까지 망신시킬 수 있다는 생각에 걱정이 컸다. 일국이와 내가 함께 촬영하는 장면은 단 한 번도 없었지만, 어머니의 명예까지 짊어진 아들로서는 선택이 쉽지만은 않았을 것이다. 하지만 제 처지를 생각하면 찬밥, 더운밥 가릴 입장이겠는가. 일이 없을 시기라 일국이에게는 무엇보다 다양한 연기경험을 쌓는 것이 중요했다. 아들의 장래를 생각해서라도 내가 먼저 등 떠밀어야 하는 게 옳았다. 이 황금 같은 기회를 아들이 잘 이용했으면 하는 바람이었다. 그렇게 우리는 처음으로 한 드라마에 동반 출연을 하게 된 것이다.

사극대사는 신인배우가 소화하기에 매우 어려운 일이다. 때문에 일국이가 NG를 많이 내는 것이 내심 신경이 쓰였던 게 사실이다. 그것이 제 딴에는 많이도 부담스러웠던 것 같다. 자신이 촬영을 하는 동안 내가 지켜보고 있다는 것 때문에 '동생의 말을 이해할 수 있었다.' 라고 말할 정도였으니까. 이미 연기력에 대해 서로 잦은 갈등이 있어온 터라 같은 작품에 출연을 하면서도 나 나름대로 객관성을 유지하려 여간 노력한 게 아니었다. 그래서 다른 연기자들처럼 일국이에게도 연기의 큰 틀이나 흐름 정도만 간간이 알려줄 뿐이었다.

솔직히 그 드라마를 어떻게 끝냈는지도 모르겠다. 송일국의 엄마가 아닌, 선배 연기자로서 평정심을 잃지 않으려고 부단히도 애를 썼다. 평온한 얼굴을 하고 있지만 마음속에서는 폭풍우가 휘몰아치는 현장이었다. 가끔 어떤 이들은 이러한 우리의 속사정을 모르고 송일국을 단순히 '김을동을 어머니로 둔 연기자 2세' 쯤으로 폄하한다. 엄마 때문에 연기자가 된 줄 알고, 엄마 덕분에 편안한 연기자의 길을 걸으며 스타의 자리에 오를 수 있었다고 섣불리 단정 짓는다. 하지만 일국의 연기인생은 오히려 그 반대이다.

나는 아들에게 아무것도 해준 것이 없다. 처음 아들이 데뷔를 한 후에 나는 도리어 PD들을 피해 다녔다. 혹시나 아들이 연기를 못한다는 소리를 들을까 봐 겁이 나서였다. 나도 연기자로 오랫동안 방송국에서 일을 해왔고, 연기에 관해서도 프라이드가 강한 편이라 '댁의 아들이 연기를 못하네, 어떠네.' 라는 말을 들을까 봐 마음이 영 편치 않았다.

"그렇게 겁이 나면 당신이 연기 잘하는 아들로 만들면 될 것이 아니냐!"고 말하는 지인도 있었다. 중이 제 머리 못 깎는다고 앞서 에피소드가 있듯이 정작 제 자식에게는 좋은 스승이지 못했다. 그것이 부끄러워 쓸데없이 겁이 났을지도 모른다. 도둑이 제 발 저린 셈이다.

게다가 또 하나, 내게는 그럴만한 사정이 있었다. 그것은 지금으로부터 아주 오래 전의 일이다. 연출가 한 분이 신인 연기자 좀 추천해 달라는 부탁이 왔다. 그래서 나는 한 젊은 남자를 소개시켜준 적이 있었다. 그 청년은 태권도 챔피언이라는 경력을 지니고 인물이 출중하여 광고모델로도 활약하고 있던 젊은이였다. 마스크가 워낙에 훌륭하다 보니 옆에 있던 작가나 연출가들도 첫눈에 반했다고 할 정도였다. 또 나 나름대로 이 친구를 추천한 데는 내가 연기를 가르치면 잘 해낼 수 있을 거라는 자신감이 있었던 것이다.

그런데, 그 배우는 연기에는 너무도 소질이 없었다. 연출자의 한숨이 푹푹 나올 정도로 엉망이었고, 심지어 카메라를 향해 앞을 보다가 옆으로 고개를 돌리는 것조차도 부자연스러울 정도였다. 추천인으로서 난감하기 짝이 없었다. 연대책임이라고 해야 할까……. 나는 애써 그 젊은 연기자에게 밥까지 사 먹이며 연기의 기본기를 하나하나 지도해나갔다. 하지만 도통 느는 모습이 보이지 않자 실망이 이만저만 아니었다. 그런데다 내 동료연기자 한 명이 불난 집에 부채질을 해댔다.

"당신이 쟤를 추천했다며? 쟤 때문에 지금 우리가 녹화를 중단하고 쉬고 있는 중이거든."

동료의 말투에는 원망이 가득했다. 그 말을 듣는 순간 나는 쥐구멍을 찾을 정도로 얼굴이 시뻘게졌다. 이 창피함은 그 젊은 연기자도 마찬가지였다. 그는 내게 매번 현장에서 도망치고 싶다고 하소연했다. 결국 그는 얼마 후 스스로 연기자의 길을 포기하고 말았다.

이 일은 내가 후배 연기자를 지도한 이래로 겪은 유일한 실패 사례였다. 그런데 일국이가 처음 연기하는 것을 보고 있자니 그때 일이 떠올라 두려웠던 것이다. 한번도 연기 경험이 없던 아들은 어디가 잘못됐는지조차 몰라 내가 지적을 해줘도 전혀 상황이 나아지지 않았다. 이때부터는 어머니라는 역할이 커져서 이성적인 판단보다는 감정적인 화가 먼저 튀어나오기 일쑤였다. 일국이 역시 내가 강요를 하니까 무엇이 잘못됐는지를 판단하기보다 시키는 대로 시늉만 했다. 그럼 난 또 다시 그것이 답답하여 더욱 그 애를 심하게 몰아붙였다. 다른 후배들이었다면 차근히 이해시키며 가르쳤을 텐데, 그 과정은 깡그리 잊어버렸던 것이다. 평생 안 하던 욕이 입에서 튀어나오고, 아들과 울고불고 싸우기도 많이 싸웠다. 결국 또 하나의 실패 사례를 아들로 두고 싶지 않아 두 손을 들었다.

상황이 이렇다 보니 일국이는 오히려 실전에서 연기를 배워나간 셈이다. 그래서 다른 신인배우들보다 질책도 많이 받았다. 그렇게 치열하게 실전 경험을 쌓으면서 스스로 연기자로 거듭난 것이다. 결코 어떠한 입김이나 요행이 호사로 작용한 것이 아니라는 사실을 꼭 알려주고 싶었다.

앞에서도 말했듯이, 일국이의 얼굴이 본격적으로 알려지기 시작한 것은 아침드라마 〈인생화보〉에서 신인상을 타게 된 순간부터였다. 신인상이라는 연기자로서의 첫 번째 상을 안겨준 〈인생화보〉에서 아들은 남들이 별로 내켜하지 않았던 악역을 떠맡게 되었다. 처음엔 부모 속을 어지간히 썩이는 망나니 아들로 조연에 캐스팅되었는데, 드라마가 중반으로 접어들어 점점 극의 중심으로 들어가면서 캐릭터의 성격을 조금 수정하다 보니 사람들에게 더욱 인기가 높아졌고, 비로소 사람들은 '송일국'이라는 배우에 대해 관심을 갖기 시작했던 것이다.

그 후(그러니까 〈해신〉과 〈애정의 조건〉에 출연하기 전) 대하드라마 〈불멸의 이순신〉에서 이순신 배역으로 일국이에게 섭외요청이 들어왔다. 마침내 주인공의 역할을 하게 된 것이니만큼 일국이나 주변 사람들 모두 매우 기뻐했다. 그러나 안타깝게도 이 배역은 결국 무산이 되고 말았다. 매일같이 검술과 무예 연습을 했건만, 무슨 이유에서인지 신문보도까지 났던 캐스팅이 취소된 것이다. 국회의원에 출마한 어미 때문은 아닌지 내심 미안해지기도 했다. 이제 겨우 얼굴을 알려나가던 순간에 겪은 일이라 아들의 낙심은 이만저만이 아니었다. 나 또한 '혹여 내가 아들의 앞길을 막고 있는 것은 아닐까' 하는 후회와 자책으로 괴로운 나날을 보내고 있을 때였다. 그러나 아들은 연기자로서의 배역 운을 어느 정도 타고났던 것일까. 그 무렵 아들은 〈애정의 조건〉이라는 드라마에 출연하고 있었는데, 그 드라마에 같이 출연하고 있던 배우 채시라가 〈해신〉에 일국이를 추천하여 캐스팅된 것이다. 그 속사정을 알고 보면 세상의 섭리가 참으로 오묘하다는 생각을 하게 된다. 원래 〈해신〉에서 염장 역을 맡은 배우는 따로 있었다. 그러나 그 배우가 촬영 도중 갑자기 군대를 가게 되는 바람에 배역이 펑크가 나게 되어 그를 대신할 배우를 찾고 있었던 것이다. 이순신 장군 배역을 제안받고 그 배역을 잘 소화하기 위해 몇 달간 활쏘기와 말타기 훈련을 해왔으니 갑자기 맡게 된 배역이긴 하였으나 일국이는 사극 〈해신〉의 염장 역할을 기대 이상으로 해낼 수가 있었다. 말 그대로 전화위복이었던 셈이다. 그때의 사극 연기가 지금 일국이를 한류스타로 만든 〈주몽〉이라는 드라마로 이어지게 된 것이다. 이 모든 것이 우여곡절 끝에 아들이 노력을 통해 직접 만들어 진 것이니 무엇보다 값지지 않을 수 없다.

참으로 아이러니하게 가끔 일국이가 연기를 잘한다는 소리를 들으면 나도 모르게 웃음이 난다. 내가 그토록 구박했던 일국의 모습이 그려진다. 노파심에 다시 한번 일국에게 따끔한 충고 하나 해주고 싶다. 연기자와 스타는 다른 것이다. 연기자는 겉모습보다는 진솔한 내면연기로 관객을 감동시킨다. 이것이 진정한 연기자이다. 하지만 스타는 아무리 연기를 못해도 근사하고 멋지게 보인다. 그것은 연기자의 자질이 아니라 그 배우가 가지고 있는 스타성 때문이다. 내가 아들을 결코 과소평가해서 하는 말이 아니다. 일단 연기자의 길로 들어섰으면 단순한 스타가 아닌 진정한 연기자로 거듭나길 바라는 마음에서다.

일국이는 훤칠한 키와 반듯한 외모를 가지고 있어 선인과 악인의 두 가지 이미지를 동시에 가지고 있다. 다시 말해 악역이 잘 안 어울릴 수도 있고 반면에 멋진 악역으로 보일 수도 있다는 것이다. 이는 그 애가 가지고 있는 스타성 때문이다. 연기가 아닌 스타성은 오래가지 않는 법이다. 더욱더 노력해야 하는 것은 말할 필요도 없다.

"너는 연기가 아직 미숙한 편이니 항상 노력하고 겸손해야 한다."

나는 아들에게 이런 말을 해주었다. 어머니가 아닌 진짜 연기 선배로서 아들에게 꼭 해 주고 싶은 말이었다. 일국이는 내가 어떤 의미로 이 말을 건넸는지 잘 이해하며 깊이 새겨들었으리라 믿어 의심치 않는다. 예전에도 그랬지만 지금도 나는 아들이 반짝 스타가 아닌 진정한 배우로 거듭나는 과정을 그저 지켜보고 있다. 이것이 연기자 아들 송일국을 둔 어머니가 앞으로 할 일이다.

KBS 드라마 〈해신〉에서 염장 역을 맡아 열연한 송일국의 모습

3

깊고 넓은 시선에
사람들이 머문다

　촬영은 늘 고단한 일이다. 주연이든 조연이든, 배우든 스태프이든, 그 누구도 쉴 새 없이 움직이는 것이 현장이다. 마치 전쟁통을 방불케 할 만큼 정신이 없어서 심신의 피로는 일국이처럼 건장한 남자들도 당해낼 재간이 없다. 실제로 일국이의 결혼 전까지 한 집에 같이 살고 있긴 했지만 서로 스케줄이 바빠 정작 아들의 얼굴을 보는 날은 거의 없었다. 이는 아들이 거의 모든 시간을 촬영에 할애하며 그만큼 피로가 크다는 것을 의미했다.

　한번은 〈해신〉을 촬영하고 있을 때였다. 〈주몽〉은 그래도 일주일에 한번 정도는 집에 와서 잠을 잘 수 있었지만, 〈해신〉은 이동하는 차 안이 잠자리였을 정도로 무척 힘들게 촬영하고 있었다. 촬영장인 완도는 너무 멀었고 촬영일정이 빠듯해 잠잘 시간은 물론 세수, 면도도 못 할 만큼 늘 시간이 부족했다. 그래서 가끔 아들이 집에 오는 날이면 그 몰골을 보고 깜짝 놀라기도 했다. 거지가 형님 할 정도로 폐인이 따로 없었다.

그때도 힘들게 며칠 동안 촬영을 마치고 오랜만에 새벽에 귀가해 밀린 잠을 좀 자려고 했던 모양이다. 나는 아들의 방이 너무 어지럽혀져 있기에 별 생각 없이 쉴 때 쉬더라도 옷가지라도 정리하고 쉬라고 말했다. 그냥 단순하게 지나가며 하는 소리였는데 일국이는 마음이 몹시 상했던 모양이다. 피곤한 목소리로 짜증을 내는 것이었다. 얼굴은 울상이 되어 가관이 아니었다.

"엄마, 저 지금 너무 힘들어서 다 그만두고 싶은 심정이라구요!"

순간, 나도 모르게 그러려고 한 건 아니었는데 버럭 화를 내고 말았다.

"이 못난 놈아! 남들은 단역도 못 해서 난리들인데 너는 주인공 역을 맡고도 힘들다고 투정을 부려? 개구리 올챙이 적 생각 못 하고 이 자식이 정말 배부른 소리 하고 있어."

내가 말을 하면서도 너무 하지 않나 싶었지만 도리어 아들이 내 말에 정신을 차렸는지 아무 말도 없이 고개를 수그렸다. 똑바로 앉아서 가만히 무언가를 생각하는 눈치였다.

"제 생각이 부족했던 것 같아요. 죄송해요!"

후에 얘기하기를 일국이는 그때 참 많이 반성을 했다고 한다. 자신이 부끄럽기도 하고 그 역을 따내려고 그렇게 노력을 했는데 막상 하고 보니 너무 힘들어서 그랬던 것이라고, 그러면서 진심으로 스스로가 창피하게 느껴졌다고 했다.

사실이 그랬다. 주인공들이야 전용 분장실에, 전용 말까지 있으

니 고생을 한다 해도 조연들이나 단역들에 비할 바가 아니었다. 보
조 출연자들은 그야말로 옷 갈아입을 곳도 없어 허허벌판이나 아무
데서나 갈아입고, 그 사람들을 위해 제공되는 편의시설이란 그 어떤
것도 없다. 물론 드라마는 조연들을 비롯해 보조 출연자가 서로 단
합하여 작품을 만드는 것이지만, 늘 포커스는 주연들에게만 맞춰져
있고 그들을 위한 혜택만이 있을 뿐이다. 그것은 어디에도 마찬가지
다. 조연이나 보조출연자들의 입장에서 보면 일국이 같은 주연들이
얼마나 부럽겠는가. 잠을 못 자고 먹을 걸 못 먹어도, 그들의 노고와
비길 바가 있겠는가. 수년 동안 그들을 보아왔고 그들과 함께 생활
했던 내가 일국이에게 해줄 수 있는 것은 자신이 얼마나 부끄러운
투정을 하고 있는지를 일깨워주는 것이었다.

그 이후로 일국이는 아무리 힘들어도 이런 것쯤은 아무것도 아니
라는 식으로 곧잘 얘기하곤 한다. 〈주몽〉으로 눈코 뜰 새 없이 바빴
을 때에도 내공이 쌓여서인지 오히려 〈해신〉 때보다 덜 힘들다고 너
스레를 떨기도 하고, 이만한 것이 뭐가 힘드냐고 허허 웃어버리곤
했다. 말이야 그리해도 저라고 왜 안 힘들겠는가. 그래도 주위에는
자신보다 더 힘든 사람들이 훨씬 많다는 것을 생각할 때, 어떻게 그
들 앞에서 투정을 부릴 수가 있겠나! 그리고 그 사람들 속에는 어머
니인 나도 포함되어 있는데 말이다.

"선생님, 꼭 좀 부탁드립니다. 송일국 씨 설득 좀 시켜주세요!"
국민 드라마라 불리며 시청률 고공행진을 했던 〈주몽〉의 연장방
송 결정 때문에 내게 전화가 왔다. 아들이 연장방송에 동의하지 않

아 애를 먹고 있다는 제작진의 애교 섞인 청탁이었다. 하지만 송일국이 내 아들이라고는 하나 스스로 선택과 결정권이 있는 한 명의 배우로서 그 어떤 확답도 해주지 못했다. 그리고 아들에게도 나는 그 어떤 강요의 말도 하지 않았다. 다만 그가 좀 더 큰 사고를 할 수 있도록 다른 시각에서 조언을 해주었다.

"일국아, 너도 무명의 시간들이 있었잖아. 너 하나만을 생각하면 안 해도 그만이지만, 그 밑에 수많은 단역들은 생계가 걸린 문제다. 엄마인 나도 그 단계를 거쳐 연기자가 된 사람이고 너도 그렇잖아. 1, 2회 출연료가 절박한 사람들이 있다는 걸 항상 잊으면 안 된다."

결국 일국이는 내 의견이 아닌 스스로의 결정권으로 연장방송을 선택했다. 그는 주몽 20회를 더 하기로 계약을 맺으면서도 평소에 내가 했던 얘기들을 잊지 않았다. 조연 배우로 산 어머니의 솔직한 심정을……

주인공들이야 이 드라마를 연장하지 않아도 얼마든지 그 다음 배역이 기다리고 있다. 게다가 연장을 해도 그것에 대한 보상은 주인공들과 극을 끌고 가는 연출가나 작가 정도이지 그 밑에 있는 사람은 충분한 대우를 받지 못하는 것이 현실이다. 몇몇 사람들에게만 보상이 주어지는 연장문제를 생각할 때, 일국이 또한 마음이 편치 않았던 것 같다. 순전히 본인의 의사에 따라 연장유무가 결정되는 상황이 되자, 함께 작업하던 동료들을 챙기기로 단단히 마음먹었다고 한다. 몇 날 며칠 고심 끝에 아들이 내린 결정은 밑에 있는 모든 스태프들과 연기자들에게도 인센티브를 지급하는 조건으로 연장에 동의하겠다는 것이었다.

참으로 기특한 발상이었다. 솔직히 힘들게 번 돈인데 본인 주머니에 넣고 싶은 생각이 왜 없겠는가. 하지만 그럴수록 내 몫 이상의 돈은 대의명분이 있는 곳에 써야 한다고 생각한다. 그런 의미에서 일국이는 연장출연으로 받은 개런티를 당시 내가 중국에다 세우고 있었던 김좌진 장군 기념관 건립에 고스란히 내놓았다. 그 덕분에 중국 흑룡강성 해림시에는 세계 최대 규모의 해외현충시설인 한중우의공원(김좌진 장군 기념관)이 완성될 수 있었다.

사실 우리가 잘된 것은 그간 덕을 쌓은 조상들 덕분이라 생각한다. 사회에 자신들의 힘을 써온 나의 할아버지, 아버지의 뜻을 이어받아 앞으로 더욱 사회에 환원하는 길을 만들어가는 것이 우리의 사명(使命)이기 때문이다.

온 국민의 사랑을 받은 MBC 드라마〈주몽〉촬영 당시의 송일국

4

약자의 우두머리
그러나 빵점아빠였던 '김두한'

아이들을 키우면서 부모에 대한 생각이 깊어졌다. 모진 인고의 세월을 보냈던 어머니와 세인들에게 너무나도 유명했던 아버지……. 이미 영화 〈장군의 아들〉과 드라마 〈야인시대〉로 당시 아버지의 활약상이야 모르는 사람이 없다. 한 시대를 풍미했던 주먹세계의 일인자로서 더 이상 설명이 필요 없는 호걸이셨지만, 내게는 아버지라는 이름이 무색했을 정도로 가슴에 상처만 남기고 떠난 야속한 분이기도 하다.

게다가 내 이름 앞에 늘 따라다니는 '야인 김두한의 딸'이라는 수식어는 언제나 나를 자유롭지 못하게 했다. 조강지처의 유일한 혈육인 내게 아버지는 단 한번도 따뜻한 말이나 눈빛도 준 적이 없고, 평생 집에 생활비 한번을 가져오지 않았다. 아내나 자식이 어떻게 살고 있는지 일절 관심도 없었던 아버지……. 원망도 컸지만 지금은

2003년 폭발적인 인기를 모은
김두한의 일대기
드라마 〈야인시대〉 출연진

영화 〈장군의 아들 1, 2, 3 시리즈〉에서 김두한 역할을 맡은 박상민

그런 아버지를 어느 정도 이해할 수 있을 것 같다. 그때 아버지가 왜 그랬는지, 그렇게밖에 살 수 없었는지를. 이제 어느 누구보다 아버지의 인생에 대해 내가 잘 알고 있기 때문이다.

오랜 세월을 거슬러 이야기는 할아버지인 김좌진 장군이 서울에서 한참 독립운동을 할 때부터 시작된다. 할아버지는 밤이건 낮이건 늘 일본경찰에게 쫓겨 다니며 독립운동을 하고 계셨다. 그러던 어느 날, 우연찮게 두 모녀가 살고 있는 가정집으로 몸을 피해 숨어 들어간 일이 있었다. 할아버지는 얼마 동안을 일본경찰에게 들키지 않으려고 그곳에서 생활을 하셨는데, 그때 그 집에 살고 있던 젊은 여인과 할아버지 사이에서 태어난 분이 바로 나의 아버지이시다. 후에 할아버지는 다시 독립운동을 위해 만주로 가셨다.

아버지가 두 살 되는 해까지 할아버지의 어머니(김좌진 장군의 어머니) 즉, 나의 증조할머니는 어린 아버지를 종종 보러 다니셨다고 한다. 그러나, 그 후 온 가족이 할아버지가 계신 만주로 옮겨가셨기에 아버지와는 연락이 끊기게 된 것이다.

아버지 나이 8살 되던 해, 같이 살던 생모도 죽게 되면서 아버지를 거둘 사람은 세상천지에 없었다. 물론 할아버지의 가문인 '안동 김씨' 친척들이 있었지만, 일제치하에서 순사에게 쫓기는 할아버지의 자식을 거둬 줄 수는 없었다. 몸가짐 하나 조심스럽고 눈치 보이는, 살 떨리던 식민지시대였으니까. 뼈대 있는 가문의 후손임에도 아버지는 비참하게 어린 시절을 보내야만 했다.

청계천 수표교 아래 아버지의 허름한 거지 움막이 있었다. 바가지로 구걸을 하며 지내던 아버지에게 유일한 보살핌을 준 사람은, 동네의 조그만 설렁탕집 주인이었다. 가끔 설렁탕 국물을 얻어먹으면서 그저 누가 먹을 것만 주면 따라가고, 해가 지면 다리 밑에 쭈그리고 앉아 시간을 보내야 했다. 보살펴주는 이 없으니 맞기도 많이 맞았다고 한다. 낮이나 밤이나 이놈저놈에게 두들겨 맞고, 간혹 이 애가 독립운동가의 아들이라고 누군가 떠벌리면 일본 놈들이 와서 흠씬 때리고 가기도 했다. 동네북처럼 이리 치이고 저리 치이다 보니 절로 맷집도 늘었다. 아마 그것이 깡패생활의 시작점이 아니었나 싶다.

인간으로 태어났지만 인간적인 삶이라고는 도저히 찾아볼 수 없는 짐승과 같은 인생이 바로 아버지의 유년시절이었다. 해가 질 때까지 이놈저놈에게 별별 이유를 들어 맞다 보니 어느새 맞는 데는 이골이 났던 모양이다. 옛 속담에 '쥐도 궁지에 몰리면 고양이를 문다' 고 하듯이, 사람이 계속 맞다 보면 자기도 모르게 방어본능이 생기고, 자연스럽게 상대방의 급소를 알게 되는 경지에 이르게 된다. 그렇게 만들어진 동물적인 생존본능과 운동신경이 아버지를 청년으로 키워낸 삶의 무기였다. 아버지는 즉, 맞고 때리는 데 선수가 되었던 것이다.

누가 가르쳐준 것도 아니고 맨몸으로 부딪쳐서 익힌 싸움의 기술은 가히 수준급이었다. 아버지는 한방만으로도 상대를 넉다운시킬 수 있었다. 그의 싸움 실력은 소문이 파다했고 그러다 보니 주변에 억울한 일을 당한 사람들이 아버지 주위로 몰려들었다. 원래 불의를 보면 참지 못하는 성미인 아버지는 그들의 억울한 사연을 무시할 수가 없었다. 그래서 지인들의 사건을 하나하나 해결하다 보니 일은 점점 커졌다.

특히 부당한 일을 당하는 사람은 약한 조선인이 대부분이었다. 그

1930년 김좌진 장군 순국 후
우리나라 각종 언론에 난 김두한 사진
(13세 때로 추정)

들은 아버지에게 자신의 억울함을 호소했고, 그러면 아버지는 주위 사람들을 몰고 가 때려주곤 했다. 그러다 보니 어느새 의도치 않게 주먹세계의 1인자가 된 것이다. 그때부터 아버지는 '잇봉(한방)' 이란 별명으로 불리게 되었다.

이렇게 강한 아버지였지만 그는 의외로 사람들에게 철저히 이용당할 만큼 순진한 분이기도 했다. 반공활동을 하다가 미군정에 체포되어 사형선고까지 받았었던 아버지가 무엇을 두려워했겠는가. 가장 밑바닥의 삶을 살았고, 죽음 직전까지 갔던 한 인간이 다른 사람들처럼 돈을 원했겠는가, 권력을 원했겠는가, 명예를 원했겠는가. 아버지는 아무것도 원하지도 않았고, 가지려고도 하지 않았다. 돈이 없어도 배불리 먹을 수 있었고, 권력을 움켜쥐지 않아도 자기 마음대로 큰소리를 치고 다닐 수 있었으며, 명예가 없어도 명예로운 자처럼 많은 이들을 몰고 다니며 추앙까지 받았다. 아버지에게는 주위에 모든 것이 다 내 집이었고, 내 먹을 것이었으며, 주머니에 당장 돈이 떨어져도 그만이었고, 쌀통에 쌀이 떨어져도 만사형통이었다. 내일을 위해 저축하는 법도 없었고, 그저 오늘만 있을 뿐이었다. 손안에 무엇이 생기면 아깝다는 생각도 없이 동료들이나 주위 사람들에게 나눠주고 그러면 그것이 기쁜 일이고, 즐거운 일이 되었다.

아버지의 세계는 그것이 전부였다. 보통의 가정에서처럼 부모와 한자리에 앉아 밥을 먹고, 적당한 예절을 배우고 가족 간의 사랑을 주고받는 것은 아버지 사전에 없는 얘기였다. 아버지에게는 그저 '정의의 투사'라는 인식만 지배적이었다.

그런 아버지가 자식에 대한 사랑이나 의무를 알 리가 있겠는가. 공부를 전혀 안 했지만 사는 데에는 아무런 지장이 없었던 아버지였기에 자식이 공부를 하든지 말든지 일절 관심도 없었고, 제대로 사랑 한 번 받아보지 못해서 줄 줄도 몰랐다. 심지어 생활비가 있어야 가족이 살아갈 수 있다는 사실조차 알지 못했다. 일반인들은 자기 피가 섞인 가족을 가장 먼저 챙기고 보살피지만, 아버지는 자기를 따르는 사람들이 가족보다 더 중요했다. 그들은 아버지를 지탱시켜주었고, 아버지는 그들을 목숨처럼 지켜주었다. 아버지에게 의리는 목숨과도 같은 것이었으므로 돌아가시는 순간까지 평생을 그러했다.

아버지는 일국이가 3살 때 돌아가셨다. 흔히들 자식은 안 예뻐도 손자는 예쁘다고들 하는데 아버지는 자식이나 손자나 매한가지였다. 일국이가 태어나도 한번을 따스하게 안아주지 않았다. 자식이건 손자건 아내건 아버지에게는 중요치 않았다. 우리는 그의 삶에 없었다.

자식 입장에서 보면 아버지는 빵점보다 못했다. 그러나 아버지 자신으로서의 인생만 보자면 남자로서 그 어떤 순간에도 비겁하지 않고, 솔직하게 자신에게 충실한 삶을 살지 않았나 싶다. 세상 사람들은 아직도 김좌진 장군을 기억하듯 아버지 김두한을 잊지 않고 있다. 오히려 할아버지보다 더 생생한 기록으로 역사에 남아 있다. 할아버지에 대한 평가는 훌륭한 독립열사로 민족의 역사를 드높인 위인(偉人)으로 각인되어 있는 반면에, 아버지에 대해서는 비판하는 사람에서부터 협객이라고 추앙하는 사람까지 평가가 천차만별이다. 요즈음은 안티세력도 존재한다.

솔직히 나는 아버지의 딸이기에 어떤 객관적인 평가를 할 수가 없다. 다만 내 아버지로 비쳐졌던 모습만으로 아버지를 바라볼 뿐이다. 돌이켜보면 아버지는 당신 나름대로 할아버지의 이름을 높이기 위해, 아니 최소한 장군의 아들로서 부끄럽지 않게 살아야 한다고 다짐하고 계셨을지 모른다. 그것이 보는 사람들에 따라 다른 평가를 가져올 수도 있다는 것조차 의식하지 않으셨겠지만 말이다.

어쩌면 아버지도 할아버지를 의식하지 않았다면 좀 더 편하게 사셨을 것이다. 그저 물 흘러가는 대로 살아도 손해 볼 것이 없는 세상이니 말이다. 그러나 아버지의 가슴 속엔 '넌 장군의 아들이야. 그렇게 살면 안 돼!' 라는 강박관념이 도사리고 있었을지 모른다. 그런 점에서 아버지의 마음을 십분 이해하고도 남는다. 나 역시 내 생애를 짓누르고 있는 '장군의 손녀'라는 사실이 가볍지만은 않기 때문이다. 결코 놓을 수 없는 무거운 핏줄의 무게. 그것을 직접적으로 짊어져야 했던 아버지의 삶의 무게가 전해져 오는 것 같다.

김좌진 장군에게 추서된
건국훈장을 달고

5

그림자 여인,
내 어머니를 말하다

　사람들은 내게 늘 아버지에 대해서만 얘기했다. 아버지를 주인공으로 한 영화나 드라마에서조차 어머니의 이야기는 없었다. 단지 아버지를 스쳐갔던 수많은 여인들 중 한 명으로, 어머니의 삶은 엑스트라에 불과했다. 어머니는 '김두한'이라는 너무도 큰 이름 뒤에 가려진 여인네일 뿐이었고, 나 이외에 그 누구도 어머니의 존재에 대해 관심을 두지 않았다. 유일한 정실부인이자 엄연히 호적에 올라 있는 김두한의 아내임에도 불구하고, 어머니는 아버지가 평생을 거느려왔던 숱한 여자들보다도 관심과 사랑을 받지 못했다. 늘 찢겨진 페이지처럼 없는 존재인 양 살아왔던 가녀린 여인……. 내 어머니 '이재희' 여사. 그녀의 얄궂은 운명을 나는 처음 세상 밖으로 꺼내놓으려 한다.

　어머니는 아버지와 전혀 다른 환경에서 성장했다. 양녕대군의 후손으로 '전주 이씨' 인 어머니는 양반가문의 엄격한 규율과 예절이 몸에 배여 있는 요조숙녀였다. 그 시대의 뼈대 있는 양반가문의 규수들이 그랬듯 어머니도 남편을 하늘처럼 섬기고, 집안의 대를 이을 자녀를 줄줄이 낳고, 시어른을 잘 봉양하는 것이 여자의 도리라고 알았다. 여자는 태어나는 것이 아니라 그렇게 길들여진다고 했는데, 내 어머니가 딱 그러한 분이셨다. 이렇게 반듯한 양가집 규수가 어떻게 깡패라 불리던 아버지를 만났을까? 딸인 나도 의문이다.

할아버지가 만주에서 돌아가신 후 고국으로 돌아온 증조할머니께서는 귀국하자마자 손자를 찾아 나섰다고 한다. 그래서 당시 청계천 다리 밑에서 살고 있던 아버지를 찾아낸 것이다. 그러나 그때까지 누구에게도 구애받지 않고 거리를 누비며 살아온 아버지가 한 순간에 다른 사람으로 얌전히 살 수 있었겠는가. 증조할머니께서는 그토록 아버지를 잡아놓으려 갖은 애를 썼으나, 아버지는 여전히 밖으로 돌며 그야말로 야인생활을 계속 이어나가셨다. 그런데 아버지 나이 27살, 어느 날 불쑥 증조할머니를 찾아와서는 배필을 정해달라고 하셨다.

"저는 안동 김가 양반자손이기 때문에 봉제사도 받들어야 하니, 기생들과는 결혼을 할 수가 없습니다. 양반가 규수와 혼인을 해야겠습니다."

밖으로만 나돌며 집안일에는 전혀 관심없던 손자가 주먹만 알고 살아가는 줄 알았는데, 양반가의 자제임을 논하자 증조할머니는 대견해하시며 이제야 철이 든다며 기뻐하셨다고 한다. 그 이후 곧장 매파를 놓아 아버지의 배필을 찾아 나섰다. 그리고 결정난 분이 어머니시다.

언젠가 사주를 잘 보는 보따리 장수가 어머니를 보더니 이렇게 말했다고 한다.

"이 처녀는 꼭 후처로 보내야지, 전처로 보내면 인생이 고달프다."

당시는 해방 직전이라 처녀들이 정신대로 마구잡이로 끌려간 무렵이었다. 외갓집에서는 21살의 어머니를 보며 걱정이 이만저만이 아니었다. 그때 마침 안동 김씨인 아버지 댁에서 매파를 보내왔으니 얼마나 다행이었겠는가.

"27살이면 때 놓친 노총각이니 후처나 다름없다."

비록 보따리 장수의 사주지만 본처로 결혼을 하게 된 어머니가 걱정되셨던지 외할아버지는 그렇게 위로하셨다고 한다. 순진했던 어머니는 이것이 앞으로 닥쳐올 고달픈 결혼생활의 서막이라는 사실을 짐작조차 못했다.

"깡패 김두한, 잇봉이다, 쉿! 신부 귀에 들어가면 어떡해."

부모님이 혼인하던 날, 하객들 사이는 아버지에 대해 수군거리는 소리로 어수선했다. 종로 주먹 김두한이 워낙 유명해서 여기저기서 '깡패' 소리가 끊이지 않고 나왔다. 모두들 쉬쉬거리며 아버지 눈치를 보는데 단 한사람만 무슨 말인지 전혀 알아듣지 못했다. 바로 어머니셨다. 당연히 어머니 귓속에도 '깡패' 란 말이 들어갔지만 이 순진무구한 처녀는 그것이 무슨 뜻인지도 몰랐다. 그저 자신이 김씨 가문의 며느리가 되는 줄 알았지, 주먹세계의 1인자 부인이 된다는 건 몰랐던 것이다. 곧 이어질 아버지의 바깥생활과 시할머니, 시어머니를 모시고 4대 봉제사를 지내며 겪어야 하는 시집살이, 평생을 남편

이 없는 것처럼 살아야 하는 외로움, 생계를 책임져야 하는 가장의
역할까지……. 21살의 새댁이 한꺼번에 견뎌내기는 참으로 힘겨운
일들이었다. 더욱이 제사조차 추운 겨울에 몰려 있어 어머니의 고생
은 더욱 심했다. 그런 어머니를 생각하노라면 차라리 후처로 갔더라
면 그렇게까지 힘겨운 인생을 살진 않았을 거라는 마음이 들곤 했다.

김두한 의원과 이재희 여사의 결혼식(1944년)
맨 앞줄 중앙 아버지 김두한 의원과 어머니 이재희 여사

아버지는 어머니에게 조강지처라고 집에서 시할머니, 시어머니
를 봉양하게 해놓고는 결혼한 지 얼마 되지 않아 밖으로 돌았다. 1년
에 한번, 심지어는 10년 만에 집에 들어올 때도 있었다. 식구들에겐
관심이 없었던 아버지는 돈 한 푼을 벌어오지 않고 생활비를 보태주
는 일도 없었다. 그저 어머니가 삯바느질을 해서 버는 돈으로 집안

살림을 하고, 4대 봉제사를 받들며 살아갔다. 어머니는 내가 모시기 전까지 평생을 화로에 숯불, 인두를 끼고 삯바느질을 하시며 두 할머니를 모시고 나까지 공부를 시켰다. 그러다 내가 배우가 되어 돈도 벌고 살 만하니까 병이 들어 돌아가셨다. 평생 숯불 연기를 맡고 사셨기에 만성 가스중독으로 인한 뇌 운동 신경마비로 64세의 나이에 고단한 인생을 마감하셨다.

내가 그토록 사랑하는 어머니지만 애석하게도 나는 어머니를 닮은 구석이 거의 없다. 어머니는 버선을 벗은 모습을 딸에게도 거의 보인 적이 없을 정도로 완벽한 한국의 여인상이셨다. 들어오지 않는 아버지를 기다리며 오랜 세월을 보내었던 어머니에게 선머슴아 같던 나는 맞기도 많이 맞았다. 하지만 야단을 맞아도 그때뿐, 나는 또다시 철부지 장난꾸러기로 돌아가곤 했다.

"을동아! 네가 댓돌 위에 신발을 나란히 벗어놓는 게 내 소원이다."

어머니는 돌아가시는 날까지 나를 나무라셨다. 내가 신발을 반듯하게 벗어놓은 적이 거의 없었기 때문이다. 지금도 나는 신발을 가지런히 벗어놓지 못한다. 어머니께 말 잘 듣는 딸이었으면 그나마 고달팠던 당신의 인생이 조금은 덜 고달팠을 텐데……. 나는 왜 그토록 말썽만 부렸는지 그 생각만 하면 못내 아쉽고 가슴이 저려온다.

세상에서 사람들의 가슴을 가장 뜨겁게 해주는 말은 바로 '어머니' 세 글자일 것이다. 가끔 나는 이런 생각을 한다. 만약 '내가 배우가 되지 않았더라면 내 어머니의 존재가 과연 알려졌을까?' 하고. 그녀가 김좌진 장군의 며느리이며, 김두한의 아내, 김을동의 어머니이자 송일국의 외할머니라는 사실을……

나는 배우가 되고 나서부터 항상 어머니의 사진을 들고 방송국에 나갔다. 언제라도 내 어머니에 대해 당당히 말할 수 있기 위해서였다. 혹자는 '어머니의 존재를 군이 그렇게까지 알려야 하느냐' 고 말할지도 모르겠다. 그러나 내겐 그럴 수밖에 없었던 이유가 반드시 있다.

처음으로 내 어머니의 존재를 밝혔던 것은, 내가 배우가 되기 전에 동아방송에서 성우를 하고 있을 때였다. 잡지사와 인터뷰를 하게 될 기회가 있었는데 그때 처음으로 아버지와 어머니, 내가 함께 찍은 가족사진을 기자한테 보여줘 잡지에 실리게 되었다.

당시 「김두한 씨 딸, 성우 되다!」라는 제목과 함께 '김을동은 김좌진 장군의 손녀이며, 김두한의 무남독녀이다.' 라는 기사가 실렸다. 그러면서 자연스럽게 '김을동·이재희' 라는 이름이 새롭게 부각되었던 것이다. 그때까지는 김을동이라는 존재를 잘 알지도 못했고, 을동이란 이름 때문에 남자인 줄 아는 사람도 있었다. '을유생의 해방동이' 라는 의미의 을동! 안동 김씨 항렬의 돌림자를 따서 할아버지는 '진' 자가, 아버지는 '한', 그리고 나는 끝에 '동' 자가 붙게 된 것이다. 이는 해방을 기념하기 위해 김좌진 장군의 어머니이신 나의 증조할머니께서 지어주신 이름이다.

어쨌든 이 일을 계기로 내 존재가 수면 위로 떠올랐다. 지금껏 나의 존재를 모르고 있던 아버지의 둘째부인 소생들이 '누나' 의 존재를 인식하게 된 것이다. 아버지의 둘째부인의 소생들, 그러니까 작은집 동생들은 그제야 자신의 어머니가 소실임을 알게 되었다고 한다.

이를 시점으로 나는 대담프로그램을 할 때마다 내 어머니의 존재에 대해 강조하곤 했다. 심지어 다른 방송 스케줄이 잡혀져 있을 때에도 대담프로그램의 주제가 '어머니' 에 관한 것이라면 방송 펑크를 감수하면서까지 그 토크쇼에 참석했다. 나 아니면 누가 어머니의 존재를 기억하고 세상에 알릴 것인가! 한편으론 어머니를 괴롭혔던 아버지의 수많은 여인들에게 철저히 복수하고 싶은 생각도 있었다. 그녀들에 대한 나의 적대심과 분노가 어머니의 이름을 더욱 각인시켰다.

내가 배우가 되고 점점 유명해질수록 어머니의 존재는 더욱 분명해졌다. 그런 점에서 나는 배우가 된 것이 무척 자랑스러웠다. 배우 김을동이 없었더라면 '이재희' 라는 이름은 여전히 존재 없이 묻혔을 테니까…….

어머니 이재희 여사와 함께 찍은 나의 어릴적 모습

나를 분노케 한
아버지의 여인들

아버지의 인생에 또 하나 빼놓을 수 없는 건 '여인들'이다. 지금까지 공개된 여자만 해도 어머니를 포함해 모두 네 명으로 알려졌다. 실제로 이 네 명의 여인들은 아버지 사이에서 자식까지 낳아 함께 살기도 했다. 지금 시대 같으면야 세상의 비난을 받을만한 일이지만 아버지세대의 정서로는 양반가, 특히 사회지도층에서 첩을 거느리는 것은 그러려니 하고 생각하던 시절이었다. 그야말로 남자들의 호시절이었던 것이다. 특히 협객들이라 불리는 남정네들에게는 여러 여자를 거느리는 것이 매우 당연한 일이었다. 오히려 많은 소실을 거느리는 게 능력 있는 남자라고 여겨질 정도였다. 그러니 아버지는 오죽하였겠는가. 의외로 오빠부대가 있을 정도로 아버지의 인기는 최고였다. 당연지사 따르는 여자들도 많았다.

아버지의 여인들 중 첫 번째 여자는 당연히 내 어머니셨다. 그간 한번도 어머니를 아버지의 여인으로 생각해본 적이 없었는데, 그녀도 나의 어머니이기 전에 여자라는 사실을 깨닫는 사건이 있었다.

고등학교 2학년 겨울이었다. 유난히 춥고 휑했던 그해 겨울, 어머니와 단 둘만이 살고 있었는데 어느 날, 아버지의 비서라는 분이 우리 집을 찾아왔다. 아버지가 삼청동 본가에 발을 끊은 지 거의 10년 만의 일이었다.

당시 아버지는 서대문 형무소에 수감 중이셨다. 우리를 찾아온 비서 말로는, 아버지가 잘 나갈 때 만난 여자들은 면회 한번 오지 않고 영치금조차 넣어주는 이가 없다고 했다. 그래서 엄동설한에 솜옷 한 벌 없이 지내고 계신다는 것이었다. 사정이 오죽 딱했으면 그간 한번도 온 적이 없는 본가로 비서들이 뛰어왔을까……. 바람피운 남자들이 늙고 병들면 조강지처를 찾는다더니 딱 그 짝이었다.

그런데 어머니는 그런 아버지가 밉지도 않은지 비서가 돌아가자마자 바느질을 시작하셨다. 온 정성을 다해 솜바지와 저고리를 만들고, 영치금을 챙겨 나와 함께 면회를 갔다. 하지만 아버지는 그런 어머니를 도리어 나무라셨다.

"뭐 좋은 꼴을 보이려고 을동이를 데려와!"

살갑게 딸을 보지는 않았지만 죄인의 몸으로 형무소 안에 있는 당신의 모습은 보이고 싶지 않았던 모양이다. 나와 아버지는 서로 불편하고 어색해했다. 그렇게 우리의 짧은 조우를 마치고 얼마 지나지 않아, 석방된 아버지는 비서와 동료들을 거느리고 삼청동으로 돌아오셨다.

"여보, 김치 국물 좀 더 가져와! 이 동지, 김 동지 내 얘기 좀 들어봐."

10년이란 세월이 흘렀지만 마치 아버지는 아침에 나갔다가 저녁에 돌아온 사람처럼 행동했다. 뭐가 그리 당당한지 큰소리까지 뻥뻥 치셨다. 나로서는 도무지 이해하기 힘든 상황이었다. 정말 아버지에게 10년이란 세월은 아무것도 아니란 말인가?

더욱이 나를 당황하게 만든 것은 어머니의 태도였다. 어머니는 뭐가 그리 좋은지 연신 웃는 얼굴로 아버지를 대하셨다. 그때 나는 어머니도 아버지 앞에서는 한낱 여인이라는 사실을 처음 깨달았다.

'엄마도 여자였구나! 그래, 우리 엄마도 아버지에게 사랑받고 싶은 여자였어.'

그날 어머니에 대한 새로운 발견은 잠시 나를 혼란스럽게 만들었다. 그리고 아버지! 나는 아버지에 대해 화가 난 나머지 아버지 얼굴을 제대로 쳐다보지도 않았다. '아버지는 어쩜 저리도 뻔뻔하단 말인가!' 아버지의 표정에서 미안함이나 어색함을 찾아보려 해도 전혀 찾을 수가 없었다. 하다못해 어머니에게만은 '내가 그동안 돌보지 못해 미안하다'는 모습이라도 비춰야 하는 것이 아닌가. 10년 만에 돌아와 기껏 한다는 소리가 "김치 국물이 정말 맛있어. 솜씨는 여전하구만." 이었다.

이 상황을 어떻게 받아들여야 할까? 내 기대와 달리 아버지는 어머니에 대한 정을 그렇게 표현하셨는지도 모른다. 세상에서 가장 편한 존재로. 아무 때나 찾아와도 마음 놓고 쉴 수 있는 안락한 공간으로. 그것이 아버지 식 최고의 애정표현이었던 셈이다.

나는 어머니를 보면서 도대체 '조강지처'란 무엇인지 생각해보았다. 조강지처란 자신의 행복보다는 가문을 위해 희생해야 했던 전형적인 한국의 여인들이 아니었을까……. 할머니도 독립운동을 하시던 할아버지를 위해 평생 자신을 희생하며 사셨고, 어머니 또한 남편을 기다리고 자식을 지켜주었다. 이것이 내가 본 조강지처의 모습이다. 나는 아버지를 보며 행복해하는 어머니를 보면서 오히려 안쓰러움에 눈물이 났다.

아버지의 두 번째 여자는 빼어난 미모에 재주가 많았던 여인이었다. 그녀는 아버지와의 사이에서 자식을 가장 많이 본 여인이기도 하다. 딸 하나에 아들 둘을 낳았고, 실제로 우리 어머니보다 나이도 많았다. 본인 스스로 의친왕 파티까지 들어갔었다고 자랑할 정도로 춤과 노래솜씨가 뛰어났다고 했다. 또 아버지에게 글을 가르쳐주었다는 풍문도 있다.

작은어머니가 아버지와 살았을 당시에는 아버지가 국회의원으로 한참 잘나가던 시기였다. 내가 그녀를 본 건 할머니가 살아계셨을 때였다. 가끔 우리 집에 인사차 들리곤 했었는데 그때마다 고운 치맛자락이 참 인상적이었다.

"형님, 저는 낙원동 집입니다."

화려한 과일바구니를 들고 우아한 자태를 뽐내던 그녀. 정실부인이었던 어머니께 인사하던 모습이 기억난다. 어찌 보면 아버지의 여인들 중 가장 아버지와 어울렸던 짝이 아니었나 싶다. 둘 다 자유분방한 삶을 살았고, 무엇보다 종로바닥에서는 그 시대를 대표하던 남녀였으니 말이다. 단순하고 호탕한 아버지를 대하기란 그리 어렵지 않았을 것이다. 더욱이 애교 없는 어머니에게서 느낄 수 없었던 여성성을 그녀는 채워주고도 남았으리라.

언젠가 어머니는 손수 지으신 원피스를 내게 입히고 "오늘이 아버지 생신날이다."라고 말씀하셨다. 그리고는 나를 종로 낙원동으로 보내셨다. 내 나이 열두 살 정도였는데, 아버지가 어째서 다른 아줌마와 살고 있는지 이해가 안 됐고 집안 풍경도 낯설었다. 어리둥절해하는 나를 보며 그녀의 친구들이 물었다.

"저 앤 누구야? 김 의원 닮았네."

"응, 김 의원이 나 만나기 전에 처녀를 건드려서 낳은 아이야."

그녀는 내가 본처의 자식인 걸 뻔히 알면서 마치 소실의 딸인 것처럼 말했다. 어린 나이였지만 나는 그게 무슨 의미인지 정확히 알았다. 그렇게 내 어머니의 존재는 부정되고 이 일로 인한 나의 분노는 강했다. 결국 그 분노가 동아방송에서 성우를 하고 있을 때 폭발하고 말았던 것이다.

당시 TBC(동양방송)의 〈목격자〉란 프로그램에서 아버지 스토리에 관한 내용이 방송된 적이 있었다. 그때 작은어머니의 인터뷰 내용이 여과 없이 나온 것이 화근이었다.

"제가 김두한을 만나기 전에는 의친왕 파티에 들어갈 정도로 잘 나갔지요. 그런데 김 의원과 결혼하기 전 어떻게 하다가 딸을 하나 낳았는데, 그 아이가 을동이에요."

그 얘기를 듣고 나는 당장 방송윤리위원회에 방송금지 가처분 신청을 냈다. 어떻게 하다가 태어난 딸이라니! 내가 소실의 딸이란 말인가! 분명 우리 어머니는 안동 김씨 가문을 지키고 있는 엄연한 김두한 의원의 정실부인인 것을. 나는 방송국에 강력하게 항의했다.

그녀의 증언만 듣고 사실을 제대로 알아보지도 않고 방송을 하는 것 자체가 문제였다. 그것은 나와 내 어머니에 대한 모욕이었다.

내 방송생명이 걸린 일이라 해도 나는 물러설 수 없었다. 그것이 그때까지 그림자처럼 살아온 내 어머니에 대한 딸로서의 의무이자 책임이었고, 마땅히 내가 취해야 할 행동이라고 여겼다. 호적에 오른 유일한 본처임에도 그녀에게 소박데기라고 늘 무시당했던 어머니. 수많은 아버지의 여인들에게 싫은 소리 한번을 안 했던 어머니를 아무렇지 않게 존재마저 부정한 그녀의 발언을 수수방관할 수는 없는 노릇이었다.

나의 돌발적인 태도에 작가와 PD는 사색이 되어 가처분 신청을 취소해달라고 했다. 하지만 나는 사과를 하고 방송내용을 바로 잡기 전에는 절대 불가하다며 강경한 태도를 보였다. 그저 내가 원했던 것은 오로지 하나였다. '내 어머니가 김두한의 조강지처이고, 나 김을동이 그 사이에서 태어난 유일한 딸이라는 것' 이었다.

"내가 잘못했다. 한쪽 말만 듣고 상처를 줘서 미안하다. 네가 그렇게 한이 많은 줄은 몰랐다."

결국 해당 작가는 내게 와서 사과를 했고, "삼청동에 조강지처가 살고, 딸이 김을동이다."로 정정방송을 하게 되었다. 그후 나는 어머니의 존재를 확실히 각인시키기 위해서 방송이 끝난 후〈미망인 이재희〉의 이름으로 방송국과 PD, 작가에게 감사패까지 전달했다. 이로써 방송가 내에 나와 어머니의 존재를 확실히 알리는 계기가 되었다.

이 사건으로 작은어머니와는 돌아가실 때까지 앙금이 남아 있었다. 세월이 지나 우리 어머니가 돌아가신 지 10여년이 지났을 때, 별

안간 신문에 '김두한 부인 사망' 이라는 기사가 났다. 작은어머니의 죽음이었다. 나는 그녀의 마지막 가는 길에 상주 노릇을 하며 그간의 악연을 풀고자 했다. 아직 작은어머니의 소생 중 제대로 자리를 잡은 동생도 없었기에 내가 직접 문상객들을 맞았다.

그 당시 나는 자민련에 들어가 정치를 하고 있었을 때여서 많은 사람들로 문전성시를 이뤘고 덕분에 쓸쓸하지 않은 장례를 치를 수 있었다. 입관을 할 때 나는 관을 쓰다듬으며 그때까지 쌓아두었던 내 감정을 여실히 토해냈다.

"우리 다음 세상에서는 이런 관계로 만나지 맙시다. 부디 이승에서 안 좋았던 기억은 잊고, 맘 편히 먼 길 가십시오. 제발 다음 세상에 만날 때는 좋은 인연으로 만납시다."

관 속에 누워 저승길을 가는 고인에게 내가 할 수 있는 최고의 아량은 용서였다. 비록 내 어머니와 내게는 가슴속에 응어리를 안겨주었지만, 그 분도 평생을 첩이라는 꼬리표를 달고서 자기 배 아파 낳은 자식들에게 첩의 자식이라는 굴레를 안겨 주고 살았던 불쌍한 여인이기도 했다. 그날, 나는 그 여인을 보내며 아버지의 여인들 모두가 피해자일지도 모른다는 생각이 들었다.

아버지의 세 번째 여자는 학생들에게 영어를 가르치던 선생님이었다. 그녀는 명문 여고를 설립한 재단이사장의 딸로서, 풍문여고를 졸업했던 나와는 7, 8년 학교선배이기도 했다. 그녀는 성격이 활달하고, 옷을 화려하게 입는다고 해서 '칠면조'라는 별명이 있었다. 아버지와는 같은 중국집에서 종종 식사를 하곤 했는데, 그것이 인연이 되었다는 말도 있고, 중국집 여인의 소개로 만남을 가졌다는 얘기도 있다.

아버지가 그녀를 만나고 얼마 후의 일이었다. 무슨 사건인지 기억이 잘 나지 않지만 아버지의 재판으로 세상이 시끌벅적했을 때였는데, 나는 어머니와 내 대학 동기들과 함께 재판을 보러 갔었다. 그 재판장에서 유독 눈에 띄는 여인이 한 명 있었는데 바로 그녀였다. 밤색 두루마기를 말쑥하게 차려입고 명주 목도리에다 금테 안경까지 쓰고는 재판 과정을 지켜보고 있었다. 게다가 머리까지 틀려 올려 실제보다 훨씬 나이가 많아 보였다.

그 당시 아버지와 동거 중이던 여자였기에 아버지 측근들은 그 여자에게 가서 귓속말을 해댔는데, 그 모습이 영락없는 김두한의 부인 모습이었다. 다음 재판이 몇 날 며칠에 열린다는 통보와 함께 거의 재판이 끝나 좌중이 술렁거릴 찰나에 어떤 기자가 그녀를 향해 이렇게 불렀다.

"사모님!"

그때까지 어머니를 비롯한 일가친척들은 가만히 뒤에서 지켜보고만 있었다. 아무 말도 없이 조용히 앉아만 있는 어머니의 초라한 모습을 보고 있자니 내 속에서 뜨거운 것이 울컥 치밀어 올랐다. 그 시각이 마침 아버지가 포승줄에 꽁꽁 묶여 나가고 있을 때였다.

"시퍼렇게 젊은 것이 어디 건방지게! 첩년인 주제에 부인 행세를 하려 들어!"

나도 모르는 사이 내 얼굴은 벌겋게 달아올랐고, 어느새 그 여자를 향해 심한 욕설을 퍼붓고 있었다. 모든 시선이 일제히 나에게로 쏠렸다. 아마 아버지도 나가시면서 내 모습을 보았을 것이다. 어디서 그런 행동을 할 용기가 났는지 모르지만, 그때 내 나이 스무 살이었다. 불의를 보면 절대 참지 못하고, 그 어떤 부정과도 타협할 수 없고, 세상의 이목과 체면을 두려워하지 않을 나이였다.

당황한 기자는 다시 그 여자에게 물었다.

"아, 저 사모님이 아니십니까?"

나는 기자의 말이 떨어지기 무섭게 어머니를 가리키며 이렇게 말했다.

"아니요. 우리 엄마는 저기 계세요!"

장내에 있는 모든 사람들에게 '저 여자는 우리 아버지의 첩이다'라는 사실을 알리고 싶었을 뿐 내가 무슨 말을 떠들어댔는지 기억도 잘 나지 않는다. 정말 앞뒤 없이 갑자기 일어난 일이었다. 후에 그녀는 자신이 태어나서 이런 망신은 처음이라며, 딸년 교육을 도대체 어떻게 시켰냐며 어머니를 찾아와 따졌다고 한다. 적반하장도 유분수였다. 나는 그녀의 오만함을 쉽게 넘길 수 없어 다시 한번 찾아가 큰소리로 혼쭐을 냈다.

"넌, 네 엄마가 너한테 첩살이하라고 교육해서 첩살이하냐. 어디 우리 엄마한테 와서 딸 교육을 운운해!"

그 당시에는 정말 열이 받고 부아가 치밀어 올랐다. 교육자 집안에서 태어나고 자란 그녀에게 그것이 얼마나 모욕적인 언사인지 나는 잘 알고 있었다. 그러고 보면 자식의 운명은 부모도 어쩔 수 없는 것이 명문 여고를 세운 설립자 집안의 자식이 저러고 다니는 것을 알면 그의 부모 심정은 어떠했을까. 참으로 아이러니한 일이다.

아버지는 재판 현장에서 딸의 돌출행동에 대해 직접 보셨었지만 그 후로도 그일에 대해서는 한번도 말씀을 하지 않으셨다. 아마도 딸인 내가 자신의 모습을 닮았다고 생각하셨을지도 모르겠다. 아버지 역시 수많은 국회의원들과 기득권 세력 앞에서 여지없이 큰소리를 치고 살았던 분이 아니던가! 누가 뭐래도 나는 아버지의 자식이었다.

아버지의 세 번째 여인은 아버지가 돌아가실 때까지 7년을 함께 살았다. 아버지가 돌아가시자 그녀는 총무처장관에게 서한을 보내 할아버지의 건국훈장(1962년 김좌진 장군의 업적을 기려 정부로부터 수여받은 훈장. 당시 아버지가 보관하고 있었다.)을 기증할 테니 아버지께서 관계하셨던 정릉개발권을 자기가 받아야 한다고 주장했다. 또한 서한에는 자신이 김을동을 공부시키고 뒷바라지해 결혼까지 시켰으며, 삼남매를 키웠으니 실질적인 부인이나 다름없다고 쓰여 있었다. 게다가 본부인과 이혼 직전에 아버지가 돌아가셨다고 되어 있었다.

참으로 어처구니없는 주장이었다. 다행히 일국이 아빠가 총무처에서 일하고 있어 그녀의 계략을 사전에 차단시킬 수 있었다. 나는 아버지 49재 때 모두가 있는 자리에서 그녀의 서한을 읽어주었다. 결국 자신의 거짓이 모든 사람들에게 들통이 나자 그녀는 서둘러 자리를 피하고 이후 자취를 감춰버렸다.

마지막으로 아버지의 네 번째 여자라고 전해지는 여인은 아버지가 돌아가신 후 장례를 치를 때 한 아이를 데리고 왔다. 어머니와 나는 그 아이를 본 순간 기가 차서 웃음밖에 나오지 않았다. 그 아이가 내 동생이 아니라고 결코 부정할 수가 없었다. 굳이 김두한의 아이라는 말을 듣지 않아도 아이는 너무나도 아버지를 닮아있었다.

그녀는 아이를 뺏길까 봐 몰래 키우고 있었다고 한다. 그러다 갑작스런 아버지의 사망소식을 듣고 아이가 사생아가 될까 봐 부랴부랴 온 것이라고 했다. 참으로 신묘하게도 아버지의 자식들은 하나같이 아버지였다. 어머니는 달라도 다섯 명 모두 국화빵처럼 똑같이 생긴 것이었다. 심지어 7살 차이가 나는 내 이복여동생을 나로 혼동하는 사람이 있을 정도로 말이다. 네 번째 여자의 아이도 그랬다. 깜짝쇼처럼 나타난 나의 또 다른 동생을 보면서 씨도둑질을 못한다는 옛 노인네들의 말이 생각났다.

　나는 정말 아버지에게 감사드리는 것이 한 가지 있다. 아버지의 생애에 많은 여인들이 지나갔었어도 한번도 어머니에게 이혼을 요구하지 않았다는 사실이다. 절대 조강지처는 버리지 않으셨던 아버지가 새삼 고마웠다. 나는 아버지가 조강지처는 어머니였다는 사실을 인정하고 중심을 잡으셨다고 생각한다. 종종 아버지를 따르는 여인들이 아버지께 본처와의 이혼을 부추겼을지라도 아버지는 옛날 양반가에서 많은 사람이 그러하듯 소실은 그저 소실일 뿐이라는 인식이 뚜렷했던 것 같다. 자식인 내가 최소한 부끄럽지는 않도록 지조를 지켜주셨다는 것으로 그분은 아버지 역할을 다하셨다. 어쩌면 아버지가 마지막까지 지킨 소신 때문에 오늘날 내가 조금 더 떳떳한 것이 아닌가란 생각도 든다.

　어머니가 나를 낳을 때 아버지는 감옥에 계셨었다. 그때 내가 딸이라는 소리를 듣고 무척 섭섭해하셨다고 했는데, 만약 내가 아들로 태어났더라면 아버지는 어머니께 더 잘하셨을까? 문득 어린애처럼 그것이 궁금해진다.

풍문여고 졸업식 때 부모님과 함께. 아버지와 처음으로 함께 찍은 사진

대학교 1학년 무렵, 삼청동 집 마루에서 어머니와 친척들과 함께(맨 왼쪽이 나)

7

내겐 너무 아픈
이복동생들

"동생들 이야기하면서 저는 왜 동생이라고 말을 안 해 주십니까?"

어느 날, 아버지와 동거하던 한 여인의 아이가 청년이 되어 느닷없이 전화를 해서 질문을 하는 것이 아닌가. 나는 잠시 멍했다.

'이 아이는 정녕 모르는 것인가?'

그 청년을 키운 여인은 자신의 아들을 아버지의 자식으로 키운 듯했다. 그 아이는 아버지 장례 때 다른 사람들에 의해 아버지 소생이 아니라고 밝혀진 아이였다. 나는 그 아이에게 어떻게 말을 꺼내야 할지 몰랐다.

"자네 어머니에게 한번 물어보는 게 좋을 것 같네."

혹시나 그가 마음의 상처를 받을까 봐 가까스로 전화를 끊었던 기억이 난다. 아버지의 핏줄 문제로 이처럼 먹먹한 상황을 만나면 난 도무지 '내가 왜 이 모든 것을 감내해야 되는지'를 이해할 수 없었다. 살아생전에 그렇게 고통을 주시더니 돌아가신 후에도 이복동생들의 문제로 골머리를 앓아야 했다.

"누나가 말만 안 했으면 사람들이 내가 첩의 자식인지 어떻게 알았겠어. 내가 첩의 자식으로 태어나고 싶어서 태어났어?"

언젠가 작은어머니의 장남이 내게 한 말이다. 어머니를 위해 살아야 한다는 생각밖에 없었던 시절, 잡지나 방송 등을 통해 가족사의 진실을 알렸을 때 그들은 일제히 불만을 토로했다.

둘째 부인은 그 기사들을 보면서 "그래 잘났다. 소박데기 어미에다 병신 같은 딸년이라니!"라고 심한 욕설을 퍼붓기도 했다. 그러면 나는 절대 기죽지 않고 TBC의 〈목격자〉라는 프로그램에서 왜 먼저 그런 인터뷰를 했냐며 시시비비를 따져 물었다. 그리고는 "내가 처녀를 건드려 잘못 낳은 딸도 아니고, 어떻게 하다 낳은 딸도 아닌데 왜 우리 어머니의 존재를 그렇게 표현했느냐"며 대들었다. 집안에 이런 극심한 갈등은 좀체 풀리지 않았다.

훗날 돌이켜보니 사실 우린 모두 피해자인데 서로에게 안 좋은 모습만 보였던 것 같다. 아버지의 여인들은 하나같이 가장의 보살핌과 의무를 받지 못한 불쌍한 여인네들이다. 그 여인들이 낳은 자식들은 또 어떠했겠나. 내 형편과 별반 달랐을 리 없다. 그럼에도 우리는 각자 최소한의 위상이라도 지키기 위해 싸울 수밖에 없는 운명들이었다.

아버지가 유명해지면 어쩔 수 없이 자신의 존재를 숨기며 살아야 하는 경우도 종종 있다. 실명을 거론할 수는 없지만 우리 사회의 유명인사가 재혼을 할 경우, 재혼 후 낳은 소생들만 세상에 거론될 뿐, 본처의 소생들은 숨겨지고 세상에 알려지지 않는 경우가 대부분이다. 그러나 존재는 내세우지 않으면 묻힐 수밖에 없고 누군가는 그것을 이용하려 든다. 그렇기에 내가 어머니에 대해 얘기하고, 정실부인의 딸임을 강조하는 것도 바로 이점에서다. 설령 이기적인 처사라 비난받을지라도 나 자신과 내 어머니를 지키기 위해서는 어쩔 수 없는 선택이었다.

하지만 동생들은 그들 나름의 이유로 하소연을 한다. 자신들이 그렇게 태어나고 싶어서 태어난 것은 아니지 않냐고……. 이 또한 맞는 말이다. 죗값은 책임감 없이 일을 저지른 부모가 받아야 마땅하건만, 어째서 죄 없는 어린것들이 고통을 끌어안아야 하는지 내 마음도 아프긴 매한가지다.

내가 아버지에 관해 이야기하면서 가장 힘들어하는 부분이 바로 동생들에 관한 것이다. 돌아가신 분이야 그분의 명예를 최대한 생각하면서 이야기하면 그리 부담스럽지는 않다. 게다가 내가 아무리 아버지의 원망을 늘어놓는다 해서 지금 뭐가 달라지겠는가. 결국 김두한은 내 아버지시고 나는 그분의 딸인 것을……. 부모 자식 간에 애정과 애증은 한 덩어리라는 것은 누구나 다 알고 있는 사실이다.

하지만 동생들은 아니다. 아직 살아야 할 날들이 많고, 자칫 잘못했다가는 내 의도와는 달리 이복동생들의 마음에 상처를 입힐 수도 있다. 때문에 조심스럽게 얘기를 꺼낼 수밖에 없다.

만약 동생들과 함께 살았던 기억이라도 있다면 그 아이들을 바라보는 내 마음이 조금은 더 편했을지도 모른다. 그러나 서로 다른 어머니 밑에서 성장한 탓에, 아버지가 같고 생김새가 닮았다는 것을 제외하면 공감대가 전혀 없다. 평상시에 왕래도 드물고 명절이나 제사 때에도 얼굴을 볼 수 없는 처지이고 보니 맏이로서 내가 할 수 있는 일도 별로 없다. 그나마 내가 동생들을 위해 할 수 있는 일은 선조들을 잘 모셔 그들에게 두루 복이 미치도록 하는 것뿐이다.

나는 지금 할아버지, 할머니, 아버지, 어머니 제사를 몇십 년간 모시고 있다. 어릴 때부터 우리 집에서 4대 봉제사를 받들던 터라, 제사를 잘 모시는 것이 효의 상징이라는 확고한 신념이 있다. 제사 때마다 나는 일국이에게 이렇게 말한다.

"너는 송씨이고, 나는 김씨이다. 원래 유교적 관념으로 외손봉사는 하지 않았지만 이분들은 오늘의 대한민국을 지켜온 국가유공자분들이다. 대한민국 국민의 한 사람으로서, 또 후손으로서, 자랑스러운 선대의 제사를 받드는 것은 당연한 일이라 생각하거라."

가끔 일국이와 송이를 데리고 아버지의 산소를 갔다 오면 아이들은 하나같이 외할아버지의 산소가 너무나 초라하다며 안타까워한다. 특히 장남인 일국은 외증조할아버지야 홍성에 사당도 있고 국가에서라도 알아서 관리해주지만, 외할아버지의 경우는 공인들에게 많이 알려진 것에 비해 벌초도 제대로 되어 있지 않아 늘 마음 한구석이 무거운 모양이다. 언젠가는 김두한 사당을 건립하는 것이 어떻겠냐며 내게 넌지시 물어오기도 했다. 조상을 생각하는 아들의 마음을 보니 참으로 대견스럽다. 하지만 한편으론 동생들 생각이 나 마음이 짠하다. 나나 동생들이나, 또 그들의 자손들이, 최소한 선대에 누를 끼치지는 않겠다는 마음으로 각자 열심히 살아준다면 그것만으로 다행이라고 생각한다.

8

아버지를 존경한
신사적 도둑

아버지 때문에 상처받을 때도 많았지만 반대로 덕을 본 일도 있다. 아직도 잊혀지지 않는 사건 중의 하나인데, 지금으로부터 약 20년 전의 일이다. 내 아이들이 중·고등학교를 다니고 있을 때고, 우리가 강남 압구정동 현대아파트에 살 때의 일이었다.

하루는 촬영을 마치고 집으로 돌아오는 길에 좌판의 과일을 사기 위해 잠시 차를 세워둔 적이 있었다. 별 생각 없이 사과를 고르고 있었는데 갑자기 내 차가 눈앞에서 사라진 것이 아닌가! 너무 순식간에 일어난 일이라 잠시 동안 어찌할 줄을 모르고 당황해했다. 혼이 쏙 빠진 내 모습에 오히려 과일가게 주인이 대신 신고를 해주었다.

어찌나 경황이 없던지⋯⋯. 강남경찰서에서 차량번호를 물어오는데 숫자 외의 앞에 글자는 도무지 기억하려 해도 생각이 나지 않았다. 우여곡절 끝에 간신히 차량번호를 말하고 도난신고를 하러 경찰서로 갔다. 경찰서에서도 또 한번 혼이 쏙 빠졌다. 무슨 특종 사건이라도 생긴 줄 알고 각 매체의 기자들이 전부 몰려들어 한바탕 북새통이 따로 없었기 때문이다.

신고를 하고 집에 와서도 심난한 마음은 진정되지 않았다. 그러다 밤 10시쯤 됐을까. 전화벨이 울리고 나는 무심결에 수화기를 들었다. 수화기 너머에는 낯선 남성의 음성이 들려왔다.

"차 잃어버리셨죠?"

그 얘기에 나는 정신이 번쩍 들어 귀를 기울였다.

"예, 그런데요. 누구세요?"

"제가 댁의 차를 훔쳐간 도둑입니다."

"네?"

나는 내 귀를 의심했다. 이게 무슨 말도 안 되는 소리란 말인가! 도둑이 직접 내게 전화를 걸었다고? 나는 순간 아이들에게 손짓을 하며 전화기의 녹음버튼을 누르라고 지시했다. 아이들은 영문도 모른 채 재빨리 녹음버튼을 누르고 왜 그러냐고 소리죽여 물었다.

"저는 압구정동을 무대로 하는 전문 차량털이범입니다."

자신을 도둑이라고 밝힌 남성은 전라도 말씨를 쓰고 있었고, 계속해서 당당하게 자신의 입장을 설명하기 시작했다.

"전문 차량털이범이요? 왜 그런 짓을 했습니까?"

나는 당황한 나머지 도둑에게 왜 도둑질을 했냐고 묻고 있었다. 그러자 이 배짱 좋은 도둑은 호기롭게 자신이 원하는 바를 단도직입적으로 얘기했다.

"제가 원하는 건, 간단합니다. 그저 차값의 10분의 1만 주시면 차는 바로 돌려드리겠습니다."

"뭐라구요?"

"지금부터 제가 몇 개의 전화번호를 불러 드릴 테니, 이 번호로 한번 전화를 걸어보십시오. 모두 저한테 차를 도둑맞은 사람들의 전화번호입니다. 그 사람들에게 직접 확인을 해보면 아실 것입니다. 차값의 10분의 1만 주시면 반드시 차는 돌려받을 수 있다는 것을요. 한번 확인해 보세요!"

정말 기가 찰 노릇이었다. 무슨 인질범도 아니고 차량을 가지고 인질협상이라니!

"제가 도둑이긴 하지만, 강남의 부자들은 저보다 더 도둑입니다. 그래서 그런지 돈도 잘 주더군요. 차를 통째로 잃어버리는 것보다는 낫지 않습니까?"

당시 그랜저의 가격이 2,000만 원 정도였으니 10분의 1이라면 200만 원이었다. 그땐 금전적 손실보다 도둑질하면서 합리화시키려는 회색논리가 하도 어이없어 그 뻔뻔한 수작을 그대로 듣고 있을 수만은 없었다.

"이보세요, 도둑양반! 내가 만일 당신한테 그 돈을 주게 된다면 나 또한 당신 범죄에 일조를 하는 것이 됩니다. 무슨 말인지 아시겠어요? 나는 그럴 의사가 전혀 없습니다."

"물론 김을동 씨가 강남의 많은 부자들처럼 쉽게, 그리고 부정하게 돈을 번 것은 아니라는 걸 알고 있습니다. 누구보다 열심히 일해서 돈을 벌었고 성실하게 사신 분이라는 것을 잘 알고 있습니다."

이렇게 말하더니 그때부터 도둑은 자신이 교통사고를 냈는데 단

돈 몇십만 원이 없어서 교도소에 갔던 사연, 그 후 차량범죄에 손을 대게 된 과정까지도 소상히 얘기했다. 그러고는 "내일 아침 9시에 다시 전화 드리겠습니다. 그동안 잘 생각해보시고 판단하십시오." 하고 전화를 끊었다.

참으로 난감했다. 차값이 아깝거나 차를 잃어버렸다는 생각보다 차 안에 들어있던 내 방송 촬영 의상들이 가장 걱정됐다. 그 의상이 없으면 현재 찍고 있는 드라마의 연결 신을 찍지 못한다. 게다가 드라마가 현대물이 아니고 고시대물이기 때문에 의상들도 모두 옛날 의상이라 다른 곳에서 구할 수도 없는 것들이었다. 이러다가는 드라마를 처음부터 다시 찍어야 하는 상황이 벌어질 수도 있는 것이다. 나 하나 때문에 드라마에 손해를 끼칠 수도 없고……. 어떻게 해야 할지 곰곰이 생각해보았다.

그리고 다음날, 약속대로 도둑에게서 다시 전화가 걸려왔다. 그러나 결단코 도둑의 제안을 수락할 수는 없었다.

"여보세요, 내 생각은 변함이 없습니다. 내가 왜 당신의 범죄에 동참해야 합니까?"

내심 속으로는 정말 도둑이 차를 돌려주지 않으면 어쩌나 걱정이 들었지만 겉으로는 태연한 척 도둑에게 응대했다. 그러자 도둑은 내 강경한 태도에 뜻밖의 질문을 했다.

"김을동 씨, 제가 이 세상에서 제일 존경하는 사람이 누구인지 아십니까?"

"그걸 제가 어떻게 알겠습니까?"

"바로, 댁의 아버님 되시는 김두한 어르신이십니다."

"네?"

"자, 제 말을 좀 들어보십시오. 사실 지금 곧 다가올 추석 때 감방에 있는 동료들에게 영치금도 넣어줘야 하는데, 수중에 가진 돈이 없습니다. 더도 말고 떡값 30만 원만 주시면, 댁의 아버님을 봐서라도 차를 돌려드리도록 하겠습니다. 저도 처음부터 나쁜 사람은 아닙니다. 자, 어떻게 하시겠습니까?"

"좋습니다. 그렇게 하죠."

솔직히 30만 원이 아니라 3만 원도 도둑에게는 주기 싫었지만 방송의상 때문에, 나는 어쩔 수 없이 타협을 보아야 했다. 통화를 끝내고 즉시 도둑에게 돈을 부쳐주자 득달같이 연락이 왔다. 약속대로 차를 돌려줄 테니 사람을 보내라는 것이었다. 차는 연세대 정문에서 조금 떨어진 곳에 세워두었고, 키는 앞바퀴 위에 올려 두었다고 설명해 주었다. 그러면서 아무것도 일절 손댄 것이 없으니 걱정 말라며, 강남과 압구정동을 무대로 하는 차량털이가 많으니 조심하라는 당부까지 일렀다. 별 희한한 도둑이 다 있었다.

차를 받아보니 도둑 말처럼 흠집 하나 난 곳 없이 멀쩡했다. 그리고 차 안에 있던 핸드백이나 소품들이 모두 그대로였다. 나는 도둑의 마지막 말을 떠올리며 웃지 않을 수 없었다.

"제가 잘 되면 이 돈 30만 원은 꼭 갚겠습니다. 그래도 제가 가장 존경하는 김두한 어르신의 따님에게 폐를 끼칠 수는 없죠."

나는 도둑에게 나중에 기회가 된다면 차나 한잔 하자고 했다. 그렇게 차 도둑 사건은 거기에서 끝나는 것처럼 보였다. 하지만 그로부터 3개월 뒤, 내가 처음 차량 도난 신고를 했던 경찰서에서 전화가 걸려왔다.

"혹시 전라도 말씨를 쓰고, 나이가……."

경찰은 차 도둑을 잡은 것 같다면서 도둑의 특징을 내게 물어왔다. 내가 눈으로 직접 보진 않았어도, 아이들이 전화기에 녹음을 해놓은 것이 있어서 얼마든지 증거자료로 제출할 수 있었다. 하지만 그러고 싶은 마음까지는 없었다. 나는 경찰에게 시치미를 떼고 얼버무리며 전화를 끊었다. 그렇게 며칠이 지나 친구에게서 깜짝 놀랄 만한 얘기를 들었다.

"너 어제 9시 뉴스 혹시 안 봤니?"

"못 봤는데. 무슨 큰 기사라도 났어?"

"네가 9시 뉴스에 나왔어!"

"뭐? 그게 무슨 말이야?"

친구의 말인즉슨, 차털이범의 소행이 뉴스에 나오면서 '탤런트 김을동 씨에게 30만 원을 갈취한 것을 비롯하여…….' 등의 내용이 나왔다는 것이다. 이 말을 듣고 웃어야 할지 울어야 할지 기분이 참으로 묘했다. 분명 범죄자를 잡은 건 우리 사회에서 꼭 필요하고 당연한 일이다. 하지만 씁쓸한 마음이 드는 것도 사실이었다. 그가 나한테는 그리 나쁜 도둑만은 아니었기 때문이다. 도둑이 될 수밖에 없었던 그의 사연이 계속 귓전을 맴돌았다.

세상엔 참 별난 이야기가 많다. 아버지 덕에 200만 원에서 30만 원으로 요구액도 깎고, 드라마처럼 도둑과 기이한 대화도 나눠봤으니. 20년이 훌쩍 지난 지금도 내 인생에 잊지 못할 사건이다.

9

마지막 순간
아버지를 껴안다

1972년 11월 21일, 박정희 대통령이 10월 유신을 선포한 이후 유신헌법에 대한 국민투표가 이날 시행됐다. 결과는 90% 이상의 찬성으로 유신체제 수립! 한쪽에선 유신헌법 철폐 투쟁이 대학생과 젊은이들 사이에서 들끓고 있던 날, 아버지가 돌아가셨다. 국가적으로나, 개인적으로나 격변과 혼돈의 시간이었다.

당시 매스컴에서는 아버지의 죽음에 대해 '풍운아 김두한 가다'라고 표제를 잡았다. 정말이지 본인의 안락한 삶이나 가족이나 돈 따위에 연연하지 않고 한 시대를 풍미하다 간 아버지를 이보다 잘 표현한 말은 없으리라. 풍운아 김두한······.

나는 부고란에 '미망인 이재희' 앞으로 4남매가 있음을 올렸다(나머지 한 명의 이복동생은 이날 아버지의 네 번째 여인의 등장으로 밝혀졌다). 그리고 모든 신문사에 전화를 걸어 미망인인 어머니의 이름과 나를 비롯한 호적에 올라 있는 내 이복동생들의 이름을 불러주었고, 아버지와 어머니의 사진과 호적등본을 제시했다. 아버지가 돌아가시고 난 후에도 나는 조강지처인 어머니의 존재에 대해 세상에 떳떳하게 내놓겠다는 강한 의지가 있었다.

"지금부터 김두한 의원의 장례식을 시작하겠습니다."

이 말을 들었을 때조차도 나는 눈물이 나오지 않았다. 어머니를 생각하며 애써 무거운 얼굴을 하고 있었지만 아버지를 생각하면 나오던 눈물도 다시 들어갈 판이었다. 그저 자식의 도리를 지키고 싶은 마음뿐이었다.

그때의 장례는 '가정의례준칙'이 시행될 때라서 베로 만든 굴건제복은 금지되어 남자는 머리에 건만 쓰고, 여자는 베옷 대신 하얀 소복만 입을 수 있었다. 그래서 어머니는 흰 상복만 입고 계셨고, 결혼한 자식은 나밖에 없어서 일국 아빠가 맏상제 노릇을 하고 있었다. 그런데 아버지와 동거하던 여자가 가정의례준칙을 어기고 장례식장에 베옷으로 만든 굴건제복을 입고 나타난 것이었다. 아버지가 돌아가시기 직전까지 함께 살았던, 정릉의 여인이었다.

그녀는 자신이 상주처럼 보이기 위해 돌출행동을 했다. 미망인인 척 하려는 그녀의 행동이 괘씸해서 나는 큰 소리로 외쳤다. "감히 첩이 부인행세를 하려 베옷을 입고 나왔냐." 그리고는 여자를 밀쳐내고 어머니를 미망인석에 앉힌 다음 장남, 차남을 차례로 세웠다. 그렇게 자리를 정리하고 나서야 영결식을 시작했다.

아버지의 장례가 있던 날은 11월인데도 한겨울 버금가는 추위와 눈까지 오는 을씨년스러운 날이었다. 숨을 내쉬면 입에서는 하얀 입 김이 나올 정도로 싸늘해서, 장례식에 참석한 사람들 모두 얼굴이 얼어 온통 빨갛게 달아올랐다. 그런데도 누구 하나 장례행렬을 벗어나는 사람이 없었다. 모두들 침통하게 아버지의 영구차 뒤를 쫓아가고 있었다.

그렇게 긴 장례행렬이 이어지고 있을 때, 지금의 의정부 부근쯤이었나? 갑자기 웬 아이들이 우르르 몰려오는 것이 보였다. 서너 살 먹은 어린아이부터 열 몇 살 먹은 듯 보이는 큰 아이까지, 열댓 명 정도가 엉엉 울며 아버지의 영구차를 세우는 것이었다. 도대체 무슨 영문인지 다들 어리둥절하고 있었다.

이때 무리 중 나이 든 여자 한 분이 앞으로 나와 우리에게 정중히 고개를 숙였다.

"안녕하세요. 이 애들은 ○○고아원의 아이들이고, 저는 원장입니다."

"아! 예, 그러세요. 그런데 무슨 일로?"

"저희는 김두한 선생님께서 살아계시는 동안 큰 은혜를 입은 사람들입니다. 김두한 선생께서는 몇 년 동안 김좌진 장군님 앞으로 나오는 연금 전부를 저희 고아원에 기부하셨거든요. 덕분에 저희 아이들이 잘 지낼 수 있었습니다. 그 고마움을 달리 갚아드릴 수 없어 마지막 가시는 길에 아이들이 노제를 지내드리려 이렇게 서 있었습니다."

제사를 지내며 코를 훌쩍거리면서 울고 있는 아이들의 울음소리에 나도 갑자기 눈시울이 붉어졌다. 원장은 내게 이렇게 말했다.

"선생님께서는 정말 저희한테는 귀인이셨습니다. 부디 고인의 가시는 길이 편하길 바라는 마음뿐입니다."

그때 내 기분은 말로 설명할 수가 없었다. 어찌하여 아버지는 마지막 가시는 길까지 내게 이리도 모질단 말인가? 살아생전 자식한테는 단돈 십 원을 쓰시지 않고, 학비도 한번을 대준 적이 없으면서, 국가유공자에게 나오는 연금까지도 생판 모르는 남한테 쏟아붓고 있었다니……. 그런데 당신을 원망조차 못하게 나를 이토록 부끄럽게 만드느냔 말이다! 갑자기 터져 나오는 울음을 멈출 수가 없었다. 이젠 아이들도 울고 나도 울었다. 이로써 그간 남아 있던 아버지에 대한 원망과 앙금이 서서히 풀어지고 있었다.

꽁꽁 얼어붙은 손을 감싸며 울고 있는 아이들을 보니, 내 자신이 그렇게 초라하고 창피할 수가 없었다. 그제야 나는 생애 처음으로 아버지께 용서를 빌었다.

'아버지, 잘못했습니다. 잘못했습니다! 내가 당신을 몰랐습니다.'

마지막 정성을 다해 아버지를 보내드렸다. 감히 내가 아버지 가시는 길에 화해를 했다고 서슴없이 말할 수 있을지는 모르겠다. 다만 그날, 아버지께 참회의 눈물을 흘렸던 것은 진심이었다.

아버지 김두한 의원의 장례식 행렬(정릉 무허가 판자촌 골목을 내려오며, 영정사진을 든 사람이 일국이 아빠)

아버지의 장례식
(노제를 지내는 고아원 아이들)

아버지의 장례식 행렬에 나와 절하고
있는 고아원 아이들

김두환 의원 관련 기사
(죽음의 미스테리)

서대문 구치소에 '전용 감방'
사나이 기상에 판검사도 매료

》》'김두한' 1면서 계속

10

정치인 김두한,
그리고 의문의 죽음

아버지의 장례를 마치고 나는 아버지에 대해, 그리고 알 수 없는 아버지의 죽음에 대해 생각해보았다. 어째서 아버지는 그렇게 돌아가셨을까? 아버지의 죽음은 지금까지 미스터리로 남아 있다.

어느 날 우리는 급작스런 연락을 받고 병원으로 달려갔다. 누군지도 모르는 사람한테서 '아버지가 호텔에서 쓰러져 서대문의 고려병원으로 옮겨놓았다' 는 전갈이었다. 그리고 우리가 부리나케 병원으로 달려갔을 때는 이미 의식불명상태였다. 아버지의 주변에는 아무도 없었다. 늘 아버지를 수족처럼 따르던 사람들이 그날은 한 명도 눈에 띄지 않았다. 게다가 아버지를 병원으로 데리고 간 사람은 40년이 지난 지금도 밝혀지지 않았다. 도대체 아버지는 누구를 만났고, 누가 병원으로 옮겼던 것일까?

아버지는 그날 분명 누군가를 호텔에서 만났다. 만약 아버지가 평범한 일반인을 만났고, 그 사람을 만나다 건강상의 문제로 쓰러졌다면, 본인이 나타나지 못할 이유가 없다. 더욱이 아버지의 죽음을 가족들에게 바로 알렸을 것이다. 그런데 무슨 영문인지 그 사람은 자취를 감추었다. 상식선으로 생각해도 매우 비정상적인 행동이며, 의심 가는 사건이 아닐 수 없다.

의식을 잃고 쓰러진 아버지는 그렇게 영원히 입을 다무셨다. 아버지가 쓰러지기까지 무슨 일이 있었는지에 대해서는 도무지 알 길이 없는 것이다. 아버지는 정말로 아파서 쓰러졌을 수도 있고, 타인에 의해 그리되었을 수도 있다. 혹은 의도적인 테러일 수도 있다. 오늘날까지 아버지의 죽음에 대한 어떤 확실한 진상이 밝혀지지 않았으니 의문사라는 말밖에 할 수가 없다.

훗날 세월이 많이 흘러서 나는 우연찮게 아버지의 미스테리한 죽음에 대한 단서 하나를 얻게 됐다. 어떤 다큐멘터리 작가를 만나 들은 이야기인데, 그가 미국에 있을 때 '김두한을 병원으로 모신 사람이 중앙정보부에서 일했던 사람이었다' 라는 말을 들었다는 것이다. 간접적으로나마 중앙정보부와 관련이 있다고 의심은 했지만 그 사람이 누구인지 나타나지 않으니 아직까지 자세한 내막은 알 길이 없다.

만약에 내가 정치를 하지 않았다면 앞서 가볍게 넘길 수도 있는 문제였다. 그러나 고등교육을 받은 나도 정치라는 것이 쉽지 않은데, 하물며 무학의 아버지가 정치적 전략전술에 휘말릴 소지가 많았다는 것은 능히 이해가 가는 일이다.

나는 그동안 아버지에게 자식으로서 쌓인 게 많아서였는지 아버지를 별로 이해하지 못했고, 이해하려고 하지도 않았다. 그런데 나도 아버지의 나이가 되어 보니 조금은 아버지를 생각하고 이해할 수 있을 것만 같다.

국회의원 시절(국회의사당에 출근하며)

아버지는 늘 마음속에 자신이 안동 김씨라는 존재감과 자긍심으로 가득 찼던 것 같다. 주먹으로 이름을 날렸지만 아버지는 한번도 여자를 때린 적이 없었다. 아버지처럼 평생을 자신이 하고 싶은 대로 살다가 돌아가신 분도 없을 것이다. 하지만 정작 돌아가실 때에는 전화 한 통도 당신의 소유로 된 것이 없었고, 국회의원을 두 번이나 지내셨는데도 김두한이라는 이름으로 재산권이 등재된 적도 없었다. 아버지의 것은 그 어디에도 없었다. 그저 무허가 판자집에 남아있던 현금 몇 푼이 아버지가 이 세상에 남긴 전부였다. 그저 장군의 아들이라는 긍지! 그 하나만을 품으셨다.

어떤 이들은 아버지를 반공주의자라고도 말한다. 실제로 아버지는 할아버지께서 공산주의자에게 죽었다는 생각 때문에 반공에 앞장선 적도 있었다. 하지만 아버지가 어떤 사상적인 인식을 바탕으로 그렇게 한 것은 아니었다고 생각된다. 아마도 그것은 아버지가 끝까지 지켰던 소신, '정의의 실현' 그 자체라고 생각했기 때문에 가능한 일이었다.

아버지가 정치를 하실 때 대한민국은 이데올로기와 한창 전쟁을 치르고 있었다. 하지만 아버지의 행동노선과 특정 이데올로기를 연결시키는 것은 그의 성정에 맞지 않다. 어떤 사람이든 정의가 아니라 불의와 타협한다고 생각되면 가차 없이 반대의 입장에 섰다. 아버지에게 정치는 정형이 있었던 것이 아니라, 아버지 자체에 기인한 무정형이 정형인 셈이었다.

아버지가 종로2가에서 선거 유세를 할 때는 대한민국에서 가장 많은 인파가 몰려들었다고 한다. 꾸미지 않고 거침없이 쏟아져 나왔던 솔직한 표현들이 사람들의 가려운 곳을 시원스레 긁어주었기 때문이리라. 나름대로 배운 것이 있고, 식견이 있었으면 조심스럽게 언어를 선택해 표현했을 터였다. 그러나 아버지는 그러지 못했다. 프란체스카 여사(이승만의 대통령 배우자. 당시 영부인)를 '노랑머리'라고 불렀을 정도로 직설적으로 표현했었다. 종로바닥으로 몰렸던 서민들은 자신들이 그동안 마음속에만 담아두었던 얘기를 아버지가 쏟아내니 당연히 열광할 수밖에 없었다. 그런 아버지의 저돌적인 연설은 유세장을 인산인해로 만들었다. 어느새 아버지는 '두한이 오빠'를 외치며 몰려드는 오빠부대를 정치인 최초로 만들어낼 정도였다.

하지만 실상 아버지의 연설에는 체계라는 것이 없었다. 보좌관들이 연설문을 써주면 앞에 한두 줄은 잘 읽다 삼천포로 빠지기 일쑤였다. 이야기를 재미있게 구사하는 능력은 탁월했지만 체계적이거나 논리적인 것하고는 거리가 먼 연설이었다. 한번은 동아방송의 15분짜리 대담프로그램에서 인터뷰 녹음을 하는데 30분이 걸렸다고 한다. 방송에서 사용할 수 없는 용어를 쏟아냈고, 어떤 말을 해야 하는지 계산도 없었던 것이다. 당시 PD가 내게 말하길, 본인이 상황을 설정해 음향효과까지 곁들어 생생하게 이야기를 구성했다고 한다. 예를 들어 "장충 체육관 앞에서 총을 쐈다."라고 말하면 되는 것을, "장충체육관 앞에 사람이 몇 명이 어떻게 배치되어 있는데 내가 총

유세 연설 장면 학생들과 함께하는 김두한 의원

을 빠바바방 쐈다."는 식으로 묘사했다. 그렇게 말을 하면 어떤 파급 효과가 있는지를 생각하기보다는 있는 그대로의 진솔함과 재미를 더하기 위한 약간의 과장을 보태는 것이다. 듣는 사람은 즐겁지만 과연 정치인에게 득이 되는지는 의문이다.

아버지는 집권당에서의 정치여정이 거의 없다. 자유당에서도 정체 성을 갖지 못했고, 여당 속에서 야당의 입장을 갖고 있기도 했다. 당을 옮길 때도 자신의 이익을 위해 옮기는 사람이 대부분이지만, 아버지는 '이건 내가 생각하는 것과 다르다.' 고 생각해서 옮기는 유형이었다. 권력을 쥐고자 했던 것이 아니었기에 오히려 좋은 자리에 있다가도 뛰쳐나오는 입장이었다. 그래서 항상 권력의 중심에서 비켜 있었던 것이다.

나는 이러한 아버지의 정치활동이 참 지혜롭지 못했다는 생각도 들고, 한편으론 오죽했으면 그랬을까 하는 측은함도 든다. 남들처럼 약지 못해서 그저 단순하게 옳다 생각하면 옳은 것으로 일방통행만 하신 것이리라. 그러니 다른 정치인한테 눈총도 많이 받았던 것이 아닌

가. 그런데 참 우스운 것은 내가 바로 아버지의 그 우둔한 정치스타일을 똑같이 걷고 있다는 사실이다. 나의 정치 입문기는 뒤에 자세히 얘기할 것이나, 나 역시 계파가 없는 정치인이며 여당 안에서는 야당의 성격을, 야당 안에서는 여당의 성격을 가질 때가 많다. 나의 기준은 오로지 그것이 '옳은 것이냐, 그른 것이냐'에 달렸기 때문이다. 아버지가 그랬던 것처럼 나 역시 정치적 전략전술이나 소위 스킬(skill)이라고 하는 것이 없는 정치인이다. 내 소신은 오로지 정치인은 국가와 사회를 위한 정치를 해야지, 정치를 위한 정치를 해서는 안 된다는 것이다.

아버지는 국회의원 시절에 국회부의장 집 아래에서 방을 얻어 살았었다. 차가 없어서 매일 택시를 타고 다녔는데, 국회부의장이 출근할 무렵이면 더욱 큰소리로 택시! 택시! 하고 불러 자가용을 타고 가는 부의장을 불편하게 만들었다. 그러던 어느 날, 아버지가 택시를 잡으려고 서 있는데 지나가던 부의장이 차를 세우고 내리면서 아버지께 이렇게 말했다고 한다.

"김 의원님, 차가 없습니까? 제가 한 대 사드리겠습니다."

한동네에 사는 국회의원인데 누구는 자가용으로 출근을 하고, 누구는 매일 택시로 출근하니 보는 사람들에게 말이라도 나올까 부담스러웠던 모양이다. 아예 자신이 한 대 사주고 마는 게 낫겠다고 여겼던 것 같다. 그래서 아버지는 공짜로 지프차를 한 대 얻어 탔지만, 그것도 며칠을 가지 못했다. 아버지가 워낙 남에게 나눠주는 것을 좋아해서 차 역시 형편이 어려운 지인에게 돌아갔다. 본인도 얻어 입고 받아쓰고 했으니 다른 사람들에게 나눠주는 것이 당연하다고 생각하셨다.

그러다가 오물투척사건(1966년 9월 22일, 국회에서 대정부 질문 중 당시 국내의 최대 재벌이었던 삼성그룹의 계열사 '한국비료공업'이 사카린을 밀수한 일로 김두한 의원이 국무위원들을 향해 인분(人糞)을 투척한 사건)이 터지고, 아버지는 국회의원직을 박탈당했다. 그런데 그때는 어떻게 그런 일이 가능했는지 몰라도 아버지가 국회의원으로 있을 때 6개월의 세비를

국회 대정부 질문 도중 정경유착과 부정부패를 질타하며 국회에 오물 투척

가불했는데 국회의원 직이 박탈되자 그 세비를 못 갚아서 결국은 빚을 지신 채 세상을 떠나셨다. 주위 사람들이 돈이 필요하다고 하면 자신의 월급까지 가불해서 주었던 것이다.

그분의 남다른 나눔정신은 역시 대물림이었나 보다. 할아버지도 마찬가지였고, 나 역시도 할아버지의 기념 사업회를 한다고 있는 재산을 다 쏟아부었으니 말이다. 게다가 아들에게까지 집안의 명분과 도리를 말하며 은근슬쩍 나눔을 강요하고 있는 것이다.

그러고 보니 내 삶에서 아버지가 남긴 자취는 생각보다 훨씬 넓게 자리 잡고 있었다. 내가 아버지를 따라 정치를 하는 것도 그렇고, 성격도 그렇고, 점점 아버지를 닮아가고 있다. 새삼 불우한 어린 시절을 보내고 협객, 깡패라는 말을 들으며 거칠게 살다간 아버지가 측은해진다. '좀 더 일찍 아버지를 이해했더라면 좋았을 텐데…….' 많은 아쉬움이 남는다. 언젠가 지금보다 아버지를 더욱 이해할 날이 올 것이다. 그땐 나와 아버지의 시간이 그럴 수밖에 없는 필연임을 인정하며, 무덤에 술 한 잔 올리고 싶다.

국회 본회의장. 부정부패를 질타하며(민족대표 33인의 영정을 내걸고)

김두한 의원 국회의원 당선 퍼레이드

해방 후 청년 운동 당시 대한청년단에서 단장으로 활동하던 모습
(왼쪽이 김두한 단장, 오른쪽이 가장 가까운 사이였던 김영태 동지)

동지 김무옥과 함께

근육질의 젊은 김두한 의원

두 번째 이야기

〈야인시대〉에서 아버지 역을 맡은
탤런트 김영철과 함께

아버지의 사진을 배경으로

신세계공원묘지에 있는 김두한 의원 묘소에서 차례를
지내며 (부인 이재희 여사와 합장이 되어 있음)

김좌진 장군의
손녀로 산다는 것

할아버지의 기념사업은 나의 소명이었다. 아무도 알아주지 않았고, 되레 손가락질까지 받았지만 그래도 '유일한 장군의 핏줄이며, 내 할아버지' 라는 소명의식으로 묵묵히 버텨왔다. 그간의 힘들었던 기억을 떠올리면서 문득 이런 생각이 들었다. '정말 조상님의 보살핌의 결과는 아닐까!' 라고. 서른이 넘어서도 자리를 잡지 못하고 무명 생활로 힘겨워했던 일국이의 지난날들도 그 업의 한 과정이었던 셈이다. 조상님과 할아버지가 나와 일국이에게 상을 주신 것 같은 묘한 기분이 들었다.

뿌리를 찾고
자신을 찾다

　1980, 90년대에 잘나가던 가수나 연예인들은 대부분이 소위 '밤무대'라는 곳에서 활동을 많이 했다. 사실 TV는 대중적인 인기를 유지하기 위한 수단이었고, 밤무대에서 활동해야지만 짭짤한 수입을 벌 수 있었다. 지금의 인식과 달리 당시에는 그곳도 하나의 무대라는 개념이 강해 그리 꺼리는 분위기가 아니었다. 오히려 밤무대 제안이 인기를 가늠하는 척도가 되던 때였다.

　나에게도 밤무대 제의는 많이 들어왔다. 그러나 아무리 좋은 조건의 제안이 와도 '장군의 손녀'라는 수식어 때문에 스스로 '밤무대 금지령'을 내렸다. 그런데 어느 날, 〈달동네〉라는 드라마 촬영 차 부산에 내려갔다가 동료들과 친목다짐을 위해 오랜만에 유흥업소를 가게 됐다. 당시 〈달동네〉 드라마의 인기가 높은 터여서 해당 유흥업소 측에서 우리를 모시려 여간 애를 쓰는 것이 아니었다. 우리도 일반 손님으로 찾아온 것이라 한사코 사양을 해도 "아이고, 김을동 선배님이 오셨습니다!"라며 무대진행을 보던 사회자가 끈덕지게 나를 불러 세웠다. 그 바람에 처음으로 밤무대라는 것을 오르게 됐다.

얼떨결에 무대에 오른 나는 인사만 하고 내려올 심산이었다. 하지만 객석의 끈질긴 요청에 따라 결국 '일편단심 민들레야'라는 노래도 한 곡 부르고 내려왔다. 그날 관객들의 호응은 대단했고, 사장도 흡족했는지 언제 한번 시간을 또 내달라며 간절한 청을 하기도 했다. 나야 엉겁결에 분위기에 휩쓸려 승낙을 하고 서울로 올라왔다. 예약 날짜가 다가오자 카바레 주인은 '카바레 김을동 출연!!'이라는 문구가 적힌 포스터를 곳곳에 붙였다고 한다. 순식간에 내 이름과 얼굴이 거리 곳곳에 퍼지게 된 것이다. 하지만 그 포스터들은 그리 오래가지 못했다. 포스터에서 내 얼굴과 이름을 본 노인 한 분이 카바레로 찾아와서는 불같이 화를 냈기 때문이다.

"이런 몹쓸 것들! 그 집안이 어떤 집안인데 어디 장군의 손녀가 카바레에 와서 이런 짓거리를 해! 당장 떼버리지 못할까. 어서 떼버리지 않으면 내 가만있지 않을 테니 당장 떼버려!"

노인분이 핏대를 올리며 호통을 치는 바람에 카바레 관계자들은 어쩔 수 없이 사방에 붙은 포스터를 떼느라 고생했다고 한다. 결국 내가 알지도 못한 나의 밤무대 출연 계획은 그렇게 무산됐고 나를 대신해서 후배들이 내려가서 그 약속을 지켰다.

뒤늦게 얘기를 접한 나는 이 일을 계기로 다시 한번 내가 '김좌진 장군의 손녀'라는 사실을 새삼 깨달았다. 역시 사람들은 나를 배우 김을동으로만 보는 것이 아니라 장군의 손녀 김을동으로 바라보고 있다는 것을 뼈저리게 실감했다. 본의는 아니었지만 한순간 방심했던 나에게 따끔한 일침을 가하는 사건이 아닐 수 없다. 그렇게 무언의 금기는 내가 생각했던 것보다 훨씬 크고 무거운 것이었다.

　가문의 금기는 일국이의 경우도 마찬가지일 것이다. 나야 그렇다 치더라도 아들까지 집안의 명예로 인해 자신만의 금기에서 자유롭지 못할 거란 생각을 하니 마음 한편이 무거워진다.

　내가 생각하는 좋은 배우란, 다양한 연기변신이 가능한 사람이다. 변신하지 못한다면 어떻게 배우라 말할 수 있겠는가. 그래서 많은 배우들이 한 가지 캐릭터의 이미지로 고정되는 것을 두려워한다. 비슷한 캐릭터에 오래 머무르다 보면 관객이 식상함을 느끼는 건 당연지사일뿐더러 연기자 스스로의 발전을 저해하기도 한다. 아들의 경우에도 〈해신〉이나 〈주몽〉 등에서 많은 인기를 얻었지만, 한편으로는 '사극배우'로 너무 강하게 각인된 나머지 점잖고 바른 이미지로만 고착되는 경향이 없지 않았다. 거기에 '장군의 외증손자'라는 이미지까지 더해 어떨 때는 오히려 나보다 더 많은 고정관념이 일국이를 따라다니는 것 같았다. 개인으로서는 득이 될 수 있겠지만 배우에게는 치명적인 약점이 된다. 그래서 그 나름대로 시도한 것이 영화 〈작업의 정석〉이었다. 이전의 바른 이미지의 일국의 모습과는 판이하게 바람둥이 캐릭터로 연기 변신을 시도했던 것이다.

　사실 나는 많은 조연을 해오고 끼도 충만한 배우였지만, 의외로 완전히 망가진 역할은 해본 적이 없다. 내가 술집 작부 역할이나 혹은 정신 나간 미친 여자 역할을 어떻게 할 수 있었겠는가. "장군의 손녀가 어떻게 저렇게 망가질 수 있는가! 그래도 집안의 이미지가 있지."란 탄식이 나올 것이 뻔했다. 이것이 나의 보이지 않는 금기의 벽이었다.

그래서 지금까지 나의 캐릭터는 다양하지 못한 편이다. 무섭거나 카리스마가 있는 역할에 한정됐었다. 하지만 다행인 것은 내가 주연급 연기자가 아니라 캐릭터 변신이 가능한 조연이었다는 점이다. 조연이기에 그나마 장군의 손녀로서 짊어져야 할 보이지 않는 금기에도 조금의 숨통이 트였다. 조연의 캐릭터는 사람들의 시선에서 조금씩의 면죄부를 갖고 있었으니까. 향후에 내가 연기를 또 하게 될지는 아직 모르겠다. 그러나 그때는 장군의 손녀에다가 국회의원을 지낸 사람으로서 또 하나의 금기가 더해지지나 않을까 사뭇 걱정된다.

이것이 나의 지나친 기우일지 모르겠으나 보이지 않는 금기는 배우생활뿐만 아니라 경제적인 문제에서도 드러난다. 나는 원래가 부동산 투자니 사업이니 하는 것들과는 거리가 멀었다. 어디에 있는 땅이 몇 년 후에 오르고, 아파트가 투자가치가 최고며, 또 주식이며 펀드며 하는 단어조차도 내게는 그저 남의 일로 들린다. 지금도 마찬가지지만 내 몸에는 그 흔한 귀걸이나 반지조차 없고, 이제까지 패물이며 액세서리 하나를 내 손으로 사서 끼워본 적이 없다. 그런 것들이 오히려 거추장스럽고 귀찮은 생각이 드니 돈이나 재물은 나와 참 인연이 없는 것 같다.

수입이 일정치 않는 연예인들은 특히 부업을 하는 경우가 많다. 하지만 그런 것들 역시 내 관심 밖의 일이다. 누구나 하는 재테크도 전혀 알지 못한다. 세상에 쉽게 버는 돈은 그만큼 쉽게 나간다는 게 내 지론이다. 그래서 이제까지 정직하게 벌어 정직하게 쓰기만 하며 살아왔다. 그런데 이런 내가 근래에 가장 심혈을 기울이며 벌인 사업이 하나 있었다. 바로 '김좌진 장군 기념사업'이다.

나는 '김좌진 장군 기념사업'에 모든 재산을 쏟아부었다. 그간 평생 모아온 재산이 거의 바닥을 드러내고, 살고 있던 집까지 내놓으면서 기념사업에 열정을 쏟았다. 사정이 그렇다 보니 다시 한번 운명의 장난 같은 일에 실소를 금할 수가 없다. 내 아버지도 공수래공수거로 가셨건만 나도 딱 그 짝인가 보다.

솔직히 나는 재고 짜는 계산 자체를 싫어한다. 지금도 내 통장이 몇 개고, 얼마가 들어있는지 잘 모른다. 이렇게 금전 개념이 없는 내가 재테크를 한다고 얼마나 큰 이익을 얻겠는가. 실제로 나 역시 장사를 안 해본 건 아니다. 기념사업 일로 금전사정이 여의치 않자 주위에서 장사를 권해 시작도 했었다. 그런데 오히려 더 큰 손실만 내고 장사는 접어야 했다. 이익을 추구하는 데 있어서 너무나 익숙하지 못했고, 사업이라는 개념자체가 부족한 게 원인이었다. 사장이 계산대 한번 지킨 날이 없으니 말 다한 셈이다. 그날그날 수입 정산도 이루어지지 않았는데 망하지 않는 것이 비정상이지 않은가. 다행히 내 모든 통장을 맡겨두어도 믿을 수 있는 사람이 있어 그나마 거지 신세를 면하고 살고 있다.

고백컨대, 나는 원래 영악하지 못한 사람이다. 그리고 내 스스로도 영악하게 살기를 바라지 않는다. 돈이 싫은 사람이야 어디 있겠냐마는 손익을 따지고, 손해 보지 않기 위해 머리를 쓰는 것이 싫다. 재물이 생기면 생기는 족족 나눠주고, 부귀에는 관심이 없던 아버지의 삶이 싫어서 그나마 내딴에는 계산하면서 살아야 한다고 다짐하면서도 결국은 성과를 내지 못하고 있는 것이다. 아버지의 피를 확실히 물려받은 것이 분명하다.

만일 내가 태생적으로 욕심이 많은 사람이었다면 평범하지 않은 집안에서 태어난 걸 원망하며 살았을지 모른다. 할아버지 덕분에 김좌진 장군의 손녀라는 감투를 달고 살지만, 독립운동가의 후예는 필요 이상의 욕심을 부려서도 안 되고, 바르지 못한 행실이 드러나면 남들보다 몇 배는 불거져 소문이 나기 때문이다. 다행히 내가 실리를 추구하는 것하고는 거리가 먼 사람이라 장군의 자손이 주는 제약을 순순히 응할 수 있었다.

돌아보면 세상엔 운명이란 것이 꼭 있다는 생각이 든다. 비록 내 필연의 과업인 배우라는 직업에서도 그 선을 넘지 못했던 아쉬움이 남긴 하지만, 그것마저 내 운명이라고 생각한다. 운명은 거스를 수가 없는 것이다. 또 그렇게 해서도 안 된다. 순리대로 살고, 자신의 본분에 맞게 사는 것이 우리가 살아가야 할 자세라고 생각한다.

2

'주몽' 캐스팅은
'우연'이 아니다

"나는 한나라 속박에서 고통 받는 옛 조선의 유민들을 구하고 잃어버린 땅을 되찾을 것이다. 그것이 내가 다시 부여로 돌아가는 이유다."

- 〈주몽〉의 대사 중 -

고구려의 건국을 암시하며 동료들에게 힘찬 다짐을 하는 주몽의 모습이 TV화면을 가득 메운다. 평균 시청률 40%라는 어마어마한 인기를 구가했던 〈주몽〉은 내 애청 드라마 중 하나였다. 물론 아들이 주인공 주몽 역으로 출연해서이기도 하다. 일국이가 힘든 무명시절을 딛고 주몽이라는 멋진 주인공으로 탈바꿈하기까지의 과정은 너무나 운명적이고 드라마틱했다. 어떤 부모가 제 자식 나오는 드라마를 지켜보지 않을 수 있겠는가. 하지만 그 이유가 전부여서는 아니다.

무엇보다 주몽을 볼 때마다 감회가 남다른 것은, 그 배경이 되는 곳이 내 집안과 참으로 많은 사연이 연관돼 있어서이다. 할아버지의 기념사업으로 아들과 나는 해마다 그곳을 방문하고 있기 때문이었다.

2005년 10월, 일국이와 나는 할아버지를 비롯하여 북만주 항일독립투사들의 업적과 넋을 기리기 위해 온 사재를 털어 건립한 김좌진 장군 기념관(한중우의공원)의 개원식을 위해 중국 흑룡강성 해림시를 방문했다. 그때 묵었던 목단강 시내 호텔의 기념품점에서는 커다란 활을 팔고 있었는데, 평소 기념품 따위에는 관심도 없던 일국이가 활에서 눈을 떼지 못하고 있었다.

"네가 웬일이냐! 어릴 때도 쳐다보지 않던 것을."

"이거, 방송국 소품실에 가져다주면 쓸모 있겠는데요."

그러면서 망설이지도 않고 선뜻 활을 사들였다. 그러고는 활을 쏘는 시늉을 하기도 하고, 마치 귀한 물건을 다루듯 한참을 활에서 눈을 떼지 못했다. 나는 속으로 '어린애처럼 기념품은……. 싱거운 녀석.' 이라고 생각하고 그때 별로 대수롭지 않게 넘겼다.

그런데 운명 같은 생각이 또 든다. 한국에 돌아와 얼마 되지 않아 일국이에게 주몽 역 캐스팅 제의가 들어온 것이다. 처음에 주몽 역을 제의받고 아들은 내게 상의를 해왔다. 그때의 기분은 뭐랄까, 잠시 소름이 돋았다. '주몽'은 우리 역사에서 온전한 국가형태를 갖춘 첫 번째 나라의 왕이다. 또한 〈주몽〉 드라마의 주 무대가 되는 옛 고구려의 땅은 지금의 만주지역으로, 내 할아버지가 독립운동을 하셨던 바로 그곳이 아니던가. 또 어디 그뿐이랴! 수많은 난관 속에서도 몇 년째 대학생들을 데리고 북만주항일독립투쟁의 흔적을 찾아 나서고 있는 '청산리 역사대장정'의 첫 번째 코스가 바로 주몽이 나라를 건국하고 처음 세운 오녀산성(고구려성)이 아니던가! 나는 깊은 생각에 잠겼다.

〈주몽〉에서 열연한 아들 송일국

혼자 할아버지의 기념사업을 끌고 오면서 그동안 겪었던 힘든 시간들이 주마등처럼 지나갔다. 새삼 뿌듯한 보람도 느끼면서 갑자기 서러운 감정도 교차됐다. 복잡한 심정이 복받쳐 올랐다. 그동안 할아버지의 기념사업회를 끌고 가면서 가족들한테도 속 시원히 털어놓지 못했다. 내 업(業)을 가족들에게 함께 지어주기 싫어서 어려운 일들과 경제적인 문제들을 꼭꼭 숨겨야 했다.

할아버지의 추모사업은 나의 소명이었다. 아무도 알아주지 않았고, 되레 손가락질까지 받았지만 그래도 나는 '유일한 장군의 핏줄이며, 그분은 내 할아버지' 라는 소명의식으로 묵묵히 버텨왔다. 그간의 힘들었던 기억을 떠올리면서 문득 이런 생각이 들었다. '정말 조상님의 보살핌의 결과는 아닐까!' 라고. 서른이 넘어서도 자리를 잡지 못하고 무명생활로 힘겨워했던 일국이의 지난날들도 그 업의 한 과정이었던 셈이다. 조상님과 할아버지가 나와 일국이에게 상을 주신 것 같은 묘한 기분이 들었다.

하지만 의외로 일국이가 〈주몽〉 출연을 결정하기까지는 시간이 걸렸다. 일국이를 비롯하여 주변 사람들은 모두가 〈주몽〉 출연에 대해 부정적으로 생각하고 있었다. 이미 드라마 〈해신〉의 '염장' 역으로 어느 정도 이미지가 구축되어 있었는데, 다음 작품을 또 사극으로 한다면 아예 사극배우로만 굳어질까 염려한 것이었다.

유일하게 내 생각만은 달랐다. 사극이면 어떻고 현대극이면 어떻겠는가. 게다가 주몽 역을 충분히 소화할 수 있는 능력이 되고, 만약 시청률도 높게 나온다면 현실적으로 한국과 중국 사이에서 역사논쟁이 일고 있는 고구려 역사에 대해서 국민적 관심을 불러올 수 있는 기회도 될 것이다. 그것만으로도 충분히 가치 있는 일이라고 생각했다.

이런 나의 의견을 듣고 아들은 고민 끝에 주몽역을 받아들였다. 그러나 매니저와 소속사에서는 사극을 하면 CF 제의도 들어오지 않는다며 적극 반대하고 나섰다. 당시 일국이는 가수 장나라와 함께 중국 홍보대사였는데, 심지어 주한 중국대사관에서도 일국이가 〈주몽〉에 출연하는 것에 대해 부정적인 의견을 보내왔다. 이렇게 주변의 반대가 심했지만, 일국이와 나는 결국 힘겹게 사람들을 설득하여 주몽 배역을 맡기로 결정한 것이다.

주몽은 '활을 잘 쏘는 사람'이란 뜻이다. 할아버지의 기념관이 세워진 곳에서 유독 활에 관심을 보이며 기어이 한국까지 사왔던 것이 그저 우연이라기에는 너무도 신기했다. 이후에 〈주몽〉에서 아들은 활을 쏘는 장면을 자주 연출했다. 그 모습을 볼 때마다 나는 그때 일이 떠오르지 않을 수가 없었다. 나를 따라 김좌진 장군 기념사업회에 함께 참여한 일국이가 주몽이 건국하려 하는 고구려 땅에 발을 디디고 느꼈을 사명감 또한 남달랐으리라 여긴다.

언제부턴가 아들은 할아버지 기념사업을 위해 자신 것도 내어놓기 시작했다. 만약 일국이의 도움이 없었다면 할아버지의 기념사업은 계속 유지될 수 없었을 것이다.

순전히 내 자산으로 할아버지의 기념사업을 벌여오다 길거리에 나앉을 신세가 되었을 때였다. 마침 일국이에게 CF 제의가 들어온 것이었다. 〈해신〉의 '염장' 역으로 조금 인기몰이를 할 때였지만, 사극배우들에게는 좀처럼 CF가 들어오지 않는 데다 악역이기까지 했는데 느닷없는 CF였다. 그런데 세상에 정말 죽으라는 법은 없는지, 이후 아들에게 연거푸 CF가 들어왔다. 그 덕분에 다행히 길거리에 나앉을 신세를 면하게 된 것이다. 이 일을 계기로 일국이도 할아버지의 기념사업에 발을 디디기 시작했고, 지금까지 줄곧 나를 도와 할아버지의 기념사업에 참여하고 있다.

세상사는 겉으로 보기엔 그저 우연히 이루어진 것 같아도 전부 어떤 필연에 의해 맺어진 결과라고 한다. 살면서 수없이 선택의 기로에 서고, 어떤 선택을 하느냐에 따라 자신의 운명과 인생이 달라진다.

선택 앞에서 사람들은 갈등하고 번뇌한다. 하지만 때론 강한 운명적인 암시를 받을 때도 있다. 결코 이성적인 판단만이 아닌 운명적인 끌림에 의한 선택이라 여기는 것! 그런 강렬한 느낌은 반드시 있다. '아, 이것은 내가 해야 할 일이구나!'와 같이.

지난날 배우의 길을 택했을 때에 나 또한 그러했고, 내 아들도 마찬가지라고 생각한다. 내가 꼭 해야 할 것만 같고, 하지 않으면 안 될 것 같은 강한 암시적인 느낌을 받을 때, 그것은 이미 선택의 문제를 넘어선 것이다. 나는 선택의 기로에서 골몰하고 있는 사람들이 있다면 이런 말을 해주고 싶다. 그것이 정녕 당신에게 와야 할 것이라면 '물음표가 아닌 느낌표'로 다가올 것이라고 말이다.

MBC 드라마 〈주몽〉에서 주몽 역할 연기 중 명장면

3

이념을 뛰어넘은
할아버지의 민족정신

이라크 전투 당시, 영국의 해리 왕자가 자원입대한다는 뉴스를 봤다. 왕자의 몸으로 군 생활을 한다는 것도 의외였는데 전투현장까지 뛰어든다니 대단하다는 생각이 들었다. 하지만 그보다 더욱 놀라울 만한 사실은, 이번 해리 왕자의 참전은 영국에서 그리 놀랄 만한 일이 아니라는 것이다. 이는 오랫동안 영국왕실의 군복무 전통을 이어온 것이라고 한다. 그의 아버지인 찰스 왕세자도 1970년대 전투기 조종사로 근무했고, 삼촌인 앤드루 왕자 역시 헬기 조종사로 82년 포클랜드 전에 참전했으며, 엘리자베스의 남편인 필립공 역시 제2차 세계대전 때 해군소속이었다. 다들 왕자의 신분으로 목숨을 잃을 수 있는 전쟁에 참전한다니 참으로 용기가 가상했다. 병역비리가 사회문제로 불거지는 우리에게서 있을 수 없는 결단이었다. 내심 영국왕실의 솔선수범하는 사회참여가 부러웠고, 우리의 현실이 부끄러워졌다.

사실 유럽에서는 전쟁이 일어나면 귀족들이 먼저 자진해서 전쟁
터로 달려갔다. '귀족' 이라는 칭호 속에는, 특권층의 권위와 대우만
있는 것이 아니라 나라에 위기가 닥쳤을 때에 앞장서서 국가와 국민
을 보호해야 하는 막중한 의무가 함께 주어져 있다. 그런 이유에서
국민들도 그들의 권위를 인정해줬던 것이다. 이것이 바로 '가진 자
의 도덕적 의무' 라고 일컫는 노블리스 오블리제(Noblesse Oblige)이
다. 이것이 내가 지금껏 장군의 손녀라는 것에 큰 자긍심을 느끼며,
할아버지를 존경했던 이유이기도 하다. 할아버지는 시대를 올바른
길로 인도하고 개척하려 했던 선구자셨으며, 그 누구보다 가진 자의
도덕적 의무를 다하셨던 분이기 때문이다. 아쉽게도 할아버지를 직
접 뵌 적은 없지만, 대신 할머니를 통해 무용담을 들으면서 내 마음
속에는 장군의 이미지와 존
경심이 크게 자리 잡았다.

할아버지는 60년의 세도를
펼친 안동 김씨 집안에서 태어
나셨다. 안동 김씨 집안은 조
선 말기 미관말직까지 모든 세
력을 손안에 넣을 정도로 최고
의 권력을 가지고 있었다. 이
런 세력가 집안의 아들로 태어
났으니 당연히 무엇 하나 부족
함이 없는 순탄한 어린 시절이

대한독립군 총사령관
백야 김좌진 장군

예정되어 있었다. 아버지가 거지로, 천덕꾸러기로 자라난 것과는 너무도 대조적이다. 그 출발에서부터 부자(父子)는 인생의 방향이 틀렸었나 보다.

어린 시절 할아버지는 소문난 말썽꾸러기였다. 고운 명주옷을 입혀놓으면 워낙 장난이 심해서 옷을 더럽히기가 말도 못할 정도였다고 한다. 날이면 날마다 쌓여가는 빨랫감에 쉴 틈이 없었던 노비들은 그 심한 장난 짓에 기겁을 했다고 한다. 다른 양반가 도령들과는 달리 유독 할아버지만 허드렛일을 잔뜩 만들어냈으니 노비들의 불만도 많았을 것 같다.

그런 말썽꾸러기 도련님이 훗날 노비문서를 불태우고, 자신들에게 자유를 줄 구원자가 될 줄 누가 상상이나 했겠는가! 열일곱의 어린나이였던 할아버지는 집안 노비들을 해방시키고 전답까지 나눠주었다. 이러한 할아버지의 아량에 감복 받은 이들은 할아버지를 따라 독립운동을 함께했다고 한다.

독립이나 혁명의 역사를 돌아볼 때 보통 혁명가나 투사가 되는 경우는 자기 신분에 대한 불만에서 시초가 되기도 하는데, 할아버지의 경우에는 11촌 백부가 되시는 김옥균의 개화사상에 영향을 받지 않았을까 하는 추측도 해본다. 낡은 악습을 버리고 봉건제 타파를 외쳤던 개화사상을 바탕으로 할아버지는 노비들을 해방시켰고, 조국의 광복을 위해 조국 땅과 만주에서 독립운동에 힘을 쓰셨다. 그리고 1930년 1월 24일, 해림시에 동포를 위해 세우신 금성정미소 안에서 기계를 수리하다 동포 청년의 총탄에 맞아 암살당하는 것으로 생을 마감하셨다. 그토록 바랐던 조국의 광복을 보지도 못하고 타국 땅에서

허망하게 돌아가신 것이 손녀로서는 마음이 아플 뿐이다.

할아버지의 암살에 관해서는 몇 가지 설이 있다. 조선공산당원이 죽였다는 설과 하얼빈 일본총영사관 마쓰시마의 지휘로 죽였다는 설이 대표적이다. 그중 가장 유력한 것은 일제가 공산주의자 동포를 사주하여 암살했다는 것이다. 동포의 손에 죽음을 맞이할 수밖에 없었다는 자체가 비극적이고 통탄할 일이다. 나라의 독립을 완성하기도 전에 우리 독립운동가들이 사상과 이념 때문에 서로 총부리를 겨눠야 했다는 사실이 참으로 개탄스럽다.

할아버지가 공산주의자에게 암살을 당했다고 해서 우파적 성향이 있었다고는 할 수 없다. 할아버지나 아버지나 두 분 모두 이념에 얽매이신 분이 아니셨다. 오로지 민족주의자였기 때문이다. 군이 할아버지의 사상을 꼬집는다면 단재 신채호, 우당 이회영 선생과 같은 무정부주의에 가까웠다. 우리나라 독립운동가들의 무정부주의 사상은 제

청산리 항일대첩기념비에서
청산리 역사대장정 대원들

국주의를 극렬히 반대하고, 인간의 자유와 평등의 실현을 주장한 것이었다. 어린 시절 노비를 해방하여 그들의 자유와 평등을 실현한 것! 군대를 조직하여 일제 제국주의에 가장 격하게 반항하신 것! 가는 곳곳마다 학교를 세워 교육의 평등을 실현하신 것! 또한 중국 해림시에 정미소를 운영하며 동포들이 스스로 살아갈 수 있는 토대를 만들기 위해 노력하신 점 등을 고려해볼 때 할아버지는 진정 민족을 위해 당신의 이념을 실천하신 분이셨다.

이것은 내가 어머니께 들은 이야기이다. 6·25 때 일이라고 하는데, 나는 어려서 도통 기억이 나지 않는다. 어머니와 나는 줄곧 서울 삼청동에서 살고 있었는데, 전쟁이 일어나자 아버지는 동료들과 피난을 가시고 우리는 미처 떠나지 못한 상태였다. 그러다 결국 북한군에 의해 서울이 점령당해 오도 가도 못하고 갇히는 꼴이 되었다.

서울을 점령한 북한군이 불시에 우리 집으로 들이닥쳤다. 아버지가 남한 정부에 협조하여 좌익세력 척결에 앞장섰다는 이유로 북한 정치보위부가 뜬 것이었다. 그들은 식구들을 사랑방에 감금해 놓고, 아버지가 어디 있는지 찾기 위해 취조를 시작했다. 북한군 앞에서 취조를 받는 어머니는 어린 나를 무릎에 앉히셨다. 총을 겨누고 있는 북한군으로부터 딸을 보호해야겠다는 모성과 차마 어린아이에게 총구를 겨누지는 못하리라는 인간적인 감정에의 호소였다. 그렇지만 우리에게 아버지의 이야기가 나올 리 만무했다. 여태껏 얼굴도 보지 못한 아버지가 소식을 전할 리 없었고, 전쟁 때라고 해서 특별히 오실 이유도 없었기 때문이다.

"원래 저 집은 애 아버지가 들어오지 않아요."

우리 집 사정을 아는 동네사람들은 안타까운 마음에 아버지의 부재에 대해 연신 설명해주었다. 그리고 실제로도 아버지는 집 근처에 얼씬도 하지 않았다. 덕분에 우리는 목숨을 건질 수 있었다. 북한의 서울 점령이 지속되는 동안 우리 집은 북한군 정치보위부의 본부가 되어 버렸다. 혹시나 아버지가 오실까 북한군은 우리를 인질로 잡아두고 있었다.

그렇게 시간이 흐르고 전세가 역전되어 북한군이 후퇴를 하게 되는 시점이 찾아왔다. 하지만 이 또한 우리에게는 긴장의 연속이었다. 후퇴를 하면서 행여 총살당하지는 않을까 어머니는 노심초사하셨다. 모든 짐을 꾸린 북한군들이 집에서 하나둘씩 빠져나갔다. 그때에도 어머니는 나를 꼭 끌어안고는 숨죽이고 계셨다. 그렇게 군인들이 전부 빠져 나가던 찰나, 정치보위부 장교 하나가 어머니 곁으로 다가오는 것이었다. 놀란 어머니는 이 몸은 죽더라도 딸만은 살려야겠다고 마음을 단단히 먹고 계셨다고 한다. 그런데 놀랍게도 정치보위부의 장교가 쌀 한 가마를 내려놓으며 뜻밖의 말을 하는 것이 아닌가.

"아들은 악질반동분자지만 아버지는 민족의 위대한 영웅입니다. 나중에 꼭 인사드리러 오겠습니다."

그리고는 후퇴 직전에 대문 밖으로 나오지 말라고 신신당부까지 했다고 한다. 아마 밖으로 나오는 사람들은 보이는 대로 몰살시키려 했던 모양이다. 어쩌면 그들은 처음부터 우리를 해칠 생각은 전혀 없었던 것 같다. 표면적으로는 아버지가 집에 들어오시지 않아서 살수 있었지만, 사실은 할아버지로 인해 목숨을 건질 수 있었다. 아버지로 인해 인질 신세가 되고, 할아버지로 인해 목숨을 구명 받고……. 우리 가족의 수난사가 곧 민족의 이데올로기와 닿아있다.

역사의 소용돌이 속에 어찌 울고 웃어야 할지 모르겠다.

몇 년 전, 지인이 카페를 개업해서 간 적이 있다. 그곳에서 나는 노래를 한다는 어떤 여자를 소개받았다. 북한에서 온 탈북자였는데 그녀가 나를 보고 무척 반가워하는 것이었다.

"반갑습니다. 김좌진 장군님에 대해 학교에서 배웠습니다. 그 장군의 손녀딸을 만나게 되어 너무 영광입니다."

그녀의 말은 조금 충격적이었다. 우리 정부는 아무리 전공이 높은 국가유공자여도 월북을 하면 역사의 그림자로 묻어두는 경향이 없잖아 있다. 더욱이 예전에는 사상범이라 해서 그의 주변인까지 죄를 묻는 연좌제도 있지 않았던가. 그가 민족주의자건 사회주의자건, 독립투쟁을 했던 선열들의 거룩한 정신은 이념과 관계없이 기록되어야 한다. 그래서 나는 스스로도 이념에 얽매이지 않기 위해 중국에 있는 할아버지 기념관에 모든 독립유공자들을 기록해 놓았다.

김좌군 장군 동상(독립기념관)

청산리 전투 승전 기념 사진
(맨 앞에 앉아 있는 분이 김좌진 장군)

김좌군 장군 동상(충남 홍성)
장군이 가리키는 손끝이
북만주 방향이다.

건국훈장 대한민국장 김좌진 장군 추서(1962.3.1)

4

장군보다 더 위대한 여인
'오숙근 여사'

"나는 조선으로 돌아가야 한다!"

할머니는 화들짝 놀라 잠에서 깼다. 꿈속에서 할아버지는 비장한 얼굴을 하고 할머니에게 호령하듯 말했다고 한다. 그날은 할아버지가 돌아가시고 3년이 지난 어느 날이었다.

잠에서 깨신 할머니는 꿈이 너무도 생생하고 의미심장해서 좀체 마음이 편치 않으셔서 직접 할아버지의 유해가 묻힌 만주로 가봐야겠다고 마음을 굳히셨다.

만주에 들어가 독립군 한 명과 할아버지 산소에 가보니, 아니나 다를까 여우가 굴을 판 자국이 있었다고 한다. '아, 이래서 장군이 선몽(先夢)을 주셨구나.'라고 할머니는 생각했다. 그리고 남편의 유해를 조국 땅으로 모셔야겠다는 결심을 하게 되었다. 할머니는 홀로 삽 한 자루로 무덤을 파서는 창호지에 유해를 추려 보따리에 꽁꽁

싸맸다. 꽤 엄청난 무게였다. 당시 할머니는 "네 할아버지가 통뼈여서 보따리가 얼마나 무거웠는지 모른다." 며 내게 말했다. 유해 무게도 무게지만 정작 더 문제였던 것은, 어떻게 일제의 눈을 피해 우리나라로 가져오느냐 하는 것이었다. 자신의 목숨이 위태로울 수도 있는 위험천만한 일이었다.

할머니는 감시의 눈을 피해 기지를 발휘했다. 가난한 방물장수로 변장하고 유해는 방물장수 보따리로 감추었다. 중년의 방물장수가 보따리를 머리에 이고 일본군이 우글대는 기차에 탔다. 드디어 도착한 신의주! 하지만 국경을 넘으려면 일본군의 검열을 무사히 통과해야 했다.

저 쪽에서부터 서서히 할머니 쪽으로 검열의 순서가 다가오고 있었다. 할머니는 극도로 긴장해 물 한 모금조차 넘길 기력이 없었다. 심장은 요동치고 일본군은 서서히 할머니와 가까워지고 있었다. 할머니는 이러다 검문받기 전에 심장마비로 먼저 죽는 것은 아닌가란 생각이 들었다고 했다.

할머니는 보따리를 손에서 놓지 않고 일본군의 눈치를 계속해서 살폈다. 마침내 할머니의 바로 앞사람까지 당도했다. '이제 큰일이구나!' 할머니는 거의 실신 지경까지 이르렀다. 그런데 그 순간, 할머니 앞쪽 사람과 일본군의 실랑이가 시작되었다. 담배쌈지 문제로 옥신각신하더니 이내 큰 싸움으로 번졌다. 화가 머리끝까지 난 일본군은 싸움에 몰두하느라 다른 사람은 둘러볼 여력이 없었다.

그렇게 싸움은 계속되고 기차 출발을 알리는 신호가 울렸다. 다행히 할머니는 검열을 피해 무사히 보따리를 챙길 수 있었다. 그러나 아직도 공포에 입이 바짝바짝 말랐던 할머니는 차창 밖을 보고 나서야 안심하셨다고 한다. 밖에서 할머니를 지켜보던 한 남성이 '이제 됐다'는 의미의 고개를 끄덕였기 때문이다. 할머니 얘기로는 독립군들이 미리 작전을 세워 할아버지의 유해가 무사히 우리나라로 넘어갈 수 있도록 했다는 것이다. 시비를 건 앞사람도, 옆에서 부추기던 승객들도, 밖에서 할머니에게 무언의 인사를 한 사람도, 모두 독립군들이었던 것이다.

그렇게 할아버지의 유해는 할머니 '오숙근 여사'와 독립군들 덕분에 무사히 고국 땅을 밟을 수 있게 됐다. 하지만 일제의 감시 때문에 충남 홍성에 '장기덕'이란 가명으로 비밀리에 가매장을 해야 했다. 그리고 비로소 해방이 된 후, 충남 보령에 있는 김좌진 장군의 어머니 이름으로 된 한산 이씨 땅에 가까스로 안장됐다. 이는 할아버지가 일찍이 노비들에게 전답을 다 나눠줘 선산조차 남지 않았기 때문이다. 이로써 할아버지는 조국 땅에서 편안한 영면(永眠)에 들어갈 수 있었다.

할아버지도 위대하지만 목숨 걸고 남편의 유해를 지키신 내 할머니도 참 대단하시다. 할머니는 돌아가실 때까지 "일본 놈이 쓰던 것은 콩나물 하나라도 싫다."고 하실 정도로 일본에 대한 적의가 가득했다. 해방이 된 후 적산가옥이 많았는데, 할머니는 나라에서 공짜로 나눠준다고 해도 일본 물건은 숟가락 하나도 받지 않았다. 할아버지만큼 성정이 꼿꼿한 분이셨다.

할머니의 인생도 결코 순탄한 삶은 아니었다. 열여섯이란 어린 나이에 양반 가문에 시집왔을 때만 해도, 그저 부잣집 마나님으로 평범하고 윤택한 삶을 영위할 줄 알았을 것이다. 그런데 얼마 지나지 않아 남편이 모든 재산을 노비에게 나눠주고 초야의 삶으로 돌아간다고 했을 때 그 심정이 어떠했겠는가. 조선의 여인네이기에 좋다 싫다 말 한마디도 못했을 것이다. 그 시대의 여인들이 그러하듯 남편의 험난한 인생을 함께 걸어가는 수밖에 없었을 것이다. 그런 독한 면이 있으셨던 할머니 밑에서 자란 탓에 나 역시 할아버지의 기념사업회를 하게 되었는지도 모른다. 결국 가문을 유지하고 지켜냈던 건, 4대에 걸쳐 남겨진 여인들이었다.

몇 년 전부터 우리나라는 안중근 의사의 유해를 찾기 위해 각고의 노력을 기울이고 있다. 하지만 아직까지 이렇다 할 성과가 들리지 않아 안타깝고 씁쓸하다. 유일하게 김좌진 장군의 유해만 대한민국에 안장되어 있다는 사실에 다시금 할머니에게 존경과 감사를 전한다.

지금도 어린 시절 내 기억 속에 살아계시는 할머니는 근엄하고 무서운 분으로 남아 있다. 여느 할머니들처럼 주머니에 사탕을 넣어두었다가 손녀에게 주는 그런 다정다감한 면은 없으셨던 할머니지만, 올곧은 의지력과 강인한 정신력을 물려주셨다. 살아 있는 남편도 아닌, 죽은 남편의 유해를 어찌 자신의 목숨까지 걸고 지키실 수가 있단 말인가! 그 시대 여인들의 삶의 정신적인 산물이라고 보기엔 그 뜻이 너무도 크다. 할아버지도 훌륭하지만 그 뒤에는 더욱 위대한 여인이 있었다. 할머니 오숙근 여사에게 열녀문이라도 내렸으면 하는 바람이 커진다.

4대에 걸쳐 남겨진 여인들(왼쪽 끝이 나, 두 번째가 어머니
이재희 여사, 가운데 앉아 계신 분이 김좌진 장군의 어머니,
오른쪽이 장군의 부인 오숙근 여사)

김좌진 장군 생가(충남 홍성)

김좌진 장군 묘소(충남 보령)

5

필생의 업(業)이 된
김좌진 장군 기념사업

2010년 7월 5일, 중국 흑룡강성 해림시 산시진에서 「백야 김좌진 장군 순국지」 개관행사를 진행했다. 대한민국 제18대 국회의원 29분과 120여 명의 대학생들이 모였고, 장군의 넋을 달래기 위한 남사당 예인들의 비나리(진혼제)가 펼쳐졌다. 행사의 주체인 나는 이 모든 광경을 하나하나 눈에 담았다. 드디어 필생의 업(業)으로 삼은 김좌진 장군 기념사업을 오늘날 추진하고 있으니 감개가 무량했다. 순간 처음 이곳을 밟았을 때의 모습이 겹치며 옛 기억이 떠올랐다.

중국에서 할아버지의 흔적을 발견하게 된 건 뜻밖의 일이었다. 사실 우리는 할아버지가 중국에서 돌아가신 흔적이 하나도 없는 줄 알고 있었다. 그런데 어느 날 국가보훈처에서 내게 연락이 온 것이다.

"김좌진 장군 일로 김을동 씨를 뵙고자 합니다."

중국에서 김좌진 장군 일로 누가 나를 찾아왔다는 것이다. 나는 연락을 받고 곧장 그를 만나러 갔다. 그들은 해림시 부시장을 비롯한 조선족 동포들이었다.

　　그들이 한국까지 나를 찾아온 이유는 장군이 돌아가신 장소를 알려주기 위함이었다. 그리고 더 늦기 전에 그곳에 흔적이라도 남겨야 할 것 같다는 생각에 장군의 후손을 수소문했다는 것이다. 나는 그들이 더없이 반갑고 고마웠다. 우리는 즉시 김좌진 장군이 머물렀던 흑룡강성 해림시 산시진을 찾아갔다.

　　당시 산시진은 완전히 시골 촌구석이었다. 옛 모습 그대로여서 다행히 할아버지의 흔적을 쉽게 알아보고 보존할 수 있었다. 할아버지가 돌아가신 장소는 마치 오래된 마구간처럼 낡고 허름했다. 참담한 마음에 표식이라도 해둬야겠다 싶었다. 하지만 말뚝만 박아둘 수도 없고 해서 그 인근 11채 가구를 보상해주는 조건으로 허물고 그 자리에 순국지를 조성하기 시작했다. 이를 계기로 본격적으로 김좌진 장군 기념사업을 계획하게 된 것이다.

　　중국은 모택동 동상 외에는 흉상이 거의 없는데 중국 정부의 눈치를 보면서까지 옥으로 만든 김좌진 장군의 동상을 세워놓았다. 그러나 우리나라 사람들이 언제든 찾을 수 없는 장소여서 관리하기에는 한계가 많았다. 순국지의 대문이 중국식 대문으로 되어 있는 것도 할아버지께 참 죄송한 마음이 들었다.

　　할아버지가 순국하셨을 때 중국인들은 '조선의 왕'이 죽었다며 슬퍼했다고 한다. 그런 만큼 나는 할아버지의 순국지가 가장 한국적이면서, 중국인들도 즐겨 찾아 기릴 수 있는 장소가 되기를 바랐다.

따라서 한국에서 장인들을 보내 한국식 기와를 얹고, 한국 전통의 대문도 대한민국을 바라보는 방향으로 새로 달았다. 순국지 앞에는 광장을 조성하여 마을 주민들이 정자에 모여 담소도 나누고, 대한민국에 대한 정보도 알 수 있게 하였다. 또 아이들이 놀 수 있게 놀이터도 조성해 주었다. 이렇게 해서 2010년 순국지를 재단장하여 새롭게 개관하게 된 것이다.

내가 할아버지의 기념사업회를 그토록 추진하게 된 데에는, 할아버지의 위상이 제대로 조명 받지 못하는 현실과 힘없는 후손으로서의 미안함 때문이었다. 우리 사회에 안중근 의사나 윤봉길 의사, 김구 선생 등에 대해서는 많이 알려져 있다. 그리고 정부 주도로 많은 기념사업들도 진행하고 있다. 하지만 유독 무장투쟁으로 독립운동을 했던 애국선열에 대해서는 그다지 관심을 기울이지 않았다. 여러 가지 정치적 이유 때문이기도 했지만, 후손으로 막상 내 할아버지가 역사 속에 묻힌다고 생각하니 가만히 있을 수만은 없었다. 그것이 첫 번째 이유였고, 두 번째 이유는 이것이었다.

할아버지의 흔적을 찾기 위해 1990년대 후반 처음으로 중국 흑룡강성 해림시를 찾았을 때, 나는 조선족실험(모범)소학교라는 곳도 함께 방문했다. 할아버지는 독립운동을 위해 자리를 잡는 곳곳마다 학교를 세워, 독립군 자제들이 교육을 받을 수 있도록 하셨다고 한다. 그중 유일하게 남아 있는 학교가 바로 그곳이었다.

놀랍게도 학교에서는 아직도 아이들에게 한국말과 글을 가르치고 있었다. 중국 땅에서 또랑또랑 한글을 읽는 아이들을 보니 온몸

2010년 새로 단장한
장군님 순국지의
장군님 동상

새로 단장한 순국지의 대문
한국에서 장인을 보내
전통식 대문으로 만들어
대한민국을 향하게 달았음

안중근 의사 서거 100주년 및
청산리 독립전쟁 승전 90주년 기념
제18대 국회의원 항일 역사탐방 中
장군님 순국지 개관행사 진행

대한민국 제18대
국회의원 팀과
제9기 청산리 역사대장정
대원들의 사진
(순국지 재조성 기념)

이 짜릿해지는 것을 느꼈다. 역시 나라는 다르지만 그들은 나와 같은 한민족임에 틀림없었다. 그리고 생각하니 이 아이들의 할아버지도 내 할아버지와 함께 만주 벌판을 달리던 이름 모를 독립투사였을지도 모를 일이었다. 그 순간 이 아이들에게 우리 민족의 혼을 전해 주어야만 한다는 생각이 번쩍 들었다.

그 이후 나는 우리 조선족 동포들이 많이 살고 있는 해림시에 '백야 김좌진 장군 기념관'을 건립했다. 중국 땅에다 짓는 건물인지라 중국 정부의 허락을 맡기 위해 이름은 '한중우의공원'으로 지었다. 한중우의공원(백야 김좌진 장군기념관)이 중국 동포들과 대한민국의 가교가 되길 바라며, 대한민국의 모든 문화를 담을 수 있는 공간으로 기념관을 설계해 나갔다. 새삼 소리 없이 파고드는 문화적 동질성이란 정말 위대하다는 것을 깨달았다.

나는 동포들이 우리 전통혼례를 치를 수 있도록 한복들과 전통혼례 소품들도 비치했다. 그리고 우리의 가락과 춤사위를 선보일 수 있는 공연장도 만들었다. 한국에서 손님들이 가거나 중국에서 교민들의 잔치가 있으면 사용할 수 있도록 식당도 만들고, 숙소도 만들었다. 물론 이 모든 부대시설보다 우선이 되는 것은 전시관이었다.

전시관은 할아버지의 독립운동 행적뿐만 아니라, 북만주에서 독립운동을 펼치시다 돌아가신 모든 독립 운동가들의 공적과 넋을 기릴 수 있도록 특별히 신경을 썼다. 지금 연간 한중우의공원을 방문하는 사람은 수천 명 정도이다. 한국인들은 중국 땅에 이렇게 큰 규모의 독립투쟁 기념관이 있다는 사실에 놀라고, 그 후손인 김을동

개인이 지었다는 사실에 또 한번 놀란다.

솔직히 피붙이도 아닌 타인이 자신의 재산을 전부 걸면서까지 누가 기념사업에 올인할 수 있겠는가. 사람들은 김좌진 장군이 대단하다고는 하지만 정작 기념사업회를 밀어주는 사람은 거의 없었다. 이런 이유 때문에 그동안 추진되어 왔던 많은 순국선열들의 기념사업회가 온전히 자리매김을 하지 못하고 넘어졌던 것이다. 사업회 운영 자금도 마찬가지이다.

사업회 운영이라는 것이 대부분 정부지원을 받기도 힘들고, 민간의 도움을 받는 것도 투명성 확보가 어렵다. 혹여 지원을 잘못 받았다가 사업회의 의미가 왜곡되고 이미지가 훼손될까 우려도 되었다. 게다가 나 역시 남에게 아쉬운 소리를 잘 못하는 성격이라 꺼려지기도 한다. 그래서 집까지 팔아가며 혼자의 힘으로 사업회를 끌고 간 것이다.

속설에 '친일파는 삼대가 흥하고, 독립운동가의 후예는 삼대가 망한다.'라고 했는데 이런 말이 왜 생겨났는지 알 수 있을 것 같다. 간신히 일국이의 도움으로 위기를 넘겼지만 국가유공자를 기리는 일이 이렇게 어려워서야 쓰겠냐 말이다. 그나마 독립운동가의 후예 중에 잘된 케이스가 김을동이라고 하니…‥. 씁쓸한 현실이다.

가끔 사업회나 재단을 세워놓고 그것을 발판으로 다른 길을 모색하는 사람들이 있어서 그런지 내게도 색안경을 끼고 보는 사람들이 있다. 하지만 그것은 내 취지와도 맞지 않고, 가문의 내력과도 어긋난다.

할아버진 자신이 가진 모든 기득권을 내려놓았다. 아버진 돈이나 권력, 명예에 대한 욕심 없이 살다 가셨다. 엄격한 어머니와 할머니는 내게 독립군의 후예임을 매번 상기시켰다. 3.1 독립 선언문이 무엇인지도 모른 채 어른들을 따라 낭독을 하게 했고, 독립군 군가를 동요보다 먼저 배우게 했다. 물론 강요는 아니었다. 할아버지의 동료 분들이 가끔 집으로 찾아와서 독립군의 노래를 합창하곤 했다. 그것이 귀에 익곤 하여 따라 부르다 보니 어느샌가 입에서 술술 흘러나오게 되었다. 이러한 환경에서 자랐는데 어떻게 어른들의 뜻을 거스를 수 있겠는가. 어릴 적부터 나도 그 길을 가야한다고 이미 다짐했던 바이다.

다만 한 가지 걱정되는 것은 있다. 더 이상 나의 기력이 허락하지 않을 시간들에 대해서다. 물론 지금도 일국이가 기념사업회 일을 물심양면으로 돕고 있지만, 조력자로서의 위치와 실질적인 주체가 되어 사업회를 이끌어가는 것은 또 다른 문제이다. 경제적 · 정신적으로 그것이 결코 만만치 않은 일임을 나는 이미 겪어봤다. 내가 엄마라는 이유로 똑같은 업(業)을 아들에게 강요할 수는 없다. 언젠가는 민족사관이 투철한 젊은이가 이 사업을 이어주길 바랄 뿐이다. 자라나는 학생들과 앞으로 이 시대를 책임져야 할 젊은이들에게 민족사관을 불어넣는 것이 이 사업의 주목적이고 앞으로도 민족정신을 계승 · 발전해 나가야 하기 때문이다.

〈청산리 독립전쟁 승전 90주년 기념식〉

김황식 국무총리, 김태영 국방부장관, 대한민국 제18대 국회의원님들의 참석하에
거행된 청산리 독립전쟁 승전 90주년 기념식, 2010년 10월 용산 전쟁기념관

6

청산리 역사의
대장정이 시작되다

　현재 김좌진 장군 기념사업회에서는 국내 대학생들을 대상으로 '청산리 역사대장정'을 하고 있다. 우리나라를 이끌어 갈 젊은 세대들이 중국 항일 독립군 전적지와 고구려, 발해 유적지 등을 행군하면서 자신이 태어나고 자란 조국에 대한 긍지를 갖게 하자는 취지에서이다.

　이것을 기획하고 시행한 것은 2001년부터이다. 그러고 보니 어느덧 10회를 넘겼다. 처음 시작할 때 영리사업이 아니다 보니 여러모로 재정적·경영적 어려움도 많았는데, 이젠 일정부분 정부지원금도 받고 확고한 사업기틀도 잡혔으니 이쯤이면 국내 역사탐방프로그램을 대표한다고 할 수 있다. 어느 대기업에서 진행하는 대장정 프로그램처럼 대중적으로 알려져 있지는 못하지만, 매년 대학생들의 참여 신청이 줄을 잇고 있다. 오히려 부모님들이 자식을 보내고

제10회 청산리 역사대장정 대원들

싫어 할 정도이다.

청산리 역사대장정은 매년 100여 명 규모로 출정을 한다. 그 전에 수백 명의 참가 신청자들이 치열한 경쟁률에서 뽑혀야 우리와 함께 할 수 있다. 출정단원들로 꾸려진 수많은 젊은이들과 대장정을 갔다 오면 나는 그렇게 뿌듯할 수가 없다. 갈 때마다 내 나라에 대한 감사와 선열들에 대한 깊은 상념, 그리고 앞으로 내 자신이 나가야 할 길을 각인하고 돌아온다. 그것은 생명력이 넘치는 시간들이다. 요즈음은 시간이 허락하지 않아 10박 11일을 함께 가지는 못한다. 하지만 나이가 더 들기 전에 다시금 초심으로 돌아가 젊은이들과 함께 걷고 싶다는 욕심이 있다.

청산리 역사대장정은 세월이 흐를수록 그 범위를 넓혀왔다. 처음에는 대학생들을 대상으로 시작했지만, 그 이후 전국의 역사 선생님들을 대상으로 하는 프로그램도 생겨나 매년 진행하고 있다. 또 내가 국회의원이 된 이후에는 국회의원들과 여러 정부기관 관계자, 기업인들도 대장정에 참여하게 되었다. 아무리 많이 배운 사람이라 하더라도 '백문이 불여일견' 이라고 직접 가서 제 눈으로 확인하는 것과 비할 바가 못 된다.

사실 국회의원 중에서도 아직 그 유명한 고구려 유적지나 백두산을 못 가본 분들이 수두룩하다. 꼭 직접 체험해보아야만 마음이 우러나는 것은 아니겠으나 그들에게 꼭 우리 민족의 뿌리와 역사를 직접 경험해보라고 말해주고 싶다. 중국의 동북공정이나 안중근 의사 유해 발굴 등에 관한 공분(公憤)을 나누고 싶은 것이다.

하얼빈 역에는 안중근 의사의 거사지가 있다. 표식이라고 해봤자, 역전 플랫폼 바닥에 세모표시가 전부이다. 그마저도 한국인들이 단체로 가면 중국 공안들은 접근을 허락하지 않는다. 우리의 선열이 타국에서 그렇게 초라한 표식으로 혼을 달래고 있는 것도 울분이 터지는데, 타민족의 허락을 받아야 한다니 더 억울한 일이다. 바로 이러한 공감대를 더 많이 형성하여 제대로 된 충국선열을 기르는 힘으로 작용했으면 하는 것이다.

실제로 작년에는 45명, 올해는 12명의 국회의원들이 청산리 역사대장정에 참여했다. '항일역사탐방' 이라는 예명으로 행사에 참여하면서 많은 감명을 받고, 역사문제에 대해 디 많은 관심을 가지게 됐다고 소감을 말하기도 했다. 우스갯소리로 '벼룩보다 더 모으기 힘든 것이 국회의원이다' 라는 말이 있는데, 각자 바쁜 일정에 소중한 주말을 반납하면서 참여해준 의원님들께 진심으로 감사드린다.

더욱이 제대로 격식이 차려진 행사도 아니어서 불편함이 컸을 것이다. 행사용역을 줄 형편이 아니었기에 내가 일일이 행사진행을 맡았다. 언제 어디를 가든 최고 대접을 받는 국회의원들을 우리나라도 아닌 중국의 변방으로 모시고 갔으니 여간 신경이 쓰이는 것이 아니었다. 먹는 것에서부터 자는 것까지, 나는 거의 잠도 자지 않고 직접 간식들을 준비하고 모든 일정들을 챙겼다. 나와 함께 덩달아 의원실 보좌진들도 고생이었다. 그런데도 불평·불만하는 의원님들이 아무도 없었다. 아무리 힘든 일정이라도 모두 달갑게 받아들였다.

작년에는 청산리전투 승전기념비를 방문하는 코스가 있었는데, 그 옛날 독립군이 그랬던 것처럼 주먹밥을 식사로 나누어 드렸다. 내심 여기저기서 불만이 터져 나올까 걱정스러웠다. 하지만 나의 기우였다. 또한 중국은 땅덩어리가 워낙 넓은지라 야간열차를 1층, 2층으로 타고 밤새 가야 하는 일정도 있었다. 잠자리도 편치 않고 씻지도 못했을 텐데도 오히려 스태프들에게 고생이 많다며 격려해 주시곤 했다. 모두들 이렇게 좋은 마음으로 다녀가고 마음가짐도 새로이 했으니, 안중근 의사와 김좌진 장군도 무척 기뻐하셨을 것이다.

이번에 참여한 기업(롯데백화점)의 임원은 해림시의 조선족실험소학교(김좌진 장군이 설립하신 학교 중 유일하게 남아 있는 학교) 예술단의 공연을 보시고는 감명을 받아, 2011년 10월에 그 아이들을 한국에 초청하였다. 아이들에게 대한민국의 이모저모를 보여주는 데에 크나큰 도움을 주셨다. 나 역시 소학교 예술단 아이들을 2000년, 2007년, 2010년에 한국으로 초청한 적이 있었는데, 2000년도에 아이들이 처음 입국할 때와 출국할 때 공항의 풍경을 잊을 수가 없다.

당시 공항은 순식간에 울음바다가 됐다. 아이들이 공항에 도착하자마자 어디선가 젊은 남녀가 아이들에게 왈칵 달려들더니 눈물을 흘리는 것이었다. 알고 보니 한국으로 일하러 들어온 아이들의 부모였던 것이다.

그들의 사연은 제각각이었다. 아이가 생후 1개월 때 할머니에게 맡겨놓고 엄마, 아빠는 한국으로 나왔다가 10년 동안 중국으로 돌아가지 못했다고 한다. 그렇게 10년 만에 자식을 처음 본 부모도 있었다. 사실 그들은 대부분 불법체류 조선족이었다. 눈에 넣어도 아프지 않을 자식을 5년, 7년 만에 보는 부모의 심정이 어떨까……. 그 아이들이 다시 돌아갈 때는 그 마음이 얼마나 찢어졌겠는가. 아이도 울고, 부모도 울고, 나도 울고……. 모두가 울었던 기억이 난다.

그때 나는 '언젠가 상황이 되면 이 아이들을 다시 초청하리라!'고 마음먹었다. 그리고 여건이 허락할 때마다 그 약속을 지키고 있다. 이번에는 기업의 도움을 받아서라도 아이들을 초청할 수 있어서 정말 감사한 일이다.

내가 여전히 아이들을 초청하고, 장학금을 지원하는 데에는 여러 이유가 있다. 그 중 하나는 이 아이들이 대한민국의 발전상을 보고 동기부여를 받아 열심히 공부했으면 하는 바람이고, 또한 더 나은 환경에서 공부할 수 있기를 바라서이다. 왜냐하면 아이들은 반드시 훌륭한 인재로 자라나 미래에 한국과 중국의 가교역할을 해야 하기

2010년 해림시 조선족실험소학교 국회 방문 김좌진 장군이 설립한 조선족실험소학교
방문하여 장학금 전달

때문이다. 중국의 영향력이 점점 커지는 국제사회에서 양국의 이해
관계를 갖고 있는 이 아이들의 역할은 매우 중요하다. 나는 그들이
꼭 그 역할을 해줄 것이라 기대해본다.

　얼마 전에는 또 삼성꿈장학재단의 장학생들이 청산리 역사대장
정에 참여했다. 그들이 출발하는 날 나와 일국이가 직접 나가 격려
를 해주었는데, 여기에는 특별한 사연이 있다.

　첫째로 이들이 대장정을 가게 된 계기는 일국이 때문이다. 국가문
화행사 차원으로 일국이가 카자흐스탄을 방문한 일이 있었다. 그때
비행기 옆자리에 앉은 사람이 바로 이 장학재단의 사무총장이었다.
두 사람은 비행 내내 이런저런 얘기를 주고받다가 청산리 대장정에
관한 이야기를 했다고 한다. 그 후 재단에서 기념사업회로 연락이
와 장학생들과 함께 대장정 프로그램을 진행하고 싶다고 나선 것이

다. 참으로 재미난 우연이었다.

그리고 두 번째는 삼성과 우리 집안의 오묘한 인연 때문이다. 내 아버지가 그 유명한 '국회 오물투척사건'을 일으키게 된 것은 삼성 계열이었던 한국비료공업의 사카린 밀수사건 때문이었다. 그로 인해 아버지는 국회의원직을 박탈당하고, 삼성은 한국비료를 국가에 헌납하는 위기를 맞았다.

이후 나는 성우가 되고자 제일 처음 동양방송에서 시험을 치렀다. 알고 보니 동양방송은 삼성계열의 민간상업방송이었다. 최종 관문 인 故이병철 회장과의 면접에서 아쉽게 낙방하자, 사람들은 내게 이렇게 얘기했다.

"네 아버지가 똥물을 뿌려서 멀쩡한 회사도 빼앗겼는데, 그 회사가 너를 받아주겠니? 네 꿈이 더 야무지다."

생각해보니 나 같아도 썩 기분 좋은 자리는 아니었을 것 같다. 그런데, 몇 년 전 삼성에서 중국의 할아버지 기념관에 컴퓨터를 기증했고, 이렇게 삼성이 운영하는 장학재단이 청산리 역사대장정에 참여를 한다니 그 기쁨은 이루 말할 수 없다. 글로벌 기업으로서 조국의 역사를 잊지 않고 이처럼 활동을 펼치는 것이 감사해 출정식에도 한달음에 달려간 것이다.

마음은 이렇게 해서 나누게 된다. 이때까지 청산리 역사대장정과 항일역사탐방을 다녀온 모든 이들이 보고 들은 것을 전파해주었으면 좋겠다. 소중한 사람들과 나라사랑에 대한 마음을 함께 나누며 공감대를 형성할 때 우리 역사의 힘은 생겨날 것이다.

제18대 국회의원 방문단 산시진 참배

청산리 역사대장정에
참가하는 내 모습

매년 청산리 역사대장정의 총팀장을 맡고 있는 아들

대한민국 제18대 국회의원 역사탐방단과 제10기 청산리 역사대장정 대원들과 함께

7

역사망언,
신 매국노를 고발하다

2006년 2월 22일, 나는 '김완섭'이라는 자를 명예훼손죄로 서울
중앙지검에 고소했다. 정말이지 그자가 지껄인 말 같지도 않은 말은
그대로 옮겨 놓기가 부끄러울 지경이다.

"김좌진, 이범석, 얘네들 옛날 조선시대로 치면 딱 산적떼 두목인
데, 어떻게 해서 독립군으로 둔갑했는지? 참 한국사는 오묘한 마술
을 부리고 있군요. 하긴 조선시대 사람들도 사람 죽이고 물건 뺏고
할 때 다 의적이라고 큰소리쳤겠죠. 그 아비에 그 아들이라고 김좌
진 아들놈은 깡패새끼였고. 국회에다가 똥물이나 뿌려대고, 아무튼
한심합니다!"

"양심불량 대한민국! 독도는 일본에게 돌려줘라!"

이밖에도 그는 '새 친일파를 위한 변명'이라는 책을 써 유관순을
'여자깡패', 김구 선생은 '타고난 살인마'로 격하시켰다. 게다가 위

안부 할머니들을 '매춘부'라고 과격한 표현까지 쓰며 욕보였다. 지금 들어도 피가 거꾸로 솟는 것 같다. 어느 정신병자의 말로 넘길 수도 있었다. 하지만 그가 인터넷상에 올린 궤변들은 이미 도를 지나쳐 국민들을 분노케 했다.

단 한 사람으로 인해 수많은 독립운동가의 후손들이 산적떼의 후손으로 둔갑하고, 조국독립을 위해 목숨 바친 애국선열들의 명예가 한순간에 짓밟혔다. 독립운동가의 존재는 나라의 신념과 뿌리인데, 같은 국민으로서 어찌 우리의 근간을 흔들려 하는지 도무지 이해할 수가 없었다. 이대로 묵과해서 넘길 문제가 아니었다. 그래서 내가 나서서 그를 검찰에 고소하게 된 것이다. 더 이상 함부로 독립운동가들을 부정하고 명예를 훼손시키는 일이 없도록 막기 위한 조치였다.

김완섭이란 자의 행실은 가히 기가 막힌다. 우리는 그를 '신 친일파' 작가라고 부른다. 그는 2001년 '일본을 존경하는 마음'이라는 인터넷 카페를 개설하고 식민통치를 옹호하는 내용을 올렸다. 2002년에 이미 '친일파를 위한 변명'이라는 말 같지도 않은 글을 써서 책을 냈다. 그 내용인즉슨, 일본의 조선침략은 '해방전쟁'이었고, 식민통치가 정당했다고 옹호한다. 그리고 강제 징용자와 독립유공자, 일본군 '정신대' 피해자들의 명예를 땅에 떨어뜨렸다. 이 얼토당토않은 억설로 그는 서울중앙지법으로부터 '9,600만 원을 배상하라'는 판결을 받았었다. 그럼에도 불구하고 죄를 뉘우치기는커녕 '새 친일파를 위한 변명'이라는 책을 또 출간한 뻔뻔한 자이다.

그의 무례한 망언은 계속 이어진다.

"한국인 여러분, 독도는 정말 우리 땅일까요? 만약 그렇게 생각 하신다면, 당신은 이 책 '친일파를 위한 변명'을 꼭 한번 읽어보시 기 바랍니다. 전 세계에서 독도가 한국 땅이라고 생각하는 나라는 한국과 북한, 중국, 이렇게 세 나라밖에 없습니다. 나머지 모든 나라 에서는 다케시마를 일본 땅으로 생각하고 있고, 한국이 남의 나라 영토를 강탈하여 불법 점령한 것으로 알고 있습니다."

그의 독도발언은 최고의 망발로 유명하다. 독도가 일본 땅이기 때 문에 당연히 일본에게 돌려주어야 한다니……. 그의 어처구니없는 사고는 어디서 기인한 걸까? 그는 자신의 망발로 노여워하는 국민 들의 가슴에 기름을 붓는 짓을 서슴지 않고 행하고 있다. 한국인의 자긍심인 독도를 일본에게 돌려주라는 인터넷 칼럼을 쓴 것도 모자 라 칼럼에 인신공격성 댓글을 단 네티즌 1,054명을 고소했던 것이 다. 그러나 검찰에서는 댓글을 단 네티즌들에게 '사회상규에 위배 되지 않는 행위는 처벌하지 않는다'는 형법20조 정당행위 규정에 따라 불기소처분을 내렸다. 법조차 김완섭의 경망한 언행에 일침을 가한 것이다.

하지만 그에 대한 나의 화는 풀리지 않았다. 사실 내가 더 화가 났 던 것은 순전히 김완섭 때문만은 아니었다. 나라를 되찾기 위해 혹 한의 만주벌판에서 목숨 바쳐 싸웠던 독립투사들을 '산적떼'로 표 현했는데도, 국가에서는 아무런 제재도 할 수 없다는 점 때문이었 다. 현행법상 김완섭의 행위로 직접 피해를 입은 독립운동가의 가족 이나 후손만이 명예훼손죄로 고소할 수 있는 것이 전부였다. 아무리 '표현의 자유'를 운운한다고 해도 범국민적 정서를 뒤엎고, 국가 정통성에 도전하는 발언을 했는데 고작 그것밖에 할 수 없다니! 그가 지금까지 계속해서 망언을 할 수 있게 한다는 것에 분통이 터졌다.

김완섭의 검찰 조사와 관련해 "김을동 씨가 김좌진 장군의 진짜 손녀인지, 호적 초본을 제시해야 한다. 아니면 고소권 자체가 없다."고 주장했을 때에는 기가 막혀 헛웃음만 나올 뿐이었다. 김완섭을 꼭 처벌하기 위해서는 어쩔 수 없어 호적등본을 제출했지만 내심 고약한 마음이 들었다. 내 호적등본을 받아든 검찰에서도 기가 막혔는지 그들도 웃었다. 왜 이런 상황이 만들어졌는지……. 그저 할아버지나 독립운동을 하신 분들께 죄송하고 부끄러울 따름이었다.

사실 그간 역사망언을 한 자는 김완섭만이 아니다. 김완섭 바로 이전에 한승조라는 작자가 식민지 지배를 '축복'이라고 떠들었다. 그리고 우리 민족을 일본의 인종, 민족성, 역사, 문화 등과 비교하여 극렬하게 비하하는 책을 저술하고 강연을 다니는 오선화라는 일본 우익의 암캐까지……. '신을사오적'으로 비난을 받으면서도 나라의 정체성을 뒤흔들며 여전히 활개치고 있다. 이보다 더 망신스러운 일이 없다.

문제는 이런 극렬 친일파들이 날뛰도록 수수방관할 수밖에 없는 지금의 현실이다. 여러 차례 이 같은 사건을 겪으면서 나는, 제도권으로 들어가게 되면 반드시 이 문제부터 해결하리라 다짐했었다. 우리가 이를 청산하지 못하면 잘못된 역사관이 생기고 그들과 같은 사람들이 지속적으로 나올 것이기 때문이다.

실제로 국회의원이 되어 내가 처음 발의한 법률안은 '독립유공자 예우에 관한 법률 일부개정안'이었다. 조국의 자주독립을 위하여 공헌한 독립유공자에게 합당한 예우를 하고, 이들의 업적이 폄하되는 것을 막기 위하여 독립유공자들의 업적에 대해 허위사실을 적시하여 명예를 훼손하는 경우에는 가중처벌하자는 내용이었다. 이 법은 비단 독립유공자나 그 후손들의 명예를 보호하기 위함이 아니라, 이를 통해 조국의 명예를 보호케 하기 위해서이다.

올해 8월, 대법원이 김완섭에게 고작 벌금 750만 원을 최종확정한 것을 보고 이 법의 개정이 꼭 필요하다는 것을 절실히 느꼈다. 이 750만 원이라는 벌금도 유관순 열사, 김구 선생의 명예를 훼손한 것이 인정된 것일 뿐, 내가 고소한 내 할아버지의 명예훼손에 대해서는 특정 내용이 구체화되어 있지 않았다며 아예 무죄판결을 내렸다. 김완섭이 나라를 팔아먹는 책을 펴내 일본에서 벌어들인 수입만 해도 십 억이 넘는다고 하는데, 벌금이 고작 750만 원이면 너무하다는 생각이 든다. 이러고도 국가의 존엄과 기상이 바로 설 수 있을지 의문이다. 우리 법의 상황이 이런데도 형법과의 형평성만을 따져 법률 개정이 보류되고 있는 현실이 안타깝다. 어떻게든 법이 통과될 수 있도록 다시 한번 노력의 계기로 삼아야겠다.

자신이 태어나고, 그 나라의 언어로 말을 하고, 그 땅을 밟으며 살아가는 자는 반드시 알아야 한다. 자신의 조국을 부정하고 욕되게 하면 결국 자신의 근간을 전부 부정하는 것이라고. 조상 없는 나란 있을 수 없다. 그리고 자신의 조상이 결국 이 나라의 근간이었음을 깨닫고 직시해야 한다. 이러한 사리분별 없이 매국을 자행한다면 그 대가는 반드시 받게 된다. 비록 현재가 아닐지라도 미래의 내 후손들이 지금 당신의 모습을 직시한다는 사실을 명심해야 한다.

8

도올 김용옥의 발언과 위연홍에 관한 진실

예전에 〈주몽〉 촬영지에서 도올 김용옥을 만난 적이 있다. 그는 나를 보더니 중국에 세워진 할아버지 기념관에 대해 아주 훌륭한 일을 하셨다고 칭찬해주었다. 나는 그의 행동에 조금 당황했다. 그로 인해 우리 집안이 받은 상처가 너무 컸기 때문이다.

그가 1990년 '신동아' 라는 잡지를 통해 내뱉은 근거 없고 무책임한 말들, 그때의 일은 깡그리 잊어버린 듯 나를 대하다니 같은 사람이 맞는지 의심스러울 정도였다. 뭐, 그렇다고 새삼 지난날을 꺼내따져 묻기도 그렇고 그땐 그냥 인사 정도 나누고 헤어진 기억이 난다. 그후로 비록 많은 세월이 흘렀지만 이번 기회를 빌어 꼭 밝히고자 한다.

도올의 말인즉, "김두한은 김좌진 장군의 친아들이 아니다."고 하였다. 이는 앞서 말한 잡지에 실린 글인데, 대략 내용을 요약하자면 이렇다.

"김두한은 개성에서 자라난, 부모를 모르는 고아이다. 그는 선천적으로 재능을 부여받은 쌈꾼인데 서울로 올라와서 거지 왕초에게 붙들려 거지소굴에서 컸다. 다리 밑 거지에서 조선일대를 제패하는 깡패 두목이 되기까지의 과정은 그가 김좌진의 아들이라는 픽션과는 전혀 무관한 것이며, 그 외에 어떠한 논리도 가식이다. 감옥은 사람을 키운다. 그리고 상상의 기회를 준다. 김두한에게 감방살이는 그의 삶에 정치성을 부여했던 것이다. 단언컨대, 김좌진의 신화는 일제하의 김두한의 성장과는 전혀 무관한 것이며, 김좌진의 신화가 신화로서 사회적 의미를 지니게 된 것은 오로지 해방 후 그의 애국심이 잘못 전도된 반공투쟁의 행각과 더불어 시작된 것임을 못 박아 둔다."

결국 그의 말에 따르면, 김두한이 감방살이를 하면서 거짓으로 자신을 김좌진 장군의 아들이라 떠벌렸다는 것이다. 그 이후에도 계속 거짓행동을 하고 다녀 안동 김씨 집안에서도 그를 받아들일 수밖에 없었다는 얘기이다. 정말 근거라고는 찾아볼 수 없는 해괴망측한 얘기라고밖에 할 수가 없다.

아버지가 스스로 장군의 후손이라 얘기하고 다녔다는 얘기는 상식적으로도 맞지가 않다. 장군이 돌아가신 후 증조할머니께서 손자인 아버지를 찾을 때가 아버지 나이 13살 때였다. 도올의 말에 따르면, 아버지가 감방살이를 하면서 자신이 장군의 아들이라고 떠들었다는데 서슬 퍼런 일본군들이 돌아다니고 있는 상황에서 아무리 배짱 좋은 청년이라지만, 숨겨도 시원찮을 판에 "내가 독립군 김좌진 장군의 아들이다!"라고 얘기하고 다녔다는 게 가당키나 하냔 말이다. 설사 주변 사람들에게만 그런 말을 했다 해도 쉽사리 이해될 수 없는 대목이다.

다음으로 김좌진 장군의 어머니인 증조할머니는 내가 6살 때까지, 장군의 부인이었던 오숙근 여사는 내가 중학교 2학년 때까지 한 집에서 같이 살았다. 그런데 가족사가 엉터리로 꾸며지는 게 가능하단 말인가?

김좌진 장군이 순국하신 해는 해방 15년 전이었고, 그때 아버지 나이 13살이었다. 앞서도 말한 바 있지만, 할아버지는 아버지가 뱃속에 있을 때 만주로 망명길에 올랐다. 장군의 어머니인 증조할머니는 할아버지가 떠나시고 2년 후에 만주로 들어가셨다. 그렇기 때문에 아버지를 2살 되던 해까지 보고 왕래하셨다고 한다.

그 후 증조할머니는 장군이 돌아가시고 고국에 돌아와서 유일하게 서울에 살아있던 할아버지의 소생을 찾아낸 것이다. 만주로 가 계시는 동안 소식이 끊겼던지라 먼저 아버지를 수소문해서 찾게 해달라고 동아일보에 부탁을 한 것도 할머니와 증조할머니였다. 왜냐하면 할아버지가 돌아가셨을 때 각 신문사에서는 조선에 남아 있는 장군의 아들과 유족들에 대해 여러 차례 탐문기사를 내보냈고, 심지어 장군의 아들 김두한이 아버지 김좌진 장군을 만나기 위해 8세 때 만주로 건너간 적이 있었다라는 사실까지 자세하게 써 있었다. 그것을 본 두 분은 언론사들이 아버지의 근황을 제일 잘 알고 있을 것 같

아 동아일보를 찾아가 부탁한
것이다. 동아일보 기자들은 또
한 증조할머니와 할머니가 귀
국하셨는데 거처할 곳이 없자,
자발적으로 성금을 걷어 삼청
동에 기거하실 집도 마련해 주
었다.

이처럼 지금까지의 내용은
모두 내가 직접 증조할머니와
할머니로부터 전해들은 것이
다. 그 어떤 추호의 거짓도 없
다. 그러나 이러한 증거에도 불
구하고 도올 선생의 말도 안 되
는 주장은 계속 번져갔다. 그의
명성과 인기가 소문을 부채질
하는 원인이 됐다.

조선일보 1930년 3월 18일

'부친이 돌아가신 흉보를 듣고
신문을 들고 밤새도록 통곡한
유자녀 김두한' 이라는 제목의
당시 신문기사

요즘 인터넷과 SNS 등 통신기술의 발달로 인해 '김두한이 김좌진
장군의 아들이라는 것은 날조된 사실이며, 따라서 김을동도 김좌진
장군의 손녀가 아니다' 라는 글들이 유령처럼 떠다니고 있다. 특이
한 가족사로 인해 여러 우여곡절을 많이 넘겨왔지만, 지금 같은 억
지주장은 또 난생처음이다. 어떻게 이런 발상을 할 수 있는지 정말
아연실색하지 않을 수 없다.

후에 한 기자가 도올 김용옥에게 어떻게 이 같은 글을 썼는지, 그 주장에 대한 근거가 있는지 물었다고 한다. 당연히 거짓주장에 증거가 있을 리 만무하다. 기자가 전해주길 그는 끝까지 대답을 피했다고 한다. 어떤 생각으로 그런 행동을 하고, 말을 하게 되었는지 나 또한 궁금하다. 그 사람의 속을 들어갔다 나오지 않는 이상, 그리고 그가 입을 닫고 있는 이상, 알 수 없는 일이다. 중요한 건, 그가 아버지가 할아버지의 핏줄이 아니라는 증거를 가지고 있지 않다는 것만은 틀림없다.

할아버지의 독립운동 방식이나 아버지의 정치적 행동들이 도올의 학자적 사상과 맞지 않을 수도 있다. 그렇다면 그 부분에 대해 학자적으로 비판할 수도 있다고 생각한다. 그러나 이건 다른 차원의 문제이다. 아무리 믿고 싶더라도 어떻게 아무런 근거도 없이 이런 말을 하고 다닐 수 있는가! 증거의 유무를 떠나 한 가족의 정체성 자체를 부인하는 발언은 인간에 대한 최소한의 예의도 없는 행동이라 생각한다. 특히, 그는 시대의 지성인이라 불리며 많은 추종자를 거느리는 학자이기에 더욱 실망스럽고 분노가 생긴다. 이것에 대해 명예훼손에 대한 죄를 물을 수도 있었지만, 도올 선생은 나도 한때 존경하던 학자였고, 당시에는 인터넷도 그리 보편화되지 않아 '어느 선에서 끝나겠거니' 하며 참았었다. 또 워낙 아버지에 대해서는 여러 편의 영화나 만화, 소설 등으로 꾸며진 얘기들이 많았었기 때문에 그중 하나로 치부하고 그냥 넘기기로 한 것이다.

그러나 도올은 그 이후 어떠한 해명도, 사과도 없었다. 인터넷에 떠다니는 온갖 유언비어와 억측만이 아직까지도 우리 가족을 괴롭

히고 있다. 이 무책임하고 편향된 한 사람의 발언이 일파만파가 되어 사회적 파장을 일으키고 계속해서 확대·재생산되며 개인과 국가, 역사에 부정적인 영향을 끼치고 있는 것이다. 그가 진정 사회적으로 존경받는 학자라면, 자신의 무책임한 말이 한 가족의 역사를 유린하고 얼마나 크나큰 마음의 상처를 줬는지 알아야 한다.

또한, 최고 훈장인 대한민국장을 받은 독립유공자를 이렇게 폄하하고 왜곡한 데 대한 책임을 져야 할 것이다. 그의 허튼소리가 진실처럼 굳어지고 후세에 역사로 전해진다면, 그는 역사의 죄인이 되는 것이다. 지금이라도 도올 선생이 우리 가족에게 진심으로 사과하고, 근거도 없이 날조된 그의 발언을 바로잡아 주길 바란다. 그것이 내가 그에게 바라는 전부이다.

우리의 가족사를 왜곡한 건 비단 도올 선생만은 아니었다. 90년대 말인가 2000년대 초반인가 자신을 김좌진 장군의 딸이라 자청한 김강석(김순옥과 동일 여성)이라는 여성이 어렵게 살고 있다는 기사가 나온 적이 있었다. 이 기사를 접하고 나보다 더 놀라고 기막혀 하신 분은 할아버지의 비서로 활동하셨고 후일 광복회장까지 지내셨던 이강훈 선생님이셨다. 그 이후 김강석의 딸인 위연홍 역시 자신이 장군의 외손녀라며 나타났고, 그녀가 서울에서 쪽방살이를 하고 있다는 기사까지 큼지막하게 났다. 그 기사를 보고 나는 헛웃음이 날 정도였다. 이번에는 장군의 외손녀라니! 우리가 보게 된 위연홍의 자료에 따르면, 김좌진 장군이 만주에 게실 때 자신의 할머니와 혼인하여 후사를 보셨다는 것이다. 할아버지는 외롭게 만주에서 독립운동을 하시며, 서울에 기거하고 계셨던 부인 오숙근 여사를 만주로 오시라고 몇 번이나 종용을 했다. 그러나 오숙근 여사는 만주로 오시는 것을 거부하였고, 이에 위연홍의 할머니와 김좌진 장군이 혼인할 수밖에 없었다는 것이다. 그리고 일본 놈들에 의해 위연홍의 할머니는 죽임을 당했다고 쓰여 있었다.

이것이 거짓말이라는 것은 김좌진 장군 곁에 있던 사람이라면 누구나 아는 사실이다. 먼저 김좌진 장군의 어머니인 증조할머니와 본처였던 오숙근 할머니는, 당시 서울에 계셨던 것이 아니라 할아버지께서 독립운동을 하고 계신 그 지역의 '석두하자'라는 곳에 기거하고 계셨다. 그렇다면 당연히 위연홍의 할머니의 존재를 알고 계셨을 터였다. 또한 위연홍이 진짜 외손녀라면, 장군의 딸의 존재에 대해서도 알고 계셨을 것이다. 부랑아로 여기저기 떠돌고 다녔던 아버지도 수소문을 해서 거두어 들였는데, 옆에 살고 있는 장군의 또 다른 손을 나 몰라라 하시진 않았을 것이다.

사실 당시 할아버지를 모시고 있었던 분은 따로 계셨다. '나혜국'이라는 할머니였는데, 지금도 이분의 손들과는 종종 연락을 취한다. 그들 중 누구도 아버지 외에 딸이 있었다는 얘기는 한 번도 들어본 적이 없다고 하셨다. 이는 할아버지의 비서셨던 이강훈 선생님도 마찬가지였다. 위연홍은 한국 국적을 가지기 위해 국가보훈처에 국적회복신청을 하였고, 국가보훈처에서는 위연홍이 장군의 손녀가 맞는지 아닌지 실제 조사를 벌이기 시작했다. 나는 진실을 위해 DNA 검사라도 할 용의가 있다고 밝혔으나, 국가보훈처가 한국에서뿐만 아니라 중국으로 조사단을 파견하여 본격적인 조사를 시작하자 위연홍은 종적을 감추었다. 이 위연홍 사건이 현재 잘못 전달되어 김을동이 DNA 검사를 거부했다느니, 장군의 외손녀가 현재 쪽방생활을 하며 전전하고 있는데 김을동이 외면한다는 둥의 유언비어로 떠돌고 있다.

상식적으로 생각해볼 때 위연홍이 정말로 장군의 외손녀라면, 대한민국에 와서 맨 먼저 찾아갈 사람은 할아버지의 친손녀인 내가 아닐까? 형편이 그렇게 어렵다면 같은 핏줄에 기대고 싶은 것이 당연한 일일 것이다. 하지만 그녀는 제일 먼저 언론사의 문을 두드렸고 언론몰이에 나섰다. 내게는 그 어떤 연락도 해오지 않았다. 같은 혈육이라면 그러하진 않았을 것이란 게 내 추측이다.

그리고 그녀에 대해 취재한 기자의 경솔함도 유감이다. 내가 연기자로 장군의 손녀라는 것은 익히 잘 알려진 사실인데, 그녀와의 취재내용에 대한 사실 여부쯤은 나한테 한번 확인하고 기사를 썼어야 한다고 생각한다. 현재 내가 할아버지의 기념사업을 하고 있는 마당에 위연홍이 장군의 진짜 핏줄이라면 당연히 거둬야 한다고 본다. 한 가문의 식구로서 마땅히 내가 할 도리이자 책임이기 때문이다. 결국 국가보훈처에서 중국 현지에 사람을 보내 실사를 해본 결과, 그녀는 김좌진 장군과는 아무런 관련이 없다는 결론을 내렸다.

내 가족의 유명세 덕분에 참 수난 많은 가족사인 듯하다. 그녀 외에도 잊을만하면 자신이 김좌진의 소생이고, 김두한의 자식이라고 주장하는 사람들의 얘기가 종종 들려온다. 이제는 일일이 대꾸할 기력도 없고, 흥분하며 반박할 가치도 없다. 진실은 늘 밝혀지기 마련이니까.

배우 김을동,
정치와 맞장 뜨다

흔히 '해바라기 사랑'을 지고지순하고 한결같은 마음에 비유한다. 그러나 정치인은 해바라기 사랑을 해서는 안 된다. 늘 강한 태양만 바라보고 따라가는 정치인이야말로 진정한 철새 정치인이다. 정치란 사람을 따르는 것이 아니라 국민에게 이익이 되는 바른 정책을 따라야 한다. 만약 내 생각과 달리 강자에 서는 게 정치라면, 나는 정치를 너무 몰라 순진하고 미련한 정치를 한 사람이다. 내가 어리석은 정치인이라서 지금까지 양심의 가책을 느낄 만한 일을 하지 않은 것이 천만다행이다.

정치인은
모두 가난한 줄 알았다

'대통령에 가장 잘 어울리는 연예인은?'

여론조사 기관인지 어딘지는 모르겠지만 재미난 설문조사가 실시됐다. 그리고 얼마 후, 나는 지인의 전화 한 통을 받았다. 그분의 말에 따르면 내가 대통령에 어울리는 연예인 1위로 뽑혀 기사에 나왔다는 것이다. 나는 기사를 직접 보진 못했지만 사실 여부를 떠나 박장대소하며 웃었던 기억이 난다. 아마도 연예인 출신 중 현재 정치를 하고 있는 사람을 생각하니 이 김을동밖에 생각나지 않았던 모양이다. 내가 대통령이라니……. 대한민국 사회가 너무 복잡하다 보니 단순한 대통령을 원하는 것은 아닐까? 아니면, 역대 대통령들이 너무 점잖고 유능하신 분들이라 한 번쯤 재미있고 넉살 좋은 대통령을 기대해 보는 것인가? 생각만 해도 황망한 웃음만 터져 나온다.

가끔씩 고령의 어르신들이 "김을동 의원 같은 사람이 대통령이 되어야 한다."고 의원실로 전화를 걸어준 적은 있다. 그런 전화를 받을 때면 보좌진들은 진땀을 뺀다. 어르신들의 일장연설을 들으며 일일이 "네, 네 감사합니다."라고 응대를 해야 하기 때문이다. 휴식시간 보좌진들이 그런 얘기를 꺼내면 나는 다시 큰 소리로 웃게 된다. "이를 어쩌누! 난 절대로 대통령이라는 자리를 바라보지도 않거니와 그런 일은 일어나지 않을 텐데……."

이렇게 너스레를 떨지만 늘 힘내라는 응원의 메시지임을 잘 알고 있다. 나의 정치활동이 누군가 혹은 어떤 집단에게 큰 힘이 되고 있다는 사실에 도리어 감사함과 안도감이 든다.

솔직히 우리 국민들 중에는 아직도 김을동이 국회의원인지 모르고 있는 사람도 꽤 있다. 워낙 연기자로서의 이미지가 강했고, 현재 내가 소속되어 있는 당이 제1, 2의 정당도 아니기 때문이다. 또한 내가 정치인으로서 다른 의원들보다 능력이 특출하거나, 사회적 파장을 일으킬만한 돌출 행동을 하여 9시 뉴스에 등장하는 일도 거의 없었다. 오히려 그런 면에서 연기자 배경의 국회의원 이미지는 행운인 셈이다. 국회의원으로서 아무런 존재감이나 인지도도 없이 의원직을 마무리하는 분들도 많이 있으니까.

그러고 보니 사람들이 내게 가장 궁금해했던 것은 '연기자에서 어떻게 국회의원이 됐는지'이다. 제18대 국회의원으로서, 나는 과연 어떻게 정치를 시작하게 됐을까? 그 기억을 더듬어 본다.

내 정치 입문기는 다른 정치인들과는 사뭇 다르다. 때로는 황당하리만큼 무모했고, 때로는 바보스러우리만큼 순진했다.

할아버지는 독립군 대장이요, 아버지는 국회의원을 두 번이나 역임한 김두한 의원, 친인척으로는 6선 의원이시자 제15대 국회의장을 지내신 김수한 의원이 계신다. 실상 정치인의 집안에서 태어나고 자랐지만, 정치라는 것에 한 번도 관심을 가지지는 않았다. 아버지는 내게 그 어떤 정치적 사상을 내비친 적이 없었고, 세상 돌아가는 형편을 알려준 적도 없었기 때문이다. 우리 가족에게 남겨진 가난을 헤쳐 가는 것과 아버지의 인생과 다른 길을 걷는 것이 내 목표였다.

가산을 모두 정리하고 독립운동에 몸을 바치신 할아버지가 자손들에게 무엇을 남겨줄 수가 있겠는가. 가족의 필요성과 소중함은 물론이고, 재물이 주는 안락함을 느껴본 적이 없는 아버지가 어머니와 나를 보살펴야 한다는 책임감을 느꼈겠는가. 날이 새는 줄 모르고 삯바느질을 하셨던 어머니가 없었다면 나는 아마 학교도 제대로 못 다녔을지도 모르겠다. 아버지가 국회의원을 두 번이나 지냈지만, 어머니와 나의 생활은 여전히 궁핍해 나는 국회의원이 가난한 직업인 줄 알고 있었다. 그리고 정치 따위는 돌아보지도 않았다. 그렇게 내 청춘은 생활고와 씨름하느라 온 힘을 바쳤다.

게다가 중견 연기자로 자리매김하며 형편도 나아졌는데 다른 데 돌아볼 이유가 뭐에 있겠는가. 일에 대한 보람과 수입이 모두 만족스러운 생활을 하고 있었기에 이대로만 삶이 지속되기를 바랐다. 또 그럴 것이라 확신하고 있었다. 하지만, 이렇게 평화롭던 내게 인생의 궤도를 바꾸는 결정적 사건은 우연히 찾아왔다.

2

바보가 더 바보 같은
정치판에 뛰어들다

1991년 어느 날, 지인의 장례식을 찾았다. 나는 조문 온 다른 지인들과 한창 수다를 떨다 한 사람을 소개받았다. 자세히 누군지는 모르나 소개자는 동대문구 지구당위원장이라며 J씨를 인사시켜 주었다. 그쪽도 상주와 인연이 있어 장례식장을 찾은 듯했다. J씨는 나를 보더니 장군의 손녀를 뵙게 되어서 반갑다며, 지방선거에 관한 이야기를 풀어놓기 시작했다. 당시는 지방선거가 부활되어 기초의원선거와 광역의원선거가 별개로 진행될 때였다. 1961년 이후 30년 만에 다시 도래한 지방자치시대(본격적인 지방자치제는 1995년 지방자치단체장 선거를 진행하면서 시작되었다)여서 정치권의 새바람이 급물살을 타고 있던 참이었다.

"이제 지방선거도 부활되고 얼마 있지 않아 지방자치시대가 본격적으로 열릴 것입니다. 지자체시대가 열리면 이제 여성들의 의견과

파워도 빛을 발할 수 있을 것이고, 지자체들도 여성들을 필요로 할 것입니다. 지금 김을동 씨와 같은 분이 나오셔서 할아버지와 김두한 의원의 뒤를 이으셔야 하지 않겠습니까?"

"지자체요? 시의원이 뭔데요?"

희망에 가득 찬 J씨와는 별개로 나는 정치에 무관심했다. 아니 거의 무지에 가까워 그의 이야기가 크게 와닿지 않았다. 나와 달리 열 띤 이야기를 펼치는 그의 모습이 낯설고 부담스러워 대충 얼버무리고 자리를 피해버렸다.

그런데 J씨는 그리 간단한 사람이 아니었다. 무슨 마음인지 꽤나 의지를 가지고 여러 차례 나를 찾아왔다. 내게 시의원 출마하기를 권유하기 위해서였다.

"글쎄, 저는 지자체도 모르겠고, 시의원도 모릅니다. 우리 아버지가 정치를 해서 평생을 가난하게 살았습니다. 저는 지금 생활에 만족하고 있는데, 미쳤다고 정치를 합니까?"

나도 그만큼 완강한 태도로 버텼다. 그러자 J씨는 마지막으로 당대표를 꼭 한 번만 만나달라고 사정했다. 나도 차라리 당 대표라는 사람을 만나서 거절하는 것이 확실하겠다 싶어 그러겠노라고 하여, 만난 사람이 당시 꼬마민주당의 이기택 대표와 이부영 의원이었다.

꼬마민주당은 삼당합당을 반대하는 이기택, 노무현, 김정길 등의 통일민주당 잔류 세력과 박찬종, 이철 등의 무소속 의원 등을 중심으로 창당된 당이었다. 당시 야당 중에서도 진정한 야당이었다. 두 분은 아버지 이후 내가 최초로 만난 정치인들이었다.

사실 나는 두 분을 만나 뵙고는 적잖게 놀랐다. 내가 생각했던 정치인의 이미지와는 너무 달랐기 때문이다. 특히 국회의원으로서 보아온 아버지의 이미지와 거리가 멀었다. 이부영 의원의 이야기를 듣고 있자면 그분의 점잖은 인품과 높은 학식, 투철한 민족의식까지 고스란히 느낄 수가 있었다. 그분의 이야기를 듣고 있자니 나도 모르게 절로 숙연해지고, 반드시 그 일을 하지 않으면 안 될 것 같은 의무감마저 들었다.

'가문이 가문이니만큼 선대의 위업을 받들어 국가에 봉사해야 하지 않겠느냐'가 골자였다. 바로 할아버지가 자신의 삶을 통해 후손에게 남기려 한 유산 가진 자의 도덕적 의무, 사회참여정신이었다. 이렇다 보니 난 순식간에 무장해제 되어버렸다. 결국 시의원 출마를 건의하는 두 분의 설득에 반 승낙조로 응하며 악수까지 하고 사무실을 나섰다. 이런 사람들과 정치를 한다면 뭔가 새로운 일을 할 수 있을지도 모르겠다는 생각이 들었다.

세상에! 내가 오늘 무슨 짓을 한 거지! 집에 돌아오니 정신이 번쩍 났다. 정치에 '정' 자도 모르는 내가 정치를 하겠다고 했으니……. 뭔가에 홀려도 단단히 홀린 게 분명했다. 왜 당 대표까지 나서서 나에게 이런 제안을 했는지 자꾸 의문스러웠다. 당시에는 김인문 씨와 같은 유명 배우들이 곧잘 선거에 출마할 때라서 나의 인지도를 빌려 당의 인기몰이에 나서려는 것은 아닌가 싶었다. 아니면, 진실로 우리 집안처럼 민족주의적 인사들이 정치에 꼭 필요하다고 여겼을지도 모른다. 자꾸 머리가 복잡했다. 얼떨떨한 마음을 정리하고 있는데, 같은 날 오후 전화 한 통이 왔다.

"김을동 씨죠? 여기 평민당입니다."

어디서 무슨 이야기를 들었나? 맙소사, 이번에는 제1야당인 평민당에서도 내게 시의원으로 출마해볼 생각이 없냐고 물었다. 점점 더 일이 꼬이는 것 같았다. 이게 무슨 일인가 싶기도 하고……. 그러다 번뜩 아침의 일이 떠올랐다.

"저는 이미 꼬마민주당으로 출마하기로 약속했는데요."

"김을동 씨, 참 몰라도 너무 모르시네요. 제1야당인 평민당에서 공천을 드리겠다는 겁니다. 그런데도 군소정당으로 출마하시겠다니요?"

"아무튼 저는 오늘 아침에 이미 약속을 했고, 그 약속을 지켜야 합니다."

나의 태도가 생각보다 강경했던지 그들은 혀를 차며 전화를 끊었다. 후에 지인들에게 이 이야기를 하니 다들 나보고 미쳤다고 했다. 정치에선 제1야당도 불안한 판에 그걸 거부하고 군소야당을 고집했으니 말이다. 가만히 있어도 이기는 싸움을 포기했다는 격이다. 그랬던가? 사실 나는 그 정도로 정치판을 몰랐다.

내가 조금이라도 정치에 눈이 밝았다면 아침에 한 약속쯤은 쉽게 뒤집을 수 있었을 것이다. 하지만 나는 나의 신의와 직관을 믿었다. 특히 이부영 의원의 얼굴을 떠올리면 지금도 고개를 절레절레 흔든다. 참 바보처럼 미련하고 우직한 정치 입문기였다.

그러나 그 일이 내 바보짓의 끝은 아니었다. 오히려 시작인 셈이다. 정치생활을 하면서 이 같은 일을 반복하고 있는 것을 보면, 나는 분명 이성보다는 감성이 더 움직이는 인간형인가 보다. 정치라는 것이 어떤 이면을 가지고 있는지 잘 몰랐다는 점도 문제였다. 정치가 신의와 의리보다는 계산된 이익에 의해 움직인다는 것을 알았더라면 처음부터 시작하지도 않았을 것이다. 그만큼 나는 정치에 대해 바보였기 때문에 정치를 시작할 수 있었다.

결국 나는 꼬마민주당에서 '동대문구 갑'을 배정받아 시의원으로 출마했다. 당시 나는 압구정에 살고 있어서 동대문구에서 나의 인지도는 낮았다. 하지만 다행히 어린 시절을 삼청동에서 보내고 스무 살이 넘은 해는 제기동으로 이사하여 6년 정도를 산 인연이 있었다. 그리 승산 없는 일만은 아닌 것 같았다.

출마선언과 함께 개편대회를 하고 여기저기 후보자들의 포스터가 나붙기 시작했다. 처음 정치에 도전하는 신출내기였지만, 선거유세는 나에게 어려운 일이 아니었다. 학교 다닐 때 웅변대회에서 상을 받았던 경험도 있고, 성우생활을 시작하였던 28살부터는 친척인 김수한 어르신의 선거유세에도 종종 참여했었다. 내가 나가기만 하면 사람들은 내 얼굴을 알아봐주었고, 나를 보기 위해 모여들었다. 그야말로 폭발적인 인기였다.

사전 여론조사 역시 압도적인 나의 승리로 나왔다. 이미 우세는 나에게로 기울어져 있다는 것에 의심할 여지가 없었다. 오죽하면 선거 전날, 한 신문사에서는 내 당선이 확실시되니 원고마감도 할 겸, 미리 당선소감을 인터뷰하여 마친 상태였다. 그런데 이게 어찌된 일인가! 막상 뚜껑을 열어보니 당시 거대 여당이었던 민자당(1990년 당시 대통령이던 노태우, 김영삼, 김종필의 3당 합당으로 탄생) 후보에 비해 197표 차이로 고배를 마신 것이었다. 당시 한 신문사에서는 '한때의 환호'라고 하여 나의 낙방기사를 싣기 바빴다.

한 기자가 내게 "당선자에게 어떻게 할 거냐."고 물어왔다. 나는 축하꽃다발을 주겠노라고 답했다. 실제로 나는 당선자를 찾아가 축하꽃다발을 건넸으며, 그 기자는 기어이 나를 쫓아와 그 장면을 촬영했다. 그리고 다음날 '역시 장군의 손녀!' 라는 타이틀과 함께 톱기사로 다뤄졌다. 당시에 깨끗한 '정치문화 만들기'에 대한 바람이 불고 있을 때라 마치 내가 대표 모범인사처럼 비춰졌다. 장군의 손녀, 중견 연기자라는 타이틀로 정치 새내기였던 내게 언론은 늘 비상한 관심을 가졌고 인심 또한 후했다. 하지만 결과적으로 나는 낙방했다.

나는 이 선거를 통해 처음 정치의 한 맛을 보았다. 인지도와 지지도는 다르며, 인기와 투표는 또 다른 문제라는 것을 말이다. 제1야당에서는 경희대 총학생회장을 지냈다는 젊은 친구 J씨가 나왔는데, 그 친구는 나보다 무려 7,000표 가량 차이로 낙방했다. 그래도 제1야당보다 훨씬 앞섰고, 거대여당을 위협할 정도의 지지를 얻었다는 것에 만족해야 했다.

훗날 내가 선거의 또 다른 단면을 알았을 때 엄청나게 경악했다. 몇 년 후 당시 민자당의 당선자를 다른 당에서 만날 기회가 찾아왔다. 그때 그가 내게 해준 말은 가히 기가 막힌 일이었다. 그는 자신의 입으로, 그때 여론조사 결과에 뒤지고 있어 판자촌 지역에 돈 봉투를 투척했다는 것이다. 김 위원장 때문에 계획에 없던 돈을 썼으니 지금 돈을 내 놓으라고 너스레를 떠는 것이었다. 아무리 지난 일이지만 이렇게 솔직할 수 있을까. 아님 뻔뻔한 것일까. 어쨌든 그 당시에 선거는 돈선거가 난무했던 시절이니, 더 말해서 무엇하랴.

3

선거구 물려주고, 옆 지역에서 최다 득표 당선

　나의 첫 선거가 끝나고, 바야흐로 민주세력에서도 통합 바람이 불었다. 야당들이 통합민주당으로 합당하게 되었고, 1995년 6월 드디어 광역단체장, 기초단체장, 광역의원, 기초의원을 모두 뽑는 '제1회 전국동시 지방선거'가 최초로 시작되어 본격적인 지방자치시대가 열렸다. 민주당 내에서도 지역마다 경선을 벌여 대표를 뽑았는데, 어느 날 젊은 친구가 찾아왔다. 4년 전 선거에서 제1야당 소속으로 출마해 동대문구 갑에서 나와 한판 붙었던 젊은 후보 J씨였다. 그 후 합당하여 같은 민주당에 몸담게 되었다.

　그가 나를 찾아온 이유는 자신이 이번에 동대문구 갑 A에서 출마할 것이니 바로 옆 B지구로 옮겨주면 안 되겠냐는 청이었다. 지난번 선거에서 나보다 7,000표나 뒤졌던 경험이 있어서 같은 지구에서 경선을 하면 불리할 것이라 예상했던 모양이다. 하지만 나도 이제 갓 선거경험을 가진 신출내기여서 타 지구로 옮기는 게 편치 않았다. 나 역시 안 된다고 버티고 있었다.

J씨는 며칠 동안 끈질기게 나를 찾아왔다. 그는 눈물을 보이면서까지 부탁했다. 옆 지역 후보를 알아보니 나보다 나이가 많은 분이었다. 차라리 젊은 친구의 앞 길을 열어 주자는 생각에 옆 지역인 동대문구 갑 B지구로 출마를 결심하고 경선 과정을 통해 출사표를 내게 된 것이다.

집권당인 민자당의 후보는 그 지역구에서 대대로 살고 있는 집안의 사람이었다. 그 역시도 40년 이상을 그 지역에 살고 있는 토박이었다. 더군다나 예식장도 경영하고, 세금도 제일 많이 내는 재력가여서 선출만 되면 자신이 가진 재산을 동대문구 발전을 위해 쓰겠다고 밝혔다. 나에게는 결코 만만치 않은 상대였다.

"돈은 그렇게 쓰는 것이 아닙니다. 내 할아버지와 아버지는 돈이 생길 때마다 주변에 나누어 주었습니다. 내가 돈 쓰는 법을 한 수 가르쳐 주겠습니다."

나는 이렇게 응수했다. 그러자 상대방은 탤런트가 연기나 할 것이지 무슨 정치를 하느냐며 비꼬았다. 이에 나는 미국의 레이건도 배우 출신인데, 무슨 시대에 뒤떨어지는 발상이냐고 받아쳤다. 독이 바짝 오른 그는 비방·흑색선거를 서슴치 않았다. 나를 두고 강남에서 온 철새라며 공격을 해댔다. 하지만 오히려 그것은 그에게 화살로 돌아갔다. 나는 60%가 넘는 최다득표율로 압승하여 서울시의회 의원이 되었다.

당시는 지역구에서 당선된 의원이 몇 안 되는 시절이라 "여성위원장으로 출마를 해라, 부의장을 해라." 등등의 제안이 많이 들어왔다. 그러던 중 1995년 9월, 민주당으로 정계에 복귀한 DJ가 '새정치국민회의'를 만들어 분당하는 일이 벌어졌다. 나는 도무지 이러한 상황이 이해가지 않았다. 민주세력의 대통합이라며 이 당, 저 당, 다 모여 통합할 때는 언제고 이제 와 왜 또 새로운 정당을 만들어서 분열시키는 것인가? 정계은퇴를 선언했다가 돌아와서는 당을 분열시키는 DJ가 이해가 되질 않았다. 게다가 DJ를 따라 민주당을 버리고 탈당하는 사람들도 도저히 납득할 수 없었다. 나는 노무현, 이부영 의원 등의 사람들과 함께 민주당에 그대로 잔류했다.

　대다수의 사람은 DJ를 왜 따라가지 않았냐며 그런 나를 보고 미쳤다고 했다. 또 어떤 사람들은 나에게 청산가리를 뿌리겠다는 협박도 서슴지 않았다. 그럼에도 불구하고 나는 요지부동이었다. DJ의 사상과 미래에 대한 예측 등은 내 귀에 들어오지 않았다. 아무리 푸른 청사진을 가지고 있어도 멀쩡한 당을 깨고, 사람들을 분열시킨 행위 자체로 나에게는 이미 정당성을 잃은 것이었다.

　이런 일이 있고 얼마 후 의회가 열렸다. 불과 며칠 전까지는 "상임위원장을 해라, 여성위원장을 해라." 하던 사람들이 그때는 모두 입을 닫고 등을 돌렸다. 그야말로 통합민주당이 한쪽 구석의 군소정당으로 전락해버린 것이다. 시의회 활동을 하는데 어떠한 의견개진도 받아들여지지 않았다. 의사진행발언조차도 묵살되기가 일쑤였다. 이대로라면 내가 시의원으로서 할 수 있는 일이 아무 것도 없을 것 같았다. 회의감이 밀려오는 시간들이었다.

그렇게 나의 정치활동에 첫 슬럼프를 겪고 있었다. 어느 날은 이런 나의 사정을 잘 알고 있는 문중 어르신이 찾아왔다. 자민련의 종로구 지구당위원장으로 있던 집안 할아버지뻘 되는 대부셨다.

"이왕 이렇게 된 김에 아버지 지역구에 와서 큰 소리나 한번 쳐보십시오."

종로구에 한번 도전해 보라는 것이었다. 나는 거부했지만 그 역시 집요했다. 그러면서 JP를 소개해주었다. 사실 나는 JP에 대해 그리 좋은 인상을 가지고 있지는 않았다. 그러나 실제로 만나보니 너무나 신사답고 매력이 풍기는 분이었다. 역시 노련한 정치인답게, 내가 어떠한 결정도 하기 전에 미리 보좌관을 시켜 내 탈당계 접수를 도와주라 지시하셨다. 한순간에 자의 반 타의 반으로 시의회에 사표를 내고, 1996년 제15대 국회의원 선거에서 대한민국 정치1번지라는 종로구에 발을 디디게 되었던 것이다.

종로구 후보들은 그야말로 쟁쟁했다. 이명박(신한국당), 이종찬(새정치국민회의), 노무현(통합민주당) 그리고 나 김을동(자민련)이 출마했다. 당시 이명박 대통령의 인기가 대단할 때여서 그의 당선은 따 놓은 당상이었다. 일단 결과를 떠나 이렇게 멋진 후보들과 경합을 벌이게 되었으니 지더라도 아쉬움과 후회는 없을 것 같았다.

합동 유세현장에서의 일화가 하나 생각난다. 후보자들이 쭉 앉아 자신의 유세 순서를 기다리고 있는데, 노무현 후보가 나에게 물었다.

"후보님, 연설문을 누가 써주세요?"

그의 점잖으면서도 구수한 사투리가 참 정감 있게 들렸다.

"제가 직접 씁니다."

"저도 제가 씁니다만, 김을동 후보님 연설을 들을 때마다 참 감동적입니다."

내가 성우출신이라 발음이 정확해서 의사전달이 잘되는 것뿐이라고 대답했다. 그리곤 노무현 후보의 연설문도 훌륭하며, 사투리만 좀 줄이면 내용전달이 더 잘될 것이라고 서로 칭찬했던 기억이 난다. 그 이후 故 노무현 전(前) 대통령과의 인연은 지속되지 않았지만, 다른 정치인들과는 달리 순박했던 그의 모습이 참 인상 깊었다.

아무튼 선거는 진행되었고, 결과는 참혹했다. 정치1번지라는 수식어답게 각 당의 쟁쟁한 대표들 사이에서 겨우 4번째로 득표했다. 그리고 이것으로서 아버지의 지역구와는 인연을 끝내야만 했다. 그 때를 회상하면 같이 출마했던 분들 중에 두 분이 대통령을 지냈고, 한 분 또한 대통령 후보로까지 거론된 거물 정치인들이었으니 한바탕 멋진 선거를 치러봤다는 생각이 든다.

4

공천시장은
오물이 튀기는 전쟁터

종로구 낙마 이후 또 세월은 흘러 16대 국회의원 선거를 치렀다. 당시 살고 있던 일산에서 출마신청을 했다. 일산에 지역구를 가지고 있는 국회의원 S씨가 공천심사위원장이었는데, 일산은 인구가 갑자기 늘어나 선거구가 1개 더 늘어나게 되었다. S는 상대편 당의 출마자가 확정되면 자기가 먼저 결정하고 줄테니 날더러 기다리라고 했다. 순진하게도 나는 상대후보가 좀 약한 곳으로 공천해주려나 싶어서 조바심 한번 내지 않고 기다렸다. 마지막 순간까지 공천심사도 해주지 않았지만 나는 기다렸다. 정말 미련하게 기다리기만 했다. 그런데 공천은 결국 내게 오지 않았다.

당시 공천심사위원장은 자신의 후배에게 공천을 주었다. 그리고 내게는 이렇게 변명했다.

"김을동 씨는 인지도는 있는데 득표율이 낮아 안 될 것 같아서……."

나는 화가 났다. 시의원 때라지만 그래도 엄연히 최다득표의 기록이 있는 나에게 득표력이 없다고 핑계를 대다니. 너무나 분한 나머지 곧장 JP에게 찾아갔다.

"제가 과연 정치를 할 재목이 됩니까? 재목이 안 된다면 이 길로 정치를 접겠으니 말씀해주십시오."

그에게 나의 정치여정을 고해성사하듯 털어놓고 단도직입적으로 물었다. 정치가 사람을 이렇게 우습게 아는 것이라면 차라리 하지 않겠노라고 다짐도 했었다. 어떤 대답이 나오든 두려울 것도 없었다.

JP는 미안했던지 매우 난감한 표정을 지었다. 잠시 고심하더니 또다시 뜻밖의 제안을 해왔다. 성남 수정구로 출마를 해보고, 그 후에 결론을 지어보자는 것이었다. 당시 성남 수정구는 3선 의원인 자민련의 L후보가 후원회 조직까지 다 만들었다가 자민련 정당 지지도가 3~4%밖에 나오지 않아 아예 불출마를 선언한 지역이었다. 성남이라곤 닭죽을 먹으러 간 기억밖에 없기에 내키지는 않았지만, 이것이 마지막이라는 생각으로 또다시 출마를 결심했다.

번갯불에 콩 구워먹듯 지구당개편대회를 거쳐 후보자 등록을 했다. 성남에 도대체 어느 동네가 있는지 익힐 틈도 없이 선거가 시작되었다. 김을동은 조직도 없었고, 돈도 없었다. 지프차 하나만 달랑 가지고 동네를 다니면서 유세를 했다. 그러니 좋은 결과가 나올 리 없었다. 결과는 3위로 낙선이었다.

그나마 다행인 건 공탁금이라도 반환받을 수 있었다는 사실이다. 당시는 득표율이 20%가 넘으면 공탁금을 반환받는 제도가 있었다.

자민련 후보들은 서울시와 경기도 일원에서 극소수만이 반환받게 됐는데, 그 안에 나도 속해있어 조금의 위안이 됐다. 당시 자민련 지지도를 생각해볼 때, 내가 정당 득표율보다 5배 가량 더 받은 셈이었다.

한편 나 대신 일산에서 공천 받았던 공천심사위원장의 후배는 내 득표율의 1/4에도 미치지 못하고 패했다. 후에 공천심사위원장이 나를 만났을 땐 "눈을 어디다 둬야 할지 모르겠다." 며 사과 아닌 사과를 할 정도였다. 당시는 지역구 출마자들의 득표율을 모두 모아서 비례대표의 순위를 정할 때, 어떻게든 득표율을 높일 수 있는 후보영입이 중요했다. 헌데 당의 이득과는 무관하게 그는 소위 '알박기 공천'을 통해 자신의 계보만을 만들 생각만 했었지, 당을 위한다거나 공정한 공천과는 거리가 먼 사람이었다.

정치인이 다 이런 것인가. 그들의 정치판은 국민들로부터 지지도가 높은 사람이나 능력이 출중한 사람을 뽑는 곳이 아니었다. 단지 자기 뒤에 줄을 서줄 자기 사람을 뽑는 곳이었다. 이는 자민련이 소수 정당이라 그렇다고 생각했다. 그러나 후에 거대정당에서도 똑같은 행태가 벌어지고 있다는 것을 알았을 때, 처음으로 아버지가 그랬던 것처럼 똥물을 한 바가지 부어 버리고 싶은 심정이었다. 정치권의 공천 세계는 그만큼 냉정하고, '피 튀기는 전쟁이 아닌 오물 튀기는 전쟁'이라고 표현할 만큼 더러운 곳이었다. 순진하리만큼 바보였던 나에게도 이미 오물이 한 점, 두 점, 튀고 있었다.

2002년 제16대 대통령 선거를 앞두고 나에게 새로운 제안이 들어왔다. 당시 한나라당 당 대표였던 서청원 대표와는 대학시절 같은

과 동창 사이였는데, 그 인연으로 한나라당의 대통령 선거 유세단에 참여해달라는 부탁이 들어온 것이다.

나는 흔쾌히 승낙하고 이회창 후보 캠프에서 연설원으로 활동을 했었다. 그러나 그 해 12월, 대통령 선거에서는 한나라당의 이회창 후보가 낙선되고, 새천년민주당의 노무현 후보가 당선되었다. 대선에서 패배한 한나라당은 2004년 제17대 국회의원 선거 준비로 분주해졌다.

이번에는 자민련이 아닌 한나라당 소속으로 성남시 수정구로 공천신청을 하게 됐다. 당내에서도 그 지역구를 신청했던 사람들이 몇 있었는데 사전 여론조사에서 내가 80% 이상의 지지도를 얻었다. 하지만 안심할 수 없었던 것이, 일각에서는 한나라당 어느 간부의 입김에 의해 3%의 지지를 받은 사람에게 공천이 갈 수도 있다는 소리가 들려왔기 때문이다. 자민련 시절 일산에서의 악몽이 떠올랐다. 거대 정당에서도 자기 계보를 세우는 것을 보니 정치판은 거기서 거기구나라는 생각이 들었다. 그래도 나는 포기하지 않고 마지막 순간까지 치열하게 각축전을 벌여 결국 공천은 받게 됐다. 그러나 문제는 이제부터 시작이었다. 성남은 민주당 성향이 강한 지역인 데다 선거를 한 달 앞둔 시점에 국회에서는, 노무현 대통령 탄핵 소추안이 가결되는 헌정 사상 최초의 사건이 벌어졌다. 이에 성난 민심은 완전히 열린우리당으로 기울었다. 당연히 한나라당으로 출마한 나는 또다시 고배를 마셔야 했다.

그런데 기회는 다시 찾아왔다. 성남 중원구의 민주당 후보가 당선된 지 얼마 되지 않아 학력위조로 국회의원직을 상실하고 말았기 때문이다. 즉시 한나라당에서는 보궐선거 준비에 돌입하여, 지난 선거에서 낙방했던 신상진 의원이 출마를 준비 중에 있었다. 그러던 어느 날, 공천심사위원회에서 나를 불러서는 보궐선거에 출마해보지 않겠냐며 내 의향을 묻는 것이 아닌가. 지난번 신상진 후보와 같은 권역에서 출마했던 내가 득표율이 더 높았고, 이번 여론조사에서도 내가 압도적으로 나왔다는 것이다. 참으로 난감했다. 내가 공천과정에서 그렇게 당하고 분노했는데 어찌 남의 자리를 뺏을 수 있단 말인가? 한편으론 나도 욕심이 나는 것도 사실이었다. 그 당시 보궐선거는 무조건 한나라당이 이기는 분위기였던 것이다. 또 공천 경쟁에서는 친구, 친척, 선·후배 모두 안면 몰수하는 것이 당연한 일이었다. 하지만 얼마 전까지 나는 신상진 의원이 보궐선거에 나가면 지원하겠다고 약속까지 했던 터라 마음이 찜찜하지 않을 수 없었다.

답답한 마음에 오랜 기간 함께 일한 사무장에게 물어보았다. 그는 한순간 고민도 없이 대답했다.

"이때까지 남의 것 뺏고 그렇게 살아오시지 않았는데 어떻게 그럽니까?"

순간의 욕심이 부끄러웠던지 "그렇지?"라며 마음을 접었다. 부자(父子) 사이도 갈라놓는 게 국회의원 자리라는데, 굴러온 복을 번번이 걷어차 내는 나를 남들은 절대로 이해하지 못할 것이다. 어쩜 사무장이란 사람도 나와 같은 바보 멍청이일까? 여하튼 당시에는 한나라당이 특별기획공천을 할 수도 있다는 등의 기사가 신문에 나고, 김을동에게 공천 제안이 갔다는 소문도 돌았다. 신상진 의원의 마음이 꽤나 불편했을 것이다. 나는 그의 심난한 마음을 달래기 위해 전화를 걸었다.

"의원님, 저 거기 안 나갑니다. 안심하고 열심히 해서 꼭 당선되십시오."

신 후보는 크게 고마워하며, 사실 소문을 듣고 내 사무실로 쳐들어갈까도 고민했단다. 하지만 김을동이라는 사람은 절대 그럴 리 없다며 다시 믿음을 놓지 않았다고 한다. 그의 고백에 나는 오히려 고마웠다. 내가 그의 신의를 지켜줄 수 있어서 참으로 다행이다.

박근혜 대표가 당 대표를 맡고 있던 때의 일이다. 한나라당의 비선 조직이라며 사람들이 찾아와서는 박 대표를 위해서 좀 더 적극적인 동참자가 되어 달라는 부탁을 해왔다. 또 일각에서는 여성위원장 출마를 권유하기도 하였다. 그래서 나는 영화 〈마파도〉를 촬영하던 와중에 한나라당 여성위원장에 출마를 하게 되었다.

여성위원장 투표는 대의원 1인 2표제로 진행된다. 나는 두 번째로 이 위원장 투표에 당선되어 최고위원, 정책위원, 대변인 등 당의 13역이 참여하는 상임운영위원회에 여성대표로 참석하게 되었다. 총 13명 중 12명이 국회의원이고 나 혼자만 지구당위원장이었다. 모르는 사람들이 보면 내가 국회의원인 줄 알았을 것이다. 매주 월요일 라운드테이블에 앉아서 회의하는 모습이 종종 TV에 비치고, 박근혜 대표나 다른 국회의원들과 함께 앉아 있었으니 말이다.

당시 한나라당은 친일파 정당이라고 매도하는 분위기가 있었는데, 내가 상임운영위원회에 참석한 이후부터 그런 공격은 사라져갔다고 한다. 또 박 대표 주변에서는 더 적극적으로 활동해달라며 경기도 광주의 재보궐 선거에 나가기를 제안했다. 경기도 광주는 한나라당 소속 현역의원이 의원직을 박탈당하면서 무주공산이 되어 있었던 상황이었다.

한나라당에서만 총 14명이 공천 신청을 했다. 공천자 중 사전 여론 조사에서 홍사덕 의원이 36%, 김을동이 23%, 나머지 12명이 5% 미만을 기록했다. 그러나 당에서는 홍사덕 의원이 노무현 대통령 탄핵 사건의 주역이라 이미지상 좋을 것이 없다는 반대논리가 있었다. 게다가 홍사덕 의원은 당선이 되면 6선이 되는 의원이라 그의 입성을 그리 반기는 눈치가 아니었다. 나는 당 상임운영위원도 하고 있을 때, 홍 의원만 제치면 김을동이라고들 했다. 그런데 이제 곧 우리 식구가 된다며 반겨주던 의원들이 어느 순간 입을 다무는 것이 아닌가! 알고 보니 공천이 다른 사람한테 넘어간 것이었다. 그것도 지지율 2%를 받은 J후보에게로. 아무런 설명도 없었다. 홍사덕 의원은 탄핵 주역이라 안 되고, 누구누구는 지지율이 낮아서 안 되는데, 김을동은 도대체 왜 안 되는가? 몸무게가 많이 나가서 안 되냐, 탤런트 출신이라서 안 되냐며 바락바락 소리를 질렀다. 돌아오는 대답은 너무나 어이가 없었다.

"김을동 씨, 정치가 다 그런 거 아닙니까?"

순간 국회의원들에게 오물을 뿌린 아버지의 심정이 진심으로 이해갔다. 그날 폭탄과 같았던 내 모습은 YTN의 돌발영상 코너를 장식했다.

한나라당 여성상임위원 시절

한나라당 상임위원 선출 후 기사자료

제17대 국회의원 선거
한나라당 후보
(성남시 수정구)시절
친한 선배인
전원주 씨와 함께

지프 한대가
달랑이었던
선거운동 시절

제17대 국회의원 선거
한나라당 공천자
대회에서 선서식

5

거대여당의 버릇을
뜯어 고치자!

"이 오만한 한나라당의 버릇을 고쳐주기 위해서라도 저는 내일 무소속으로 출마합니다. 김을동 씨는 어떻게 하실 계획이십니까?"

J후보자 공천이 발표되기 하루 전, 여론조사 1위를 차지했던 홍사덕 의원에게서 연락이 왔다. 그분은 한나라당이 지금 기세가 등등한 것은 "노무현 대통령과 민주당에 대한 반사이익일 뿐이며, 꼴찌에게 공천하는 것은 한나라당의 오만."이라고 말했다. 그의 명쾌한 언변을 듣고 있자니, 공천경쟁에서 여러 번 물먹은 내 속도 뻥 뚫리는 기분이었다. 홍사덕이라는 정치인의 당당함이 마음에 들었다. 나는 그에게 "아니 1등 하신 후보님이 무소속으로 출마하신다는데, 이 김을동도 무소속으로 출마해서 초칠 일 있습니까?"라며 너스레를 떨었다. 그리고 마음속으로 그의 배짱과 용기에 지지를 보냈다.

다음날 예정대로 J 후보에게 공천이 확정·발표되었다. 나는 박근혜 대표를 찾아가 이번 공천 과정에서의 부당함을 역설했다. 그리고 그 즉시 홍사덕 의원에게 전화를 걸었다.

"나는 지금부터 한나라당의 오만함과 버릇을 고치기 위해 무소속으로 출마하는 당신을 돕겠습니다."

마치 정치투사라도 된 기분이었다. 평소 단 한 번 만난 적도 없고, 도움을 요청한 적도 없는데 내가 먼저 돕겠다고 하니 홍사덕 의원도 적잖이 당황한 모양이었다. 하지만 자신의 지지세력이 생긴다는 것이 어찌 고맙지 않겠는가. 그는 나에게 감사의 뜻을 전하고 힘을 합쳐 오만한 한나라당의 버릇을 꺾어놓겠다고 의지를 다졌다.

다음날부터 만만치 않은 전쟁이 시작되었다. 저쪽에서는 박근혜 대표가 지지유세를 나왔다. 정의감과 분노로 시작된 일인지라 반드시 홍사덕 의원을 당선시켜야 한다는 마음에 조바심이 났다. 그래서 결국은 아들에게 도움을 청하기로 마음먹었다.

"너의 도움이 반드시 필요하다!"

나는 일국이를 앞혀놓고 그간의 정치행태를 소상히 일러주며, 무슨 일이 있더라도 홍사덕 의원을 당선시켜 이 모든 것을 바로 잡아놓고 싶다고 말했다. 당시 〈해신〉으로 스타의 반열에 오른 일국이가 이런 어미의 모습을 어떻게 볼까 두려움이 앞섰지만, 나는 그만큼 절박했다. 일국이도 그런 어미의 뜻을 이해했는지 어머니의 생각이 옳다며, 정의를 위해 자기도 돕겠노라고 선뜻 나서주었다. 세상의 천군만마를 다 얻은 기분이었다.

정말이지 내 선거운동보다, 심지어 홍사덕 의원님보다 더 열심히 뛰었다. 선거유세 도중에 쓰러져서 응급실 신세까지 질만큼 최선을 다했다. 또한 내가 성남에 출마했을 때 선거를 같이했던 내 측근들까지 모두 나서서 선거운동을 도왔다. 오죽하면 홍사덕 의원 캠프의 선거운동원들이 이상하게 생각할 정도였다. 후보자와 운동원들은 모두 다 점잖은 분위기였는데, 김을동이 나서서 유권자들을 불러 모으고, 일일이 악수하고 다니고, 송일국까지 가세하니, 이건 홍사덕 의원의 선거인지 김을동의 선거인지 분간이 안 갔다. 홍 의원님도 나중에는 이런 떠들썩한 분위기를 즐거워하시는 눈치셨다.

상황이 이렇다 보니 전세는 홍사덕 의원에게로 넘어가기 시작했다. 여론조사에서도 홍 의원이 앞섰다. 우리의 강한 역공에 놀란 중앙당은 급기야 홍사덕을 돕는 사람은 모든 당직에서 탈퇴시키겠다는 엄포까지 내렸다. 사실 보궐선거 이후에 지방자치선거가 예정되어 있었던 터라 선거출마를 생각했던 후보자들이 조금씩 떠나가기도 했다. 결국 선거는 약간의 표 차이로 패배했지만, 무소속 후보로서 꽤 선전한 결과였다.

선거는 정말 알 수 없는 세계이고, 공천이라는 것에는 원칙과 기준이 없다. 그러나 정의는 언젠가 이길 것이고, 비리와 꼼수는 언젠가 그 죗값을 치르리라. 홍 의원님과 나는 비록 선거에서는 패배했지만, 서로에게 소중한 인연을 얻었다. 홍사덕 의원님은 지금까지 나의 정치여정에 대해 조언을 아끼지 않는다. 나도 그분을 정치적 멘토로 삼고 있다. 선거가 끝나자, 그 분은 '줄탁동시(啐啄同時, 병아리가 알에서 나오기 위해서는 새끼와 어미닭이 안팎에서 서로 쪼아야 한다.)'라고 직접 쓴 도자기를 선물해 주셨다. 무엇이든 일구어낼 때는 마음과 행동이 같이 합쳐져야 한다는 뜻일 것이다.

　홍 의원님의 선거를 돕다가 한번은 '세상에 이런 정치인도 있구나!' 라고 느낀 일이 있었다. 많은 정치인이 선거유세를 할 때, 교회나 절, 성당을 자주 방문한다. 특히 일요일은 작정하고 다니는데 나역시 그랬다. 하지만 홍 의원님은 "종교시설은 사람들이 일주일에 한번 죄를 고해하고 깨끗해지는 곳인데 그곳까지 더러운 정치판을 끌어들일 수는 없다." 면서 절대로 들어가지 않으셨다.

　또 한번은 선거유세 기간에 축제장을 찾은 적이 있었다. 그때 한 취객이 우리 선거운동원 중 예쁘장한 여성에게 "술 한 잔 따르면 내가 홍사덕을 찍어주겠다." 라고 얘기했다. 모두가 난감해하고 있는데 홍사덕 의원이 주춤하는 여성운동원에게 술을 따르지 말라고 큰소리로 제지하더니, 취객에게 "술은 안 따릅니다. 그리고 저 안 찍으셔도 됩니다." 라고 단호하게 이야기하는 것이 아닌가! 한 표가 아쉬운 마당에 유권자에게 그런 말을 하기란 쉽지 않은 일이다. 새삼 그분의 인품과 철학을 깨닫고 존경하게 되었다.

　다음 해인 2006년 5월, 제4회 보궐선거에서 민주당의 조순형 후보는 서울 성북구 을에서 모두의 예상을 뒤엎고 한나라당을 물리치며 압승했다. 일찍이 내가 존경하는 분이기도 했지만, 그분의 당선을 보면서 마치 10년 묵은 체증이 내려가는 듯했다.

　조순형 의원이 누구인가! 2년 전이었던 2004년, 대통령에 대한 탄핵 소추를 주도했던 인물로, 늘 바른 소리를 내는 데에 앞장섰던 분이다. 조순형 의원의 당선결과를 보고 과연 한나라당 의원들은 무슨 생각을 했을지, 나는 자못 궁금해졌다.

만약 탄핵의 또 다른 주역이었던 홍사덕 의원이 공천되었다면 어떠했을까? 홍 의원을 공천했다면 적어도 거대야당으로서 대통령과 여당을 견제하는 뚜렷한 명분이 있었을 것이다. 똑같은 상황에서 어떤 당은 소신껏, 주관이 뚜렷한 행동으로 정면 돌파하여 승리했고, 또 다른 당은 그러지 못했다. 어떤 명분도 기준도 제시하지 못한 이 정치판에서 과연 그들은 이 김을동을 또 어떻게 바라볼까? 정말로 무모하리만치 우직하게 정치판에 뛰어든 내가 보고 겪었던 정치는 꼴등을 반장선거에 내보내는 것이었다. 네티즌에게 뽑힌 정치인이기도 하고, 독립유공자의 후손이라는 점에서 그들은 나를 좋아했지만, 결론적으로 나를 선택하지는 않았다. 그들이 원하는 대로 내가 굽혔더라면 결국은 잘 되었을지도 모르겠다. 그러나 그런 일은 없었을 것이다. 나는 나를 납득시키지 못하는 정치에 비겁하게 조아릴 마음은 없었기 때문이다. 비록 진흙탕에서 놀더라도 똥은 되지 말아야 하지 않겠는가.

「아들 일국에게」

(홍사덕 의원 선거 지원을 나서며, 일국이에게 보낸 글)

사랑하는 아들 일국아!
무슨 말을 먼저 시작해야 할지, 혼란스러운 마음이 오가는구나.
우선 엄마로서 너에게 부담을 준 것 같아 무엇보다 미안함이
앞서는구나.

네가 시청자들의 사랑을 먹고 사는 탤런트이기에 행동이 얼마
나 조심스러운지 엄마는 잘 알고 있다. 엄마가 정치를 한다고
했을 때, 조심스럽게 "엄마, 정치에 발 들여놓지 마세요."라고 했
던 너의 말이 자꾸만 떠오르는 요즘이다. 어쩌면 너의 말처럼
그렇게 했어야 했는지도 모르지.

엄마는 아버지가 못다 이룬 꿈을 이루어 드리고 싶었단다. 깨끗
한 정의가 살아 있는 국회활동을 꿈꾼 아버지의 뜻을 조금이나
마 이루어 드리고 싶었던 게 솔직한 심정이었다. 하지만 엄마는
아버지가 느꼈던 좌절을 다시 느끼고 있다.

상식에서 벗어난 공천이 이루어졌을 때, 엄마는 모든 것을 던져
그것이 옳지 않음을 세상에 알리고 싶었다. 비록 그것이 일신상
에 손해되는 일이더라도, 검은 것을 보고 희다고 할 수 없었던
엄마의 속내를 아들인 네가 이해해 주길 바란다.

아들아, 엄마는 네가 있어 든든하다.

엄마가 탤런트 생활을 하면서 벌었던 전 재산을 할아버지 김좌진 장군의 기념관을 짓는 일에 쏟아붓고, 길거리에 나앉을 형편에 내몰렸을 때도 너는 묵묵히 지켜봐 주었었지. 누구도 알아주지 않고 정부에서조차 손댈 수 없었던 독립운동가 김좌진 할아버지의 기념관을 짓는 일을 기필코 해내는 것을 보고, 일국이 너는 엄마가 자랑스럽다고 말했었지.

고맙다. 아들아. 빈털터리 엄마를 위해 너의 땀을 담보로 벌어온 수입을 아낌없이 털어 거처를 마련해 준 네 마음에 엄마는 얼마나 미안하고 고마웠는지 모른다. 그리고 어느새 장성해 엄마의 힘이 되어준 너를 생각하며 다시금 힘을 얻었단다.

그런데 지금, 또 엄마는 불합리한 공천에 맞서 싸우고 있는 형편이라 어쩔 수 없이 아들인 네가 보이지 않는 피해를 입지 않을까 염려되는 게 사실이다. 하지만 너는 여전히 의연하게 말했지. "아들로서 어머니께서 하는 일을 모른 체할 수 없었습니다. 그리고 자식으로서 어머니의 뜻에 협조한다는 건 당연하다고 생각합니다."

너의 말에 감사한다. 결코 연예인으로서 쉽지 않은 결정이었다는 것을 잘 알고 있다. 너에게 득 되는 것 하나도 없음에도 불구하고 엄마라는 이유로 너의 협조를 구할 수밖에 없었구나.

언젠가 네가 말했었지.

"엄마, 이제 제가 용돈 드릴 테니 여행도 다니시고 맛있는 것도 많이 사드시면서 편히 사세요."

그래 아들아, 네 마음 다 안다. 고단한 엄마의 생활을 보다 못해 한 말이라는 것을. 하지만 어떤 상황에서건 그것이 엄마가 해야 할 일이라면 결코 피해갈 수 없는 게 아니겠니. 흰 것은 희다고 하고 검은 것은 검다고 말할 수 있는 용기. 엄마는 네게 부끄럽지 않은 사람으로서 한 세상 살아가고 싶구나.

다시 한번 말하지만 엄마는 네가 있어 든든하다.

「젠틀 가족들에게」

(홍사덕 의원 선거 지원 당시 일국이가 팬들에게 쓴 글)

안녕하세요! 일국입니다.
젠틀 가족들을 속상하게 한 것 같아 먼저 사과드립니다.
하지만 여러분 앞에 분명한 제 소신을 밝혀야겠기에 다시 한번
글을 씁니다.

주연배우는 이미지로 먹고 산다고 해도 과언이 아니라고 누군
가 말하더군요.
그리고 어느덧 저도 여러분의 사랑으로……
그리고 감사하게도 그 대열에 합류하게 되었습니다.
그런 주연배우들이 정치색을 띤다면 그 배우 이미지에 치명적
일 수 있습니다.

이번 결정으로 제게 큰 피해가 오리라 각오하고 있습니다.
아마 여러분이 상상하는 것 이상으로 더 큰 피해가 제게 올지
도 모릅니다.
그런 제가 왜 이런 결정을 내렸을까요?

솔직히 어머니 공천 탈락하라고 속으로 얼마나 기도했는지 모
릅니다.
제가 농담으로 그랬습니다.

213

"어머니 공천 떨어지시면 어머니 정신건강에 해롭고 공천 받으시면 제 정신건강에 해롭습니다."

그런데 어머니가 공정치 않은 일에 불이익을 당하시고 억울함을 호소하시며 자신의 모든 것을 버리고 당신의 인생을 걸고 한 후보를 지지하고 나섰습니다.

그리고 제 앞에서 눈물을 보이십니다.

여러 사람에게 알려지고 더구나 인기를 얻는 저 같은 사람이 공정해야 할 선거에서 한 후보의 지지를 호소하며 또한 저로 인해 유권자들이 잘못된 판단을 하게 한다면 그건 분명히 잘못된 일입니다.

하지만 그 과정이 잘못됐고 공정치 않다면 분명히 자신의 소신도 밝힐 줄 알아야 한다고 생각합니다.

여러분은 어떡하시겠습니까?

잘못되고 공정하지 않은 일이 벌어지고 더구나 그 일의 피해자가 당신의 어머니라면 자신의 입신양명을 위해 모른 체하시겠습니까?

그리고 그런 한 인간, 배우의 팬이고 싶습니까?

저는 여러분 앞에 당당하고 싶습니다.

설령 모두가 제게 비난을 퍼부어도 그리고 신의 허락으로 시간을 되돌릴 수 있다고 하더라도 저는 또다시 어머니를 지지할 것입니다.

살면서 어머니를 얼마나, 얼마나 원망했는지 모릅니다.
그냥 배우로 사셨으면 돈 걱정 없이 속 편히 살 것을 할아버지
기념사업회를 하신다며 항상 돈에 쪼들리고 결국 빚더미에 집
까지 날리는 상황까지 왔을 때는 정말 속이 많이 상했습니다.

하지만 중국에 가서 남의 나라 땅에 어머니의 힘으로 복원된 외
증조부의 작은 생가를 봤을 때 그때 조금이나마 알게 됐습니다.

그리고 지금 그 옆에 몇만 평 부지에 한중우의공원을 조성해서
완공을 기다리고 있습니다.

여러분은 잘 모르실 겁니다.
우리나라 땅도 아닌 남의 나라 그것도 중국에 독립운동가의 생
가를 복원하고 한중우의공원을 세워 양국 독립운동가의 기념관
을 짓는다는 일이 얼마나 어려운 일인지……
물론 가족이니깐 당연히 해야 한다고 생각합니다.
하지만 안 해도 그만인 것을 자신의 모든 것을 잃어가며 하는
것 또한 쉽지 않다고 생각합니다.

그것도 누구도 알아주지 않고 자식들마저 반대했던 일을 수많
은 눈물과 열정으로 어머니는 해내셨습니다.

정말로 저는 어머니를 자랑스럽게 생각합니다.

제 나이 서른다섯이 돼서야 어머니를 조금은 이해할 것 같습
니다.

남자답게! 사내답게!

이 명제가 항상 제게는 숙제였습니다.

이 세상을 정말로 남자답게, 사내답게 사는 것은 무엇인가?

이제야 한 가지를 알 것 같습니다.

어머니가 누누이 얘기했던 것처럼 언제나 정의를 위해 대의명
분을 위해 더 나아가 조국과 민족을 위해 그리고 어떠한 불이
익에도 자신의 소신을 밝힐 줄 알아야 한다고 생각합니다.

외할아버지가 어머니께 그러셨던 것처럼 저희 어머니 하시는
일(?)로 봐서……

10원 한 장 유산으로 물려받지 못 할 것 같습니다.

하지만 어머니는 제게 더 큰 무엇과도 바꿀 수 없는 무언가를
주셨습니다.

그건 그 무엇과도 바꿀 수 없는 어머니가 물려주신 제 소중한
재산입니다.

아무튼

이번 선거가 끝나면 저는 결과에 상관없이 또 다시 어머니를

설득할 것입니다.

제발 정치 그만하시고 친구분 티켓까지 끊어 드릴 테니 기분 좋게 해외여행 다니시라고…….

6

어머니와
정치인 사이에서 방황하다

2005년 홍사덕 의원의 낙마 이후, 많은 사람이 나에게 더 이상 정치를 할 것이냐고 물었다. 그들의 질문을 받고 나는 스스로에게 되물었다. 나는 정치를 왜 시작했던가? 김을동은 정치에 맞는 인간인가? 배우라는 좋은 직업을 뒷전으로 하고, 내 가족과 주위 사람들에게 마음고생을 시키면서까지 정치를 해야 하는 이유가 있는가? 만약 계속 정치를 하려고 노력한다 해도 과연 더 이상의 기회가 주어질 것인가? 그리고는 결론을 내렸다. '이제 김을동의 인생에 정치는 없다.' 라고.

사실 이러한 결정을 내린 가장 큰 이유는 일국이 때문이었다. 부당한 공천 탈락에 대한 울분으로 일국이를 혼탁한 선거판까지 끌어들인 여파는 고스란히 일국이가 떠안아야 했다. 내 앞에서 내색은 안 했지만, 분명 아들은 힘들어하고 있었다. 어미라는 사람이 정치를 한 이유로 이제 막 피기 시작한 아들에게 몹쓸 짓을 한 것 같아 마음이 매우 무거웠다.

네 번째 이야기

정치활동에 있어서 부모의 후광이 미치는 영향은 긍정과 부정을 함께 가지고 있다. 부모나 조상의 후광을 좋은 쪽으로 발전시키면 긍정적인 평가를 받게 되지만 후광 그 자체에서 더 이상의 발전이 없을 때는 부정적인 평가를 피할 수 없다. 그런 면에서 박근혜 대표를 포함하여 나와 같이 선대를 잇는 정치인들은 부모와 조상의 후광에서 자유로울 수 없다. 나 또한 아버지가 야당의원이라는 이유로 여러 가지 불이익을 당했던 적이 있다.

그것은 그러니까, 지금으로부터 아주 오래전 일이다. 아버지가 돌아가시기 몇 년 전이었고, 당시 결혼해서 얼마 안 되었을 무렵이었다. 한참 연극 활동을 활발히 하던 때였는데, 황석영 씨의 작품 〈산국〉을 가지고 국내에선 처음으로 미국 5개 도시를 순방하며 연극 순회공연을 가기로 결정이 돼 있었다. 뉴욕, 워싱턴, 필라델피아, 시카고, LA 등을 순방하기 위해 우리는 마지막까지 연습에 열을 올렸고, 미국으로 떠날 채비를 분주히 하고 있었다.

모든 일은 순조롭게 진행되는 듯 보였다. 그런데 뜻하지 않게 나한테서 문제가 발생했다. 오직 나에게만 여권이 발급되지 않는 것이었다. 당장 별모레면 연극단원들과 함께 출국을 해야 하는데 여권이 안 나오니 낭패였다. 도대체 이유가 무엇이냐고 따져 물었다. 그랬더니 내가 김두한의 딸이기 때문이라는 얼토당토않은 답변이 돌아왔다. 아버지의 국회 본회의장 오물투척사건의 영향이 나에게까지 미쳤던 것이다.

급한 마음에 나는 아저씨뻘 되시는 김수한 국회의원께 내 처지를 얘기했다. 마침 국회의원으로 당선이 되신 직후여서 직접 정보부에 전화를 걸어 자초지종을 설명하셨다. 아저씨는 "대체 김두한이 역적질을 했느냐, 공산당이냐, 해외공연을 가는 딸에게 여권을 안 내줄 이유가 없지 않느냐" 며 선처해줄 것을 간청했다. 그렇게 가까스로 여권을 발급받게 되었다.

이러한 아버지에 대한 기억 때문에 나는 그동안 내 선거 유세에는 되도록 아들을 내세우기 꺼렸다. 일국이에게까지 내가 받은 피해를 대물림할 수가 없어서였다.

특히나 세상에는 참으로 왜곡된 시각이 많다는 것을 알고 있기에 더욱 그랬다. 세상 사람들이 생각하는 김을동과 송일국에 대한 이미지도 종종, 아니 많은 부분이 왜곡되어 있는 형편이다. 그 내용은 대충 이러하다, "김을동은 웬만한 남자보다 술도 잘 마시고, 말도 거칠다, 김을동이 화를 한번 내면 남자들도 절절 길 정도이다, 엄마가 워낙 드세다 보니 아들이 기를 못 펴서 말수도 없고 소심하다, 송일국이 연기실력에 비해 배역을 잘 따는 것은 다 김을동의 치맛바람 때문이다, 송일국은 작품 결정도 엄마한테 다 의존하고, 엄마 말이면 꼼짝도 못하는 마마보이다, 송일국이 뜨니 김을동이 '사' 자 며느리를 찾아 결국 판사와 결혼하게 된 것이다." 등……. 〈주몽〉 촬영 때 여기자의 소개로 만나 1

황석영 作 〈산국〉 미국순회 공연 당시

년 반이나 연애하고 결혼했는데도 불구하고 말이다. 이것이 나에게만 국한된 문제라면 그냥 그러려니 하고 넘어갈 것이다. 그도 그럴 것이 여성스러움과는 거리가 먼 내 외모와 목소리로 인해 그동안 나는 대한민국의 가장 억척스럽고 드세며, 무서운 역할을 도맡아 했었기 때문이다. 심지어 남장여자의 역할을 한 적도 있다. 또 할아버지 기념사업을 하면서 웬만한 남자도 하기 힘든 일들에 무모하리만큼 적극적으로 덤벼드는 내 모습 때문에 사람들은 더욱 나를 강한 여자로 느끼는 듯하다. 그러다 보니 실제 나의 성격보다 더욱 과장되어 '김을동' 하면 '강한 여자', '여장부' 라는 이미지가 굳어진 것이다.

그러나 이러한 생각들은 100% 진실이 아니다. 특히나 나에 대한 잘못된 이미지로 인해 아들마저 오해받고 있는 현실이 너무나 억울하여 이 책을 통틀어 나는 이 부분만은 꼭 바로잡고 싶다.

그동안 아들이 연기자 생활을 하며 수많은 상을 탔음에도 불구하고 내가 그 자리에 참석한 적은 한 번도 없었다. 일국이가 이런저런 핑계를 대면서 내가 오는 것을 막았던 것이다. 그 이유는 내가 만약 그 자리에 있게 된다면 사람들은 송일국이라는 배우가 엄마 때문에 상을 받게 되는 것이라고 볼 것이기 때문이다. 그러한 연유로 아들은 자신의 연기활동과 관련하여 내가 뭔가를 간섭하거나 강요하면 그것의 반대로 행동할 정도로 강한 거부감과 알레르기성 반응을 보인다. 딸 송이도 예전에 연기자 생활을 할 때 나와 함께 방송에 출연하는 것을 끔찍이 싫어했었다. 그만큼 아이들의 상처가 깊은 것이리라.

일국이의 인기가 올라가면 올라갈수록 내심 유세장에 일국이를 기대하는 유권자들이 많아졌다. 실제로 다른 후보들의 선거유세를 보면 때마다 인지도 있는 일가친척들을 모두 불러 세운다. 그것은 비단 우리나라의 경우만은 아니다. 세계 어느 곳에서든 마찬가지다. 표심을 잡는 데에는 가족의 화목과 화합도 한몫하기 때문이다.

그러나 어떤 부모가 자신의 이익을 위해 자식들이 희생하는 것을 바라겠는가. 선거 때마다 딸 송이는 그 좁은 골목에서 내 엉덩이를 받쳐 들고 선거유세를 도왔었다. 일국이 또한 이것을 하면 분명 손해가 된다는 것을 너무나 잘 알면서도 내 선거운동만큼은 적극적으로 돕곤 했었다. 그러나 이제 아들은 온 국민으로부터 사랑받는 배우가 되었다.

나는 결정을 내려야만 했다. 결국, 배우로서 국민들에게 사랑받는 아들로 남게 하기 위해서는 내가 정치판에서 떠나야만 한다는 것을 깨달았다. 내가 한창 정치에 몸담았을 때보다 더욱 훌쩍 커버린 내 아들과, 늘 나서지 않고 조용히 살기를 바라는 내 딸을 위해서는 그것이 가장 현명한 선택이라고 생각했다. 그리고 이제는 어머니이자 배우라는 자리로 돌아가야 한다고 스스로에게 다짐했다.

'접자, 접자, 이걸로 끝이다.' 그러리라 다짐했었다. 그러나 결국 아직 나는 정치를 하고 있고, 내 가슴에는 대한민국 국회의원의 상징인 금배지가 달려 있다. 정치와 나의 기막힌 인연은 아직 끝나지 않았던 것이다. 이것은 또 어떤 운명의 시험대인가……

7

국회의원의 소명을
세우다

2008년 제18대 국회의원 선거! 불공정한 공천 파동으로 인해 친박연대라는 정당이 탄생되는 순간이었다. 홍사덕 의원님은 이번에도 한나라당으로 출마하지 못하고 서청원, 이규택 공동대표체제로 결성된 친박연대로 입당하여 출사표를 던졌다. 홍 의원님은 자신은 이번에 지역구로 출마하니 나에게 친박연대의 비례대표로 나갈 것을 제안하였다.

"저는 이제 안 합니다. 아들이 스타로 밥을 먹고 사는데, 제가 또 정치를 해서 불이익을 줄 수는 없습니다."

"아닙니다. 이번에 한번 해보십시오. 제가 정치를 해온 경험으로 봤을 때 좋은 결과가 있을것도 같습니다."

그는 거듭 나를 찾아와 비례대표 5번을 제안하였다. 몇 차례 선거에 출마하면서도 비례대표라는 것을 생각해본 적은 없었다. 언제나 당당히 표를 얻어서 당선되리라는 생각만 했었다. 특히나 여성이 득표로 당선되는 것은 굉장히 어려운 일이었기에 더더욱 당당하고 싶었던 것이다.

나는 고심했다. 정치는 이제 끝났다고 그렇게 다짐했건만, 또다시 마음이 흔들리고 있었다. 조심스럽게 가족회의를 열었다. 이제 갓 우리 식구가 된 며느리까지 모여 앉았다. 역시 예상했던 대로 일국이와 송이는 반대하고 나섰다.

"어머니, 이제 저희가 편히 모실 테니 정치로 마음 고생하지 마세요."

그때 조용히 앉아 있던 며느리가 또박또박 입을 열었다.

"어머님이 비례대표 제안을 받은 것은 다 그만한 이유가 있을 겁니다. 그건 어머님이 이제껏 정치권에서 쌓아놓은 어머님의 몫입니다. 저희가 불이익을 당하든 그렇지 않든, 그것은 인생을 살면서 저희가 겪어야 할 저희들의 몫입니다."

유일한 찬성표가 나왔다. 사실 공직에 있는 며느리의 눈치가 제일 보였는데, 어리게만 보았던 며느리가 이렇게 어른스러운 얘기를 하는 것을 보고 내심 놀라웠다. 왠지 마음을 정한 것도 아닌데 내 편이 생긴 것 같아 위안이 됐다. 하지만 당선을 꿈꾸는 욕심을 갖지 않기 위해 스스로를 누르고 또 눌렀다. 사실 신생정당에서 비례대표 5번의 당선율은 거의 불가능한 것이었기에 한번 등록이나 해보고 홍사덕 의원의 선거유세나 지원할 생각이었다. 그리하여 또다시 선거가 시작되었다.

이 지역 저 지역 안 다닌 데가 없을 정도로 당 지원유세를 다녔다. 부산의 박대해 후보는 여론조사에서 약간 뒤지고 있었는데, 내가 지원유세를 다녀온 후 분위기가 좋아졌다고 하여 기분이 좋았다. 드디어 투표일이 되었다. 아들 내외가 나에게 밥을 사주며, "최선을 다해서 선거운동 하셨으니 그걸로 만족하시고 이제 푹 쉬세요."라며 위로했다. 갑자기 조직된 신생정당의 비례대표 5번이 당선되리라고 생각하는 사람은 아무도 없었다. 이는 아들 내외도 마찬가지였던 것이다.

아들 내외는 공항에서 TV를 통해 출구조사발표를 들었다고 한다. 친박연대가 비례대표 3, 4번까지 가능성이 있다는 보도를 들었을 때부터 일국이는 가슴이 뛰었단다. 행여나 4번까지만 되고 5번인 엄마부터 탈락하면 그 스트레스를 어떻게 감당하나 싶어 불안해 죽겠더란다. 조마조마하게 결과를 기다리다 놀랍게도 8번까지 당선되는 것을 보고 뛸 듯이 기뻐했다고 한다. 나 역시 어안이 벙벙했다. 이후 당선축하 전화가 빗발같이 쏟아져 들어오는 것을 보고 그제야 나도 정신이 돌아왔다.

인생은 정말 묘하다. 뭔가를 해내기 위해 그렇게 안간힘을 쓸 때는 안 되더니, 마음을 비우니까 비로소 그것이 내게로 왔다. 모든 것은 때가 있다고 하더니 지금이 그때인가? 이 모든 것이 운명인 것만 같았다. 나는 한나라당의 버르장머리를 고치고, 홍사덕이라는 깨끗하고 탁월한 정치인을 만들자는 생각뿐이었는데 이러한 결과가 나왔다. 이로써 아버지와 나는 헌정사상 최초의 부녀 국회의원으로 기록되게 된 것이다.

지금 생각하면 나이 60을 넘어 국회의원이 된 것이 참 다행스럽고, 적절한 시기라 생각된다. 만약 더 젊은 나이에 이 자리에 올랐다면 지나친 욕심을 부렸을지도 모른다. 종종 자신의 부와 명예, 자식을 챙기기 위해 공직자로서의 길을 벗어나는 정치인들처럼 말이다.

다행히 나는 할아버지 추모사업도 웬만큼 다 마무리해 놓았고, 자식들도 장성하여 근심걱정이 없다. 사람들은 나를 보며 의사 사위에 판사 며느리에 국민스타 아들, 그리고 본인은 국회의원이니 세상에 늦복이 터졌다고 다들 부러워한다. 이 모든 것이 의연한 기다림과 세월이 주는 약(藥)인 모양이다. 이런저런 경험을 하지 못하여 김을동이라는 열매가 덜 익었다면, 과연 나랏일을 돌볼 여유와 자격이 있었겠는가. 다행히 보람되게 생을 마무리할 방법을 찾아 후반부에 국회의원이 되었고, 아무 사리사욕 없이 국가와 사회, 공익을 위해 일할 수 있게 된 데에 더없이 감사할 따름이다.

한나라당과 미래희망연대가 합당할 것을 선언하며

8

정치 연기가 아닌
정책을 실현하라

　지금껏 내 정치여정은 우연과 순리의 징검다리를 건너왔다. 김을
동은 계파가 없는 정치인이다. 계파를 가지기 위해 노력한 적도 없
다. 정치인이 계파가 없다는 것을 사람들은 어떻게 생각할까? 혹자
는 정치적 신념이 없다고 비판할 수도 있다. 하지만 내가 경험해온
계파라는 것은 자신들의 이익을 위해 줄을 세우고, 국민이 선택한
사람일지라도 부당하게 내칠 수 있는 비열한 이익집단이었다. 그리
하여 나에게 정당은 큰 의미가 없다. 오히려 계파와 맞서는 것이 나
의 정치목적이다.

　어찌 보면 내 스스로가 계파를 거부해온 것이다. 정치선배였던 아
버지가 하셨던 말씀이 생각난다.

　"국회에 거수기가 많은데, 1년 12달 고장도 안 나고 척척 잘도 올
라간다."

계파의 이익을 따라 기계적으로 움직이는 정치인들을 거수기에 빗대어 한 말이다. 물론 모든 정치인들이 다 그런 것은 아니다. 나름대로 소신을 가지고 진정 국가와 국민을 위해 24시간이 모자랄 정도로 일을 하는 국회의원들도 많다. 그들이 요구하는 바른 정치목적을 실현하기 위해 계파의 힘이 절대적으로 필요한 것도 사실이다. 그러나 그들이 지금의 자리에 오르기 위해 겪었을 경험들이 썩 석연치만은 않다. 정치에 대한 누군가의 순수한 마음을 짓밟았을 수도 있고, 반대로 나처럼 짓밟혔을 수도 있다. 정당의 목적을 실현하는 것도 중요하지만 그만큼 그들 스스로 성찰하는 기회도 가졌으면 좋겠다. 적어도 대한민국에 양심이 죽은 정치인들이 없기를 바랄 뿐이다. 양심이 죽었는데 국가와 국민을 위한 순수한 정치가 나올 리 만무하기 때문이다.

정치란 무엇인가? 정치인은 어떤 인간이어야 하는가? 사실 나는 아직도 그 정답을 명확히 알지는 못한다. 어디 속 시원히 물어볼 곳도 없다. 우리나라에서 그다지 존경받는 정치인이 없는 것을 보면 해답을 아는 정치인도 있어 보이지는 않는다.

나는 한평생을 배우로 살았다. 그 한평생 중 또 많은 부분은 정치인으로 살고 있다. 사뭇 거리가 있을 것 같은 두 직업은 의외로 닮아 있다. "어떤 배우가 좋은 배우다."라고 단정 지을 수 없듯이 정치인도 마찬가지이다. 모두가 주연처럼 주목받길 원한다면 극이 엉망이 되듯이 정치도 모두가 자리를 탐내다 보면 나라꼴이 엉망이 된다. 그리고 대중들의 시선을 의식하고 감시받아야 하는 것도 배우와 정치인이 닮은 점이다. 정치인의 발언 하나하나, 정책 하나하나에 울고 웃는 국민들이기 때문이다.

여담이지만 불현듯 생각나는 사람이 한 명 있다. 한나라당 상임운영위원 시절, 박근혜 당 대표를 비롯하여 최고위원 등 현역 국회의원들과 같이 회의에 참가할 때였다. 나는 대의원 투표로 여성대표에 뽑혀 유일하게 국회의원이 아닌 신분으로 운영회의에 참가했다. 그러다 보니 정치적 부담도 별로 없었고, 정치를 배우는 자세로 여러 의원들을 면밀히 관찰하게 되었다. 그러다 어느 날 재미난 사실을 하나 발견했다. 바로 국회의원도 연기를 한다는 것이다.

언제부턴가 회의장에 카메라가 있을 때와 없을 때 정치인들의 태도가 달라진다는 것을 느꼈다. 아무렇지도 않게 얘기하다가도 카메라만 들어오면 갑자기 언성을 높이고 엉뚱한 소리를 해대는 것이었다. 그러다 카메라가 나가면 다른 의원들이 "어이 ○○ 의원, 카메라 갔어, 고만해."라고 말해 회의장은 한바탕 웃음바다가 됐다. 연예계 선배이자, 정치 선배였던 故 이주일 씨가 "코미디언인 나보다도 국회의원들이 더 웃긴다!"라고 했던 말이 딱 맞았다. 연기자처럼 의원들도 카메라를 의식한다고 생각하니 그전에 연기자로서 갖고 있던 약간의 괴리감도 모두 사라졌다.

의원들의 카메라 의식에도 주연처럼 유독 나서려는 사람들이 있다. 바로 내가 말하고자 하는 한 명의 젊은 의원이었다. 그 젊은 의원이 카메라 앞에서 너무 튀려고 하는 모습이 참 보기에 안 좋았다. 그래서 나는 주제도 모르고 그 국회의원에게 대놓고 말하고 말았다.

"카메라 있을 때와 없을 때가 왜 이렇게 다릅니까? 너무 이중적이지 않습니까?"

당연히 그 젊은 의원은 발끈하여 한동안 나와 실랑이를 벌였다. 박근혜 대표는 무슨 생각이었는지 말릴 생각도 않고 우리의 실랑이를 한참 듣고 있었다. 어영부영 회의가 끝나고, 몇몇의 국회의원들이 나에게 다가왔다. 나는 그들이 주제도 모르고 나섰다고 다그칠 줄 알았는데 오히려 잘했다며, 앞으로 김을동의 팬이 되겠노라고 말을 하고 갔다. 그간 다른 국회의원들도 그 젊은 의원의 작태가 그리 곱지만은 않았던 모양이다. 나의 무모함이 그들의 속마음을 대변해 준 것이었다.

지금 생각하면 참으로 용감무쌍한 행동이 아니었나 싶다. 국회의원도 아닌 내가, 국민이 뽑은 국회의원을 야단쳤으니 말이다. 그러나 언론 앞에서 돌변하는 정치인의 비굴한 모습을 난 지금도 참아낼 수가 없다. 특히, 나이도 젊은 정치인이기에 더더욱 그래서는 안 된다고 생각했다. 단순히 표면적으로 나이가 적어서라기보다 그만큼 앞으로 정치활동이 더 많이 남아있기 때문이다.

사실 정치인은 언론이 어떻게 비춰주느냐에 따라 정치적 인생이 천당과 지옥을 드나든다. 따라서 정치인이 국민의 눈과 언론을 많이 의식하는 것은 어쩔 수 없다. 하지만 정치적 소신은 한결같아야 할 것이 아닌가! 정치를 연기처럼 하면 쓰겠냐는 말이다. 그럴 바에는 배우로 한번 전향해보라고 말해주고 싶다.

이처럼 닮은 구석이 많은 배우와 정치인, 그들의 다른 점은 무엇일까? 그것은 추락(墜落)에 관한 것이다. 배우는 추락하면 끝이다. 잘

나가다가도 한두 번의 사건사고로 삶 자체가 무너지는 배우들이 많다. 하지만 정치인은 어떤가? 국가 정서를 흔드는 대형 사고를 치고, 온갖 부정부패에 연루되어 있어도 추종자들을 거느리며 기세등등한 자들이 있다. 그놈의 정관예우가 뭔지 뒤에서는 욕해도 앞에서는 깍듯하다. 그들에게 정치적 양심이나 소신이 정녕 있는 것인지 묻고 싶다.

흔히 '해바라기 사랑'을 지고지순하고 한결같은 마음에 비유한다. 그러나 정치인은 해바라기 사랑을 해서는 안 된다. 늘 강한 태양만 바라보고 따라가는 정치인이야말로 진정한 철새 정치인이다. 정치란 사람을 따르는 것이 아니라 국민에게 이익이 되는 바른 정책을 따라야 한다.

그런 점에서 나는 정당과 자신의 이익을 강요하는 강자의 편에 서기보다는 약자 편에 섰고, 그것을 지켜주고자 애를 썼다. 간혹 정당을 떠난 나를 철새 정치인이라 수군대는데 약자에게로 옮겨가는 철새를 보았는가? 나는 강자를 위해 당을 옮긴 적이 없다. 그래서 철새라는 일부 비판에 대해 당당할 수 있다. 만약 내 생각과 달리 강자에 서는 게 정치라면, 나는 정치를 너무 몰라 순진하고 미련한 정치를 한 사람이다. 내가 어리석은 정치인이라서 지금까지 양심의 가책을 느낄 만한 일을 하지 않은 것이 천만다행이다.

문득, 또다시 故 노무현 전(前) 대통령의 얘기가 생각난다. 이것도 예전 자민련 소속으로 종로구에 출마했을 때 나눈 대화이다. 내가 이해득실로 움직이는 정치권을 신랄하게 비판하자 그는 낮게 웃으며 이렇게 말했다.

"저도 옛날에는 잘못된 꼴을 못 봤는데, 정치를 오래 하다 보니까 때가 많이 묻었습니다. 후보자님을 보니 제 옛날을 보는 것 같네요."

내가 현명하고 정의로운 인간이라고 자랑하는 이야기가 아니다. 계산적이지 않은 것이 아니라, 계산을 하려 하면 머리가 아파 만사가 귀찮아진다. 정의로운 것이 아니라, 내 머리와 가슴으로 납득되지 않는 것은 차마 볼 수가 없다. 태어난 모양이 이러니 어쩔 수가 없는 노릇이다. 부전여전(父傳女傳)이라더니……. 같은 지붕 아래 살았던 시간도 별로 많지 않은데, 피는 못 속이나 보다.

내 아버지 역시 나처럼 제대로 된 정치, 세련된 정치를 하지는 않으셨다. 수많은 국회의원과 기득권 세력 앞에서 똥물을 뿌리셨던 그 무모함이 아버지의 캐릭터를 여실히 드러낸다. 아버지는 오로지 정의와 의리만이 지켜야 할 것이라 생각하신 분이다. 아버지 나름대로 부당한 사회에 자신의 목소리를 내고 싶어 똥물 투척으로 신념을 표현하셨다. 비록 거칠고 투박한 정치였지만 그로써 아버지는 국민을 대변해 큰 목소리를 내셨다고 생각한다.

지금은 내가 아버지를 이어 그 목소리를 낼 수 있게 됐다. 나 또한 세련된 정치인, 똑똑한 정치인, 팔방미인 정치인은 아니나 뚝심 있는 정치인, 역할이 분명한 정치인, 눈치 보지 않고 할 말은 하고야 마는 정치인 김을동이 되고 싶다. 그것이 내 천성이고, 사명이라 생각한다.

전통과 기본이
우리의 미래다

나는 전통문화를 홀대하는 민족에게는 미래가 없다고 생각한다. 이제는 정부가 책임의식을 가지고 특단의 조치를 취해야 한다. 정치인들 역시 잊혀져가는 우리 것에 대해 정책적 관심을 높여야 할 때이다. 현재 국회에서는 나 외에 우리 역사나 전통문화에 대해 핏대를 세우는 국회의원들을 찾기 어렵다. 물론 나라 곳곳에 워낙 신경 쓸 일이 많아서이기도 하지만, 그래도 역사와 전통이 바로 서고 기본이 충실한 대한민국을 위해서 더 많은 관심과 참여가 이루어졌으면 하는 바람이다.

I

한국문화의 경쟁력은
전통에 답이 있다

2011년 4월, 한국을 대표하는 특급호텔이라는 곳에서 황당무계한 일이 벌어졌다. 한복 디자이너인 이혜순 씨가 호텔 뷔페식당의 입장을 거부당한 사건이다.

그녀가 식당으로 들어가려는 순간, 호텔 직원의 제지가 있었다. 한복차림으로는 식당에 들어갈 수 없다는 이유였다. 호텔 측은 한복이 부피가 커 다른 사람에게 피해를 주며, 위험할 수가 있다는 해명이었다. 당시 호텔에서는 두 가지 드레스 코드를 금지하고 있었는데 하나는 한복이요, 또 하나는 트레이닝복이었다. 우리 전통의복인 한복이 트레이닝복과 동급 취급을 받는 수모를 겪은 것이었다. 이혜순 씨는 이 사실을 자신의 트위터에 올렸다. 그 순간 소식은 삽시간에 퍼져 나갔고, 모든 국민들이 그 호텔을 맹비난하고 나섰다. 역시 소셜네트워크의 힘은 대단했다.

한복을 입고 국회 문화체육관광방송통신위원회에서
전통문화 홀대 현상에 대해 지적

나 역시 그 사건을 접하고 요의 주시했다. 나도 평상시 한복을 즐겨 입으며, 사건 당일에도 한복을 입고 있던 터였다. 대단히 황당하고 울화가 치미는 일이 아닐 수 없었다.

그녀가 받은 수모는 곧 내가 당한 것과 마찬가지였다. 호텔 측의 처사를 절대 묵과할 수 없었다.

다음날은 마침 국회 상임위원회가 열리는 날이었다. 나는 한복 푸대접에 대한 오기가 발동하여 어제 입었던 한복을 다시 입고 나갔다.

"오늘 제가 입은 옷이 한복입니다. 이게 위험해 보이시나요? 오늘 ○○호텔 뷔페식당 가려고 한복 입고 왔습니다."

의도하지는 않았지만 그날 한복 입은 내 모습은 각종 인터넷 기사를 장식했다. 상임위원회장은 한바탕 웃음보를 터트렸다.

이왕 한복 사건이 터진 김에 나는 한식당의 문제에 대해서도 지적했다. 대한민국에서 고객이 제일 많은 특급 호텔 10개 중 한식당이 있는 호텔은 고작 4개뿐이다. 제일 잘나가는 호텔들이 이 정도이니 나머지는 조사해보지 않아도 알 만하다. 일반 국민들은 국가의 예산에 대해서 잘 모를 것이나, 한식의 세계화를 위해 한 해 동안 국가가 쓰는 돈은 무려 300억이 넘는다. 외국인들이 한식을 즐겨 찾게 하기 위해 각종 홍보와 함께 메뉴를 개발하고, 해외로 진출하는 한식사업을 지원하는 것이다. 그런데 정작 외국인들이 제 발로 찾아온 한국에는 그들을 위한 제대로 된 한식당이 없다. 대형국제회의를 위해 호텔을 찾은 외국인들도 한식을 경험할 수가 없다. 과연 왜 그럴까? 그들이 묵는 호텔에는 한식당도 없고, 한식연회도 불가능하기 때문이다. 밖을 나가봐도 한국인들이 먹는 식당들은 많으나 외국인의 입맛에 맞게 특화된 한식당은 몇 개 없다. 진정 한식의 세계화를 원한다면 한국을 찾은 외국인들의 입맛부터 사로잡아야 할 일이다. 그런데 우리는 정작 한식의 세계화를 외치면서 안에서는 중요한 것을 놓치고 있는 셈이다. 이런 나의 따끔한 지적에 장관도 수긍하는 눈치였다. 그는 호텔들이 한식당 운영에 적극적일 수 있도록 정책을 마련한다고 약속했다. 그러나 결과는 두고 볼 일이다.

　　호텔의 한식에 대해 내가 이토록 지대한 관심이 생긴 것은, 아들 결혼시킬 때의 경험 때문이다. 전통혼례에 관심이 많았던 나는 속마음으로 전통혼례를 원했다. 오늘날 서양결혼식에 밀려 전통혼례를 하는 사람이 적어지고 인식도 많이 떨어졌기 때문이다. 게다가 전통혼례는 외국인과 결혼을 하거나 재혼을 할 경우 치르는 것으로 오해하는 경우도 있다. 그래서 한 번쯤은 최고의 장소에서 제대로 형식을 갖춘 전통혼례가 치러지는 것을 보고 싶은 마음에서였다. 특히 세간의 주목을 받는 톱스타가 그 모델이 된다면, 전통혼례에 대한 인식과 이해가 조금은 달라질 수 있을 거란 기대도 품었다.
　　그러나 내 욕심만으로 한 번밖에 없는 아들의 결혼식을 밀어붙일 수는 없었다. 그래서 말을 못 꺼내고 전전긍긍하고 있었다. 일국이는 이런 어미의 마음을 알아챘던 것일까? 자기가 먼저 전통혼례로 하면 어떻겠냐고 물어오는 것이었다. 내심 뛸 듯이 기뻤다. 더욱이 여자라면 누구나 꿈꾸는 새하얀 웨딩드레스를 포기하고 전통혼례를 승낙한 며느리도 참 고마운 마음이 들었다. 아마도 대한민국의 톱스타 중 전통혼례로 결혼식을 올린 사람은 송일국이 처음이자 유일할 것이다.

그렇게 나는 격식 갖춘 전통혼례를 준비하느라 분주했다. 혼례 날짜를 정하고, 몇 명을 초청할지를 꼽아보니 만만치가 않았다. 가까운 사람들은 물론 결혼식 참석을 원하는 사람이 얼추 1,500명은 될 것 같았다. 대충 혼례의 윤곽이 그려지니 본격적으로 장소 섭외에 나섰다.

가만있자, 전통혼례를 하는데 스테이크를 내놓을 수는 없다. 우리 전통의 우아하고 고급스러운 혼례와 그에 맞는 정성이 가득한 한식이 필수이다. 나는 곧장 한식 스타일로 대규모 연회를 준비할 수 있는 곳을 찾았다. 송일국의 결혼식을 유치하기 위해 모든 특급 호텔들이 혈안이 되어 온갖 제안을 해왔지만, 가장 중요한 음식이 문제였다. 우리나라 호텔 중 1,500명을 대상으로 한식연회를 할 수 있는 곳이 단 한 군데도 없었다.

그 사실을 그때 처음 알게 됐다. 우리나라에는 한식당과 한식연회가 가능한 곳이 거의 전무하다는 사실을……. 그나마 워커힐 호텔이 한식당을 갖추고 있었지만, 기껏해야 이삼백 명 정도의 한식 연회만 가능했다. 천 명 이상을 한식 코스 요리로 대접할 생각을 하니 눈앞에 펼쳐진 현실은 그야말로 처참했다. 오히려 우리 쪽에서 호텔에게 사정을 해야 하는 형국이 되었다.

나는 워커힐 호텔의 주방장을 불러 나의 의도를 신중하게 전달했다. 호텔 쪽에서는 한참을 고심하더니 한번 해보겠노라고 결의를 다졌다. 이것은 호텔 입장에서도 난생 처음의 도전이었다. 그리하여 장소는 워커힐 호텔로 결정되었다.

'우리는 천여 명에게 한식코스요리를 대접해야 한다!' 원래 하나에 꽂히면 그것만 생각하는 성격이라 머릿속에는 온통 한식 생각밖에 없었다. 원래 한식 상차림은 상 위에 모든 음식을 크게 차려놓는 것이지만, 호텔에서 그렇게 할 수도 없고 음식을 낭비하는 것도 싫어 서양요리처럼 코스요리를 구상했다. 전채요리에서부터 메인요리, 후식까지! 모조리 우리 고유의 음식으로 나오는 것을 상상하니 뿌듯했다. 이번 한식연회가 성공적으로 된다면, 대한민국 호텔 결혼식 최초로 대규모 한식연회를 시연하게 되는 것이리라! 이를 계기로 한식코스 연회의 물꼬를 트는 것이어서 책임감마저 느껴졌다.

나는 마치 요리연구가가 된 양 여러 식당을 방문하여 한식요리를 맛보고, 이 시장 저 시장을 직접 둘러보며 재료를 연구했다. 무엇보다 대한민국을 대표할 수 있는 요리로 선정하고 싶었다. 주방장과 상의하여 메인메뉴는 스테이크 대신 너비아니와 전유어로, 디저트는 아이스크림 대신 배를 시원하게 먹는 배숙으로, 케이크 대신에 밤초, 대추초 등으로 결정하였다.

다음은 테이블 세팅을 어떻게 할지를 결정해야만 했다. 모든 것을 전통양식으로 하자니, 하나부터 열까지 고민했다. 행커치프는 어떻게 하고 수저는 어떻게 놓아야 할까를 고민하다가, 결혼할 때 시부모님께 보내는 답례품으로 은수저를 수저집에 넣어서 보낸 기억이 났다. 결국은 천 개가 넘는 수저집을 손수 개발하여 만들게 됐는데, 그 과정을 생각해보면 지금도 기가 찰 정도이다. 어디서 그런 에너지가 솟았는지 직접 재래시장을 돌아다니며 비단을 끊고, 빳빳한 종이를 수저 길이만큼 재단하여 구멍을 뚫어 수저를 고정시킬 고무줄을 끼웠다. 종이가 비위생적으로 느껴질까 봐 한지도 둘렀다. 이렇게 가공해서 호텔에 갖다 주면 호텔직원들이 수저를 꽂고, 나는 그걸 다시 받아다가 색색의 비단으로 포장했다. 또 보자기가 흐트러지지 않게 청실홍실을 사서 갈래갈래 땋아 각 수저집을 둘러매고는 고추 같은 액세서리도 달았다. 이른바 가내수공업의 결실이었다.

물론 이 모든 수작업을 혼자 하기란 불가능하다. 나의 절친한 인맥 십여 명 정도를 동원해서 며칠 밤낮으로 집에다 불러놓고 일만 시켰다. 마치 내가 악덕 공장주가 된 듯한 기분이었다. 아마 다른 사람이 이랬다면 어지간히 유난 떤다고 한소리 했을 터였다. 헌데 내 아들 장가 보내는 일이고, 나만의 대의가 있으니 대충은 있을 수 없다. 이런 나의 광기 어린 열정에 호텔 직원이나 사돈어른들이 적잖이 놀랐을 것이다.

그런데 왜 내가 하는 일들은 점점 규모가 커지는 걸까? 할아버지 기념사업회 일이 그렇고, 중국에 김좌진 장군 기념관을 지을 때도 그랬다. 대학생들을 대상으로 청산리 대장정행사를 진행할 때도 역시 마찬가지이다. 사소하게 음식 하나를 만들 때도 일은 커지니…… 아마 손익 계산할 줄 모르는 성격 때문이리라. 또한 뭔가에 꽂히면 기어이 그것을 최대한 정성을 다해 이루려고 하는 성격 때문이기도 하다. 일을 벌이고 나면 뒤처리하느라 고생은 하지만, 좋은 성과와 더 큰 보람을 얻을 때가 많다. 마냥 대책 없는 사고뭉치는 아니라고 주위에 변명이라도 해두고 싶다.

결혼식의 술잔은 표주박과 더불어 계영배를 사용했다. 계영배는 술이 일정한 높이로 차오르면 새어나가도록 만든 잔인데, '넘침을 경계하는 잔'이라는 의미가 담겨 있다. 과음과 탐욕을 금하고 분수에 맞는 마음가짐을 강조한 선대의 지혜이다. 내가 계영배를 처음 알게 된 것은 한나라당 상임운영위원 시절, 박근혜 대표의 집에 초청을 받았을 때였다. 그때 계영배의 의미에 너무나 감동을 받아 이 잔을 어딘가 중요한 곳에 한번은 쓰리라 생각했다. 그리하여 결국 가장 중요한 아들의 결혼식에 쓰게 된 것이다. 며느리가 판사생활을 시작하던 날도 평생 정직하고 청렴하게 살라는 의미로 계영배를 선물했다.

주례는 국악을 전공하신 중앙대 박범훈 총장님이 해주시고, 실내악으로 국악관현악단이 아름다운 전통가락을 울렸다. 주례, 양가 부모, 신랑 신부는 모두 한복을 갖추어 입었다. 오신 하객 모두가 전통혼례와 음식에 대해 극찬을 아끼지 않았다. 신부가 어떤 드레스를 입었나에 모든 관심이 쏠리는 서양 결혼식과는 비교도 안 되는 품위 있는 행사였다.

많은 사람이 전통혼례의 의미에 대해 잘 모르고 지나가지만, 우리나라 전통혼례는 그 식순과 소품 하나하나에 깊은 의미가 담겨져 있다. 삶의 철학과 혼인에 대한 아름다움이 내재되어 있는 것이다. 사주단자를 보낼 때나 함을 둘러싸는 실타래에는 절대로 매듭이 없어 한번만 툭 건드리면 풀어지게 되어 있다. 이것의 의미는 응어리나 원한 없이 순리대로 살라는 뜻이다. 또 신랑입장에 앞서 기러기 아범이 들고 들어가는 기러기는 짝을 잃으면 평생을 혼자 살아가는 새이다. 첫 번째 짝을 향한 한결같은 마음으로 살라는 의미이다. 또, 신랑신부가 서로 교환해 마시는 합환주는 반쪽짜리 표주박에다 따라서 마시는데, 이 역시 딱 맞는 짝이 세상에 단 하나밖에 없음을 상징하는 것이다. 제아무리 고급 술잔이라 하더라도 공장에서 천편일

률적으로 찍어내는 잔과는 그 가치를 비교할 수가 없다.

이처럼 모든 소품 하나하나에 깊은 의미가 담겨 있는 것을 보면 우리 선조들의 지혜는 참으로 대단하다. 혼례를 준비하면서 다시 한 번 이 모든 삶의 지혜가 담긴 우리의 전통혼례야말로 그 내면과 외형이 두루 아름답다는 것을 느꼈다. 그 깊은 혜안(慧眼)을 극찬하지 않을 수 없다.

이번 특급호텔의 한복 거부 사건을 보면서 일국이의 결혼식 과정이 주마등처럼 스쳐갔다. 우리가 우리 문화를 모르고 아끼지 않는데 어떻게 우리 문화가 세계화될 수 있겠는가! 그런 의미에서 나는 아들과 같은 대중 스타들이나 유명인들이 먼저 솔선수범하여 전통문화를 널리 알려줬으면 한다.

나는 전통 없는 세계 속 한국은 생명력이 없다고 생각한다. 언젠가 국회의원들과 함께 정동극장을 방문한 적이 있다. 정동극장은 외국인들에게 전통문화를 선보이기 위해 국가가 만들고 운영하는 곳인데, 2층 식당가에 한식당은 고사하고 한식메뉴가 하나도 없는 것이었다. 이를 꼬집어 몇 차례 지적했더니 살짝 한국적인 인테리어와 궁중떡볶이 같은 한식메뉴를 2가지 정도 추가한 정도였다. 얄궂은 국회의원이 하도 못살게 구니 흉내만 내어놓은 꼴이었다. 그 행태를 보면서 정부의 의지와 개발노력이 부족한 것은 아닌지 의심이 들었다.

21세기는 문화의 시대이고, 상품가치를 높이기 위해서는 사람들을 유혹할 세련된 디자인이 필수이다. 이제 한식은 물론 전통문화의 모든 과정이 디자인되고, 개량화·상품화되어야 할 시점이다. 그래야지만 우리 문화가 확장되고 세계화될 수 있는 것이다. 흔히 전통은 옛것이며 상품화 가치가 없다고 등한시하는 경향이 있는데 이는 단순한 인식의 차이다.

2011년 초, 식민지시대 때 사할린 강제징용자 피해보상 문제해결을 위해 일본출장을 간 적이 있다. 숙소에 들어가 보니 일본식 옷과 양말이 세팅되어 있고, 일본문화를 체험할 수 있게끔 되어 있었다. 일본식 도시락도 너무나 아름답게 장식하여 고급스럽게 나왔다. 그렇게 해서 일반 호텔보다 더 비싼 요금을 받으면서도 관심과 호응이 대단했다. 사실 보면 원래 가지고 있는 것을 드러낼 뿐인데, 일본은 전통문화를 고급문화 상품으로 포장하여 경제적 가치를 창출하고 있는 것이었다. 너무 부끄러운 마음이 들었다. 언제까지 우리는 우리의 사회적 유산을 뒷방 노인네 취급할 것인가? 외국문화의 세련됨을 찬양할 것이 아니라 우리 문화의 창의성과 효율성에 감탄해야 한다. 이젠 보존도 중요하지만 포장하여 더욱 내보여야 한다. 사극의 한류 열풍도 불어 한국문화에 지대한 관심을 갖고 있는 요즈음 전통문화 상품화 과정을 적극 추진해야 한다. 이것 역시 내가 끝까지 연구하고 관심 둬야 할 숙제인 것 같다.

정동극장에서 전통공연을 관람 후 배우들과 촬영

아들 송일국의 결혼식 청첩장

告天文

아들 일국의 결혼식 청첩장(나무에 직접 글을 새겨 전통 양식으로 제작)

㈜아이웨딩네트웍스 사진제공

신랑입장(뒤에 기러기 아범이
뒤따르고 있음)

신랑신부 상견례와 전통 결혼식 장면

告天文(하늘에 고함)

새 싹을 노래하는 봄.

하늘의 보살핌으로
인연을 맺은 두 사람이
백년해로를 약속하는
초례청을 마련하였습니다.

귀인을 맞이하는 정성으로
정중히 모시고자 하오니
청사초롱 불 밝힌 곳을
더욱 빛나게 하여 주시기를
소원합니다.

송정웅 김을동의 큰아들 일국
정광모 고정옥의 큰딸 승연

때 3월 15일 토요일 오후 6시
곳 워커힐 호텔 비스타 홀

일국이 결혼식 때 썼던 전통 혼례 소품

2

우리가
뿌리 없는 나무인가?

중학교 때, 처음으로 '여성국극'이란 것을 보게 되었다. 그 후 국극은 나를 배우의 길로 이끌었고, 지금까지도 가장 애착을 가지고 있는 장르이다. 만일 내 몸이 둘만 되었어도 나는 국극을 되살리는 작업에 열과 성을 다했을 것이다.

일제 강점기부터 시작된 여성국극은 처음에는 남자명창들과 함께 판소리와 무용, 연기를 선보였다. 그러다가 전쟁 후 '여성국악동호회'가 구성이 되어 지금의 오빠 부대들을 능가하는 '언니 부대들'을 이끌며 50년대에는 최고의 전성기를 구가했다. 나 역시 50년대 언니 부대의 하나로 국극에 미쳐있던 세대였다.

지금 젊은 사람들은 국극에 대해 잘 모를 것이다. 하지만 그때만 해도 국극의 인기는 하늘을 찔렀다. 얼마나 인기가 많았던지, 좋은 자리를 차지하기 위해 공연 전날부터 그 앞에 진을 치고 밤을 새는 사람도 많았다. 요즘으로 치자면 가장 인기 있는 아이돌 그룹의 콘서트를 보기 위한 것과 같다. 지금도 생각나는 건, 만삭의 몸으로 공연을 보러 온 임산부가 공연 도중 애를 낳은 일도 있었다. 게다가 국극의 남자 주인공에게 반해 러브레터를 보내고 아예 시집을 가지 않는 열성팬도 있을 정도였다. 그만큼 여성국극은 세계적으로 유례를 찾아보기 힘들 만큼 성황을 이뤘던 장르였다.

그러다 영화와 TV가 보급되면서부터 여성국극은 급속도로 사양길을 걷게 됐다. 70년대와 80년대에 재기의 움직임도 보였지만 큰 성과를 보지는 못했다. 다만 그 명맥만을 겨우 이어오고 있을 뿐이다. 60년이나 이어져 내려온 여성국극 전통성이 끊어질 것을 생각하면 너무 가슴 아픈 일이다. 그 때문에 얼마 전에는 국회에서 '여성국극 활성화를 위한 토론회'도 개최하여 여성국극이 근대문화재로서 보존되고,

여성국극 〈왕자호동〉 출연 모습

국립 또는 시립공연단으로 채택되는 문제에 대해 논의하기도 하였다.

어떤 사람들은 국극은 이미 낡은 문화가 아니냐는 얘기를 하기도 한다. 참 기가 막힐 노릇이다. 오래된 문화가 낡은 것이라면 한국에서 점점 저변을 넓혀가는 오페라나 뮤지컬 공연은 어찌 설명한단 말인가! 대사를 창으로 처리하는 것일 뿐 국극은 한국식 뮤지컬이다. 서양 오페라나 뮤지컬은 고급스럽고 세련된 문화이고, 국극은 재미없고 고리타분한 것이라 생각하는 편협한 의식이 아쉽다. 이런 점을 볼 때 우리에게는 민족예술에 대한 인식이나 전통문화를 살리고 보존하려는 노력이 부족한 것 같다.

나는 또 일본의 예를 아니 들 수 없다. 일본을 방문해 극단 '다카라스카'의 공연을 관람한 적이 있었다. 다카라스카는 우리나라의 여성국극처럼 여성들로 구성된 공연물로 일본은 물론이고 나아가 서양에서도 큰 인기를 끌고 있는 추세다. 그들은 일본 고유의 문화를 지키기 위해 다카라스카 시에 전용극장을 만들어 연간 30만 명의 관객과 스타급 배우들을 배출하고 있다. 이러한 성공사례를 보며 '왜 우리는 못 하는가?'에 대한 속상한 마음이 앞선다.

가장 한국적인 것이 세계적인 것이라 했다. 우리의 국극도 변화하는 시대 상황에 맞게 현대화하려는 노력과 함께, 다양한 홍보와 지원이 뒷받침된다면 오페라나 다카라스카만큼 유명해지지 못할 이유가 없다. 앞서 한복에 대한 사랑도 얘기했듯이 나는 유달리 우리의 전통문화를 좋아한다. DJ 시절 교육담당 보좌관에게 "삶의 신토불이란 별 게 아니다. 초등학교 음악에서부터 서양의 행진곡을 많이 틀지 말고, 우리 음악을 중심으로 놓는 것이 어떠냐."고 건의했을 정도다.

국회에 들어온 이후에도 전통문화를 제대로 살리는 국회의원이 되고 싶었다. 그래서 전통공연예술 정책 분야를 전공한 보좌진을 채용하고 '전통공연예술진흥법'을 발의하기도 하였다. 현재 전통분야는 국악방송이라는 라디오방송으로만 겨우 그 명맥을 유지하고 있는데, 그것도 아직 국악방송이 닿지 않는 지역이 많은 것이 현실이다. 그 많은 TV, 라디오 채널 중 전통문화를 다루는 곳이 없다는 것은 얼마나 부끄럽고 참담한 일인가! 이러고도 정부가 우리 전통문화를 육성하고 있다고 자신할 수 있겠느냐 말이다. 그래서 나는 최근 대정부 질문을 통해 차라리 국가 정책을 홍보하는 한국정책방송(KTV)에 전통문화 관련 콘텐츠의 비중을 높일 것을 주문했다.

정책방송은 국가의 정책을 국민과 소통한다는 취지에 따라 시행됐으나, 정부정책을 일방적으로 홍보하며 세금을 낭비한다는 지적이 끊이지 않았다. 직원이 총 110명, 연간 예산 218억 원 가량을 쓰고 있음에도 시청률은 고작 0.099%밖에 나오지 않는다. 이는 정책방송 스스로가 문제점을 인식하고 아예 방송의 성격을 전향하는 자세가 필요하다는 것을 시사해준다. 그 귀한 전파를 허튼 곳에 낭비하지 말고 전통문화를 알리는 데 더 활용한다면 현재 한류에 관심 높은 세계인들의 이목을 끌 수도 있음이다.

치열한 글로벌 시장에서 대한민국의 문화경쟁력은 무엇이겠는가? 대한민국만의 정통성과 역사성을 갖추고, 세계 여타 나라와 뚜렷이 차별화되는 바로 '한국 전통(KOREAN TRADITION)'인 것이다.

전통은 언제 어디서나 가장 특별한 대접을 받을 자격이 있다. 그것은 대한민국의 국가 정체성이며 우리 국민의 정서적 뿌리이고, 무엇보다도 어떠한 위기에서도 우리 국민을 결속시킬 수 있는 힘이기 때문이다.

그런데도 현실은 '2010년 국가브랜드지수 중 전통부문 35위'라는 최하위를 기록했다. 게다가 전통문화에 대한 지원예산은 갈수록 삭감되고 있는 추세이다. 정부도, 국민도 말로만 '전통'을 외치고 있는 것이다.

　나는 전통문화를 홀대하는 민족에게는 미래가 없다고 생각한다. 이제는 정부가 책임의식을 가지고 특단의 조치를 취해야 한다. 정치인들 역시 잊혀져가는 우리 것에 대해 정책적 관심을 높여야 할 때이다. 현재 국회에서는 나 외에 우리 역사나 전통문화에 대해 핏대를 세우는 국회의원들을 찾기 어렵다. 물론 나라 곳곳에 워낙 신경 쓸 일이 많아서이기도 하지만, 그래도 역사와 전통이 바로 서고 기본이 충실한 대한민국을 위해서 더 많은 관심과 참여가 이루어졌으면 하는 바람이다.

　그리고 전통을 소재로 작품 활동을 하는 예술인들에게도 꼭 당부하고 싶은 말이 있다. 근래에 외국관광객을 대상으로 하는 전용극장에서 〈춘향전〉이 상연되는 것을 봤다. 기쁜 마음에 공연을 관람했는데 나는 그만 아연실색하고 말았다. 변사또에게 마음이 흔들리는 춘향이의 모습을 보면서 〈춘향전〉이 추구하는 가치에 혼동이 일어난 것이다. 춘향전의 의의가 무엇인가? 지고지순한 절개가 아니던가! 물론 외국인 관객을 고려하여 재구성한 퓨전극이라지만, 춘향이의 절개까지 희석해 놓은 것은 스토리의 뼈대 자체가 흔들렸다고 할 수 있다. 한마디로 이름만 춘향전일 뿐, 춘향전의 정체성을 잃은 것이다.

　예술작품은 항상 새롭게 해석되고 재탄생됨으로써 그 생명력을 이어나간다. 물론 창의성도 중요하고 인정하지만, 적어도 전통 콘텐츠만큼은 그 속에 담긴 '한국의 혼'을 잊지 않고 살려주길 당부 드리는 바이다.

3

예술인의 빛과 그림자,
한류의 불씨를 지키자

　대중문화예술인들이 사회적으로 얼마나 취약한 위치에 있는가를 지적하고자 한다. 대중문화예술인들의 처우를 개선하고, 한국의 대중문화를 더욱 발전시키는 것은, 내가 정치를 하면서 가장 하고 싶은 일이기도 했다. 누구보다도 그 현실을 잘 알기에 남다른 책임감을 느낀다.

　나는 국회에 입성한 이후부터 줄곧 '문화체육관광방송통신위원회'에 몸을 담고 있다. 그곳에서 나는 주무기관인 문화부에 대중문화 발전을 담당할 '대중문화과'를 신설하라고 요구하였다. 더 이상 대중문화는 '연예'나 '오락'의 분야가 아니라 '산업'과 '문화'의 분야로 다루어져야 하기 때문이다. 대중문화의 파워는 실로 대단하다. 이제는 연예인들 역시 '딴따라'가 아니라 어엿한 '대중문화예술인'으로 불리고 대접받을 자격이 있다.

'한류'라는 단어가 생겨날 무렵 우리는 모두 흥분했다. 한국 드라마와 한국 가요(K-pop)가 엄청난 아시아인 팬들을 거느리고 있는 모습을 보면 우리 문화의 긍지가 새삼 차오른다. 일국이도 이란 등의 이슬람 국가나 동남아시아 국가를 방문하면 거의 국빈대접과 함께 공항은 인산인해가 된다. 그들이 우리나라 스타들에게 열광하는 모습을 지켜보노라면 내 일인 것처럼 짜릿하지 않은가! 이젠 이런 한류의 바람이 유럽까지 넘어갔다니 정말로 놀라울 따름이다. 하지만 화려한 스타의 삶 이면에 가려진 우리 대중문화예술계의 황폐함을 알면 그들의 놀라움은 더욱 클 것이다.

2009년 문화부 산하의 한국콘텐츠진흥원에서는 '대중문화예술인 지원센터 구축 및 운영방안'을 위해 방송연기자들의 실태조사를 실시한 적이 있다. 평소 그들의 생활상을 여실히 드러낸 설문의 결과는 가히 충격적이었다. 대중의 사랑을 받으며 만족도 높은 생활을 할 것 같은 연기자들……. 그들이 느끼는 삶의 질은 다음과 같았다.

방송연기자의 40% 이상이 불안감(42.9%), 우울증(42.9%), 불면증(42.9%)을 느끼고, 21.4%가 위장질환 증세, 알코올에 의존할 정도로 직업적인 스트레스가 심하다고 한다. 그 원인은 불규칙한 업무특성(61.9%), 활동 중 발생하는 스트레스(57.1%), 차기 작품에 대한 불안감(57.1%) 등이며, 방송연기자의 40%가 부당한 압력·요구 등을 받은 경험이 있다. 그 형태로는 폭언 및 폭행(40%), 금품요구(30%) 등이며, 부당한 압력과 요구를 거절할 시에는 출연계약취소 등 캐스팅 불이익(60%), 인격모독(40%), 악의적인 허위사실 유포(30%) 등의 피해를 입고 있다.

또한 이러한 일이 있어도 법적 대응이나 상담을 하는 경우는 10%에 그치고 있다. 그 이유는 '일자리 박탈 등 불이익이 우려되어서'라는 답변이 66.7%였으며, 32%는 이러한 부당한 요구가 '어쩔 수 없는 대중문화예술계의 오랜 관행'이라고 느끼고 있었다. 결국 그들은 대부분을 불안과 공포로 보내고 있는 것이었다.

이렇듯 대중문화예술인들은 겉으로 보이는 화려함 뒤에 엄청난 고통을 감수하고 있다. 그런데도 고통을 티내지 않아야 하는 것 또한 더할 수 없는 외로움과 고통이다. 사회 전반에 걸쳐 '우울증'이라는 대책 없는 병이 만연하는 것도 문제지만, 대중문화예술인들은 이러한 병에 거의 무방비상태인 셈이다. 그래서 가끔 우리는 매우 슬픈 소식을 접한다. 온 국민에게 사랑받는 연예인의 충격적인 죽음! 이를 접할 때마다 마치 나라 전체가 우울증에라도 걸린 것처럼 떠들썩하고 침울하다. 그들의 삶은 죽음마저 파급력이 대단하다.

대중문화예술인들의 죽음은 때론 새로운 숙제를 남긴다. '장자연 사건'이 그렇듯 대중문화예술인들을 둘러싼 권력, 재물이 뒤엉킨 부도덕하고 추악한 유혹은 우리 사회의 심각한 고질병이 아닐 수 없다.

작업환경은 또 어떤가. 앞서도 언급한 바 있듯이 대중문화예술인들의 작업환경은 그리 여유롭지 않다. 올해 초 대중들로부터 사랑을 받는 연기자들이 대한민국의 드라마 촬영현장에 대해 성토하고 나선 적이 있었다. 촬영을 위해서는 연기자들뿐만 아니라 백 명에 가까운 스태프가 동원되어야 하는데, 드라마가 제작되는 동안에 스태프들은 거의 탈진상태가 된다. 촬영 며칠 전 혹은 촬영 도중에 쪽대본이 날아들고, 방송일자를 맞춰 촬영하다 보니 그야말로 몰아치기로 찍는다. 그러면 스태프는 물론 연기자들 역시 며칠씩은 기본으로 밤을 새워야 한다. 그래서 촬영 중엔 잠을 못 잤다는 말을 듣는 게 아주 당연시되어 있다. 이처럼 드라마 촬영이 정신없이 돌아가는 이유는 다른 나라보다 유난히 시청률에 민감한 우리나라 방송환경도 영향이 있다. 타 방송국과의 시청률 경쟁에서 밀리지 않기 위해 시청자의 입맛에 최대한 맞추려 하니 수시로 대본수정이 이어지고 하루에 많이 찍어야 제작비 절감효과도 있기 때문이다. 따라서 악순환으로 작업환경은 각박하고 열악해질 수밖에 없다.

　종종 이렇게 열악한 작업환경은 대형사고로 이어지기도 한다. 대한민국의 대중문화예술인들은 목숨을 내어놓고 일을 하는 셈이다. 결국 연예인의 인권과 권익은 인기라는 양면성에 철저히 무시당하고 있는 것이다. 이제는 대중의 의식과 환경 모두 바뀌어야 할 때이다.

　사실 작업환경 개선을 위해 드라마 사전제작제가 도입되었지만 아직은 그리 환영받지 못하고 있다. 초기 단계인 데다 한국의 방송시장이 워낙 유행에 민감하기 때문이다. 그리고 또 드라마 방영과 동시에 활발하게 진행되는 시청자와의 쌍방향 커뮤니케이션은 대한민국 드라마만의 특징이며, 한국 드라마가 세계적 경쟁력을 가질 수 있는 이유이기도 하다. 그래서 무조건 사전제작제가 해답이 될 수만은 없다. 따라서 사전제작제의 장점과 시청자와의 소통을 다 살릴 수 있는 '반(半) 사전제작제'라도 도입될 수 있도록 여러 가지 정책적 노력과 지원이 필요하다.

나도 연기자 시절 촉박한 촬영시간을 맞추기 위해 촬영장에서 밤도 많이 새워봤고, 그렇게 만들어진 작품이 세계로 수출되는 것도 봤다. 한국 드라마의 저력을 볼 때면 대한민국 대중문화예술의 능력과 시장성에 자못 놀라곤 한다. 농담 반 진담 반으로 '한류의 경쟁력은 쪽대본'이라고 할 정도로 우리 대중문화는 열악한 환경에서도 꿋꿋한 자생력으로 버티어 온 것이다. 이제는 그들도 보상받아야 하지 않겠는가. 최소한 안전한 작업환경과 인격적 대우, 공정한 거래, 정당한 보상 등 아직도 대중문화예술계에서 풀어야 할 숙제는 많다.

비록 아직은 문화부에 내가 그렇게 부르짖던 '대중문화과'가 신설되진 않았지만, 한국콘텐츠진흥원과 문화부에 '대중문화팀'이 생겨 그나마 다행이다. 늦었지만 이제라도 걸음마를 뗐으니 곧 뛰어가리라 생각한다. 올해 소규모지만 그래도 '대중문화예술인 지원센터'를 발족해서 대중문화예술인들에 대한 여러 가지 법률적 자문과 교육도 실시할 예정이다. 이 역시 어렵게 국회 예산을 통과시켜 지켜냈으니 앞으로 갈 길이 멀긴 멀다. 하지만 대중문화예술의 위상도 커졌고, 대중문화예술인들 스스로도 자신들의 미래를 끌어오고 있으니, 많은 국민과 나 같은 정치인이 좀 더 노력한다면 그 길이 멀지만도 않을 것이다. 대중문화예술인들이 몸을 사리지 않는 열정으로 일구어 놓은 '한류'의 불씨를 정부가 끄는 누는 범하지 않도록 적극적인 지원과 보호가 필요하다.

국정감사 정책질의 모습

문방위 상임위 질의 중

다섯 번째 이야기

4

친일역사 청산 없이
어찌 '조국'을 말하랴

하늘은 미워한다.

배달족의 자유를 억탈하는 왜적들을

삼천리강사에 열혈이 끓어 분연히 일어나는 우리 독립군

백두의 찬바람은

불어 거칠고 압록강 얼음 위에

은월이 밝아 고국에서 불어오는 피비린 바람 갚고야

말 것이다.

골수의 맺힌 한을

하느님 저희들

이후에도 천만대 후손의 행복을 위해

이 한 몸 깨끗이 바치겠으니 빛나는 전사를 하게 하소서.

이는 청산리 전투 당시 우리 독립군이 부르던 군가다. 중국 흑룡강성 해림시에 있는 할아버지의 기념관을 방문할 때마다 나는 이 군가를 떠올린다. 비록 나라를 빼앗긴 설움을 직접 느껴보진 못했지만, 어릴 때부터 늘 할아버지에 대해 들어왔고 또 할머니 밑에서 '조선인'이라는 정신을 이어받아서인지, 아직도 독립군이나 독립운동 등의 말을 그냥 흘려들을 수가 없다. 내가 살고 있는 이 조그만 나라가 어떤 의미인지, 그리고 어떤 정신으로 살아야 하는지 문득문득 할아버지가 독립운동을 하셨던 그곳에서 깨닫곤 한다.

도대체 민족이 무엇이고, 나라가 무엇이기에 그 분들은 목숨까지 바쳐 지키려 했을까……. 그것은 오로지 후손들의 행복 때문이리라. 할아버지야 장군으로서 이름이라도 남겼지만, 이름도 없이 들풀처럼 쓰러져간 수많은 독립군이 있다. 그분들 덕분에 지금 우리가 내 나라, 내 땅에서, 모국어를 쓰며 살아가고 있는 것이다. 수많은 이들이 목숨까지 바쳐 지킨 이 나라를 위해 과연 우리는 무엇을 했는지 한번쯤은 돌아봐야 한다고 생각한다.

「우리는 대한의 독립된 국권을 광복하기 위하여 우리들의 생명을 바친다. 만일 우리가 목적을 달성하지 못하면 자자손손에 걸쳐 원수 일본을 완전히 이 땅에서 몰아내기까지 한 마음으로 진력할 것을 서약한다.」

이것은 대한광복단의 비장한 각오가 서려 있는 서약서이다. 가끔씩 이 글귀를 읽을 때마다 지금의 현실에 시대유감이 든다. 독립된 국권을 광복하기 위하여 목숨을 걸었던 독립군의 뜻을 좇기는커녕, 일제 잔재조차 제대로 청산하지 못하고 있으니……. 게다가 중국의 동북공정, 일본의 독도야욕에 휘말려 눈치 보기 싸움이나 하고 있다. 참으로 할아버지와 애국 열사들께 부끄럽고 애통함을 느낀다.

결국 청산하지 못한 친일 잔재로 인해 우리 현대사는 많은 굴곡으로 점철되어 왔다. 1949년 9월 반민특위가 해산할 때까지 취급한 사건은 682건에 지나지 않았으며 그중 체포 305명, 미(未)체포 173명, 자수 61명이 고작이었다. 그리고 559명이 특별 검찰에 송치되어 221명이 기소됐다. 재판이 종결된 38명 중 사형 1명, 무기징역 1명을 포함해 징역형이 12명, 공민권 정지 18명, 무죄 6명, 형 면죄 12명이었으나 1950년까지 재심청구나 감형 등으로 현재는 모두 자유의 몸이 되었다. 그러고 보면 아직 식민사관이 뿌리 깊게 남아있는 것이라 할 수 있다.

나라 안팎에서 독립운동을 하셨던 분들이 모든 것을 버리고 목숨 바쳐 싸운 대가로, 후손들은 그만큼 어려운 생활을 영위해나가야 했다. 그 단적인 예로, 우리에게 너무도 잘 알려진 안중근 의사나 윤봉길 의사의 자손들을 들 수 있다. 그들이 어떻게 살고 있는지 제대로 알고 있는 사람은 거의 드물다. 독립운동을 하신 분이 이데올로기로 인해 오랜 세월 제대로 대접받지 못했던 것처럼, 그분들의 후손들도 조명 받지 못하고 사는 것이 현실이다. 반면 친일파 후손들은 떵떵거리며 사는 것도 부족해 친일파였던 자기 조상들의 땅을 찾겠다고 소송까지 걸고, 반환해가기도 했다. 우리나라에서 이 얼마나 우스운 꼴이겠는가.

실제 그 대표적인 예로 2010년 11월 이른바 '이해승 사건'이 있었다. 이해승은 철종(조선 25대왕)의 생부인 전계대원군의 5대손으로서,

한일합병 이후인 1910년 10월 일제로부터 후작 작위와 현재 약 67억 원에 해당하는 은사금을 받았다. 이 작위는 조선인 귀족이 받을 수 있는 최고의 지위였다. 그 이후 병합 2년 뒤인 1912년에는 일제로부터 기념장도 받고, 1927년부터는 을사오적인 이완용이 주도하는 각종 단체의 간부로 참여하는 등의 친일행적을 벌인 인물로 유명하다. 그런데 그가 새삼 화두된 것은 바로 그의 손자가 제기한 재산소송에 대한 대법원의 판결 때문이었다.

2005년 국회는 '친일반민족행위자 재산의 국가귀속에 관한 특별법'을 제정하여 친일반민족행위자 중 그 정도가 심한 자들의 재산을 국가에 강제 귀속시키도록 했다. 그리하여 정부는 192명의 친일반민족행위자들에 대해 남아 있는 재산을 환수 조치했는데, 이미 재산을 매각한 경우에는 그 매각대금을 환수했다. 이 과정에서 친일파의 후손들은 거세게 저항했다. 그중 후손이 소송을 제기한 경우는 92건에 이르니 거의 절반에 가까운 친일파 후손들이 특별법에 대해 저항하며 재산을 뺏기지 않으려고 노력한 셈이다. 여기에 이해승의 후손도 포함되어 있었다.

정부가 환수 조치한 이해승의 재산은 320억에 달했다. 워낙 어마어마한 금액에 쉽게 내놓지는 못했을 것이다. 귀속금액만 보더라도 그들의 재산이 어느 정도인지 가늠하고도 남는다. 참 씁쓸하게도 소송을 제기하는 친일파 후손들 중 대부분은 부자로 살고 있는 사람들이다. 빵을 한 개밖에 가지지 못한 자가 그 하나를 빼앗기지 않으려고 싸우는 것이 아니라, 열 개를 쥐고선 하나라도 빼앗기지 않으려 발버둥치는 꼴이었다. 이해승의 손자도 마찬가지였다. 그는 서울 시내에 거대한 규모의 호텔을 운영하고 있을 정도로 유명한 재력가였다.

　재판은 시작되어 1심에서는 국가가 승소, 2심에서는 후손이 승소했다. 이후 대법원에서는 후손의 손을 들어주어 정부가 환수한 320억 원을 이해승의 손자에게 다시 돌려주라는 판결이 내려졌다. 대법원이 심리불속행으로 2심의 판결을 인정한 것이다. 이 판결에 광복회를 비롯하여 수많은 애국국민들이 분노했지만 번복될 수는 없었다.

　이 같은 판결의 이유는 다음과 같았다. 이해승의 재산을 국가가 귀속한 근거는 진상규명특별법 제2조 제7호의 '한일합병의 공으로 작위를 받거나 이를 계승한 행위'인데, 당시 이해승이 한일합병과 직접적인 관련이 있는 관직에 있지는 않았다는 점이다. 그러므로 이해승의 작위가 한일합병의 공으로 받은 것은 아니라는 결론이었다. 참으로 기가 막힐 노릇이었다. 이제껏 어떠한 판결에서도, 어떠한 역사학자나 법률가도 '한일합병의 공으로'라는 문구를 작위의 전제조건으로 해석한 경우는 없었다. 이해승 사건에 대한 판결이 부당하다는 나의 주장은 지극히 정당한 것이었다. 누구보다 단결하여 나라를 지켜야 할 국가지도층들이 오히려 일제에 순응하고, 그 대가로 작위와 은사금을 받았다는 자체가 한일합병의 공이 아니고 무엇이겠는가!

　나는 가끔씩 친일파보다도 친일파 선대가 나라 팔아 남겨준 재산을 움켜쥐기 위해 아등바등하는 후손들이 더 나쁘다고 생각한다. 당시 그 시대를 살았다면 친일의 그늘에서 그 누가 자유로울 수 있었겠는가. 처음엔 많은 독립군들이 높은 사기를 가지고 독립운동에 임했겠지만 그 이후 변절자라 낙인찍힌 사람이 많다. 일제의 총칼 앞에 변절하지 않으면 나는 물론, 나의 가족까지 죽음에 놓인다는 것을 잘 알기 때문이다. 그 공포를 어찌 감당할 수 있었겠는가. 이것이 시대가 주는 비극이며 아픔이다.

그러나 비극을 모두 시대 탓으로 돌릴 수만은 없다. 그들은 단지 자신들의 안위만을 보장받기 위해 수많은 동포들을 사지의 구렁텅이로 몰아넣은 파렴치한들이기 때문이다. 이것이 그들이 절대 용서받아서는 안 되는 이유이다. 동시대를 산 독립운동가들을 염두에 둔다면 그들의 죄는 매우 중(重)하다. 이 점을 그들의 후손 역시 각성하고 도의적인 책임감으로 일제잔재청산에 솔선수범을 보여야 한다. 헌데 우리나라는 어디서부터 잘못된 것일까? 독립운동가와 그들의 후손이 더 많이 칭송받고 대우받아야 함인데도, 오히려 변절자의 후손들이 안위를 고스란히 이어가며 거리낌이 없다. 이런 잘못된 행태를 반드시 바로 잡아야 한다.

그래서 나는 이와 관련하여 '친일반민족행위자 재산의 국가귀속에 관한 특별법' 개정을 추진하였다. 내가 할 수 있는 최선의 방법은 입법취지와 다르게 해석될 수 있는 법률 문구를 개정하는 것이었다. 나는 법률 개정을 통해 '한일합병의 공으로' 라는 문구의 제약 없이 친일반민족행위진상규명위원회가 친일반민족행위자로 규정한 자들 중 일제로부터 작위를 받거나 이를 계승한 자들의 재산을 모두 환수할 수 있도록 하였다. 그리고 이 법은 2011년 4월 국회 본회의를 최종 통과하여 효력을 갖게 됐다. 여간 뿌듯한 일이 아닐 수 없다.

다만, 이미 대법원 판결까지 나버린 이해승의 재산 320억을 다시 국가가 환수할 수 있는 방법은 미지수로 남아 있어 아쉬움이 남는다. 그나마 이해승의 재산 중 아직 판결이 진행 중인 것이 200억 가량이 있는데, 그것은 이번에 개정된 법률이 영향을 미칠 수 있어 다행이다. 그런데 기가 막힌 것은 이해승의 손자는 이마저도 뺏기지 않으려고 내가 개정한 법률에 대해 위헌소송을 제기할 움직임을 보이고 있다. 참 뻔뻔해도 이처럼 뻔뻔할 수가 없다.

나는 이해승의 손자를 알지 못한다. 개인적인 원한도 없다. 그러나 국민의 한 사람으로서, 모든 독립군 후손들을 대표하여 참으로 분노가 끓어오른다. 내 아버지가 장군의 아들로서 세상을 떠돈 것도, 내가 이렇게 독립군 후손이라는 막중한 책임감을 가지고 살아가는 것도, 수많은 독립유공자 후손들이 독립군의 후손이라는 이유만으로 제대로 먹지도 배우지도 못했다. 그 무학과 가난은 지금까지 이어져 아직도 단칸방 신세를 면하지 못하는 이들이 많다. 그런데 우리에 비하면 그는 이제껏 떵떵거리며 잘 살아오지 않았는가. 이제는 부끄러운 줄 알고 자숙하기를 바란다.

여담으로 이해승 사건의 승소 판결을 내린 2심의 판사는 최근 대법관으로 임명되었다. 그의 대법관 임명 건이 본회의 안건으로 올라와 있던 날, 나는 임명을 반대하는 호소문을 낭독할 결심이었다. 결국 임명동의 건에 대해서는 본회의 의견개진을 허락지 않는 국회의 관행상 호소문 낭독은 무산되었다. 대신 이해승 사건을 잘 모르는 의원님들을 찾아 상황을 설명해 드리는 걸로 만족했다.

그는 인사청문회에서 이해승 판결의 정당성에 대해 추궁당했다. 그래서인지 압도적으로 통과하리라 예상했던 임명동의 투표는 237명의 의원 중 91명이 반대하여 따끔한 일침을 가할 수 있었다. 정식

임명이 이루어진 후, 법무부와 대법원에서는 나의 노여움을 풀기 위해 사무실로 찾아오기도 했다. 어쨌든 이를 계기로 사법부에서도 사회정의 실현과 함께, 우리 민족의 역사와 정기를 바로 세워야 하는 막중한 책임이 있음을, 깊이 되새기길 바라는 마음이다.

광복회 규탄대회 친일재산 환수

3.1절 기념행사

5

이토 히로부미의
손자에게 고함

2010년 3월 9일, 한국인에겐 너무나 유명한 이토 히로부미의 5대 외손자인 마쓰모토 다케아키가 일본의 외무상(외무성 장관)으로 취임하였다. 참 기분이 묘했다. 그 역시 가문에 대한 책임의식이 남다르리라. 특히나 일본의 영웅이자 일본제국주의의 중심이었던 인물의 후손이니 정치인으로서 나보다도 더한 역사의식이 있을 것이다.

사실 마쓰모토가 외무상이 되었다는 뉴스를 접하고 나는 오히려 다행이라고 생각했다. 그가 중의원 운영위원장으로 일본 국회도서관 운영을 총괄할 당시, 안중근 의사 유해에 관한 자료를 찾아 한국에 건네주겠다는 뜻을 밝힌 바 있어서 나도 모르게 그에게 기대를 걸었었다.

'역사관과 세계관이 바로 자리 잡힌 인물이라면, 이등박문이었던 할아버지의 죗값을 용서받기 위해 손자로서 해야 할 일을 분명히 알고 있으리라!'

나는 그가 일본의 과거사에 대해 반성하고, 동아시아의 평화를 위해 노력하는 모습을 보여주기를 진심으로 바랐다. 또한 그가 중의원 시절 약속했듯이 '안중근 의사의 유해발굴'에 적극 협조해 줄 것을 희망했다. 그리고 공식적으로 이러한 서한을 전달할 예정이었다. 그러던 와중 일본의 대지진 사태가 터져 차일피일 미뤄졌다. 우리나라는 이웃의 재난을 안타까워하며 전 국민이 대대적인 온정의 손길을 내밀고 있었다. 오랜만에 두 나라 사이에 훈풍이 부는 찰나, 일본의 독도 관련 교과서 왜곡으로 찬물을 끼얹는 사태가 발생하게 됐다.

한국은 진심으로 온정의 손길을 내밀었건만 일본은 교과서 왜곡이라는 칼날을 내민 것이다. 그렇다면 나도 그들의 사정을 봐주려 미룰 이유가 없었다. 마침 정부가 〈안중근 의사 유해발굴 추진단〉을 발족한 지도 1주년이 되던 터라, 마쓰모토상에게 공식서신을 통해 안중근 의사 유해발굴과 관련된 의견을 전달하기로 했다.

〈마쓰모토 다케아키 일본 외무상께〉

안녕하십니까?

나는 대한독립군단 총사령관이었던 김좌진 장군의 손녀이자, 대한민국의 국회의원 김을동입니다.

먼저 일본 국민들이 지진으로 인한 국가적 재난으로 큰 고통을 겪고 있고, 국가적으로도 큰 손실을 입은 것에 대하여 깊은 위로의 말씀을 전하며, 한국도 일본이 당한 재난에 대해 진심으로 걱정하며 돕기 위해 노력하고 있습니다.

일본이 이 위기를 하루빨리 극복하여 재건할 수 있기를 바랍니다.

마쓰모토 다케아키상!

내가 이 편지를 보내는 이유는 하루빨리 안중근 의사의 유해를
발굴할 수 있도록 일본이 안중근 의사의 유해와 관련된 자료를
조속히 제공해 줄 것을 요청하기 위함입니다.

나의 할아버지 김좌진 장군은 일본이 조선을 침략했을 당시 중
국 북만주 청산리에서 독립군을 이끌고 일본군과 싸워 승리한
청산리 전투의 명장입니다.

또한 당신의 할아버지 이토 히로부미는 일본의 근대화를 이끌
고 조선을 강제병합한 후, 초대 조선통감을 지낸 일본의 영웅일
것입니다.

백여 년 전 우리의 선조가 나라를 위해 온몸과 정신을 바쳐 헌
신했듯이 지금 나와 그대도 자국의 발전을 위해 막중한 책임을
지고 있습니다.

근현대사에서 일본과 한국은 '가깝고도 먼 나라'로 표현되기도
했지만 많은 부분에서 양국의 협력이 강화되고, 국민들 간의 문
화, 경제·교류가 활발해지면서 이제 옛말이 되었습니다.

양국 간의 보이지 않는 벽을 더 빨리 허물기 위해서는 양국의
지도자들이 진심으로 협력하여 동북아 평화와 상생의 길을 열
어야 할 것입니다.

일본 국민들은 세계 어느 국민들보다도 국민성이 강합니다.

이번 재난사태에서도 보여주었듯이 어떠한 상황에서도 침착성을 잃지 않으며, 국가 지도자에 대한 충성심과 신뢰, 자국에 대한 자부심이 강합니다.

대한민국 역시 우리 민족의 역사와 문화에 대한 자부심이 크고 국민 전체의 공통적인 정서, 협동심, 의협심이 강합니다.

특히, 예로부터 '동방의 예의지국'이라고 불릴 정도로 '예'를 중요시하며 이것은 현실세계뿐만 아니라 국가와 선조에 대한 '예'에도 해당됩니다.

외무상의 할아버지인 이토 히로부미는 일본의 역사에 있어서 영웅일 것이며, 일본의 역사적 입장에서 안중근 의사는 일본의 영웅을 해(害)한 인물일 것입니다.

그러나 한국의 입장에서 이토는 조선의 역사적 운명을 뒤바꾼 인물이며, 안중근 의사는 조국을 구하기 위해 그를 저격해야만 할 역사적 · 시대적 당위성이 있었습니다.

모든 역사는 상대적이지 않습니까?

국제사회는 각자가 자국의 입장을 고수하기 위해 노력하지만, 상대국의 입장도 이해하기 때문에 상대에 대한 최대한의 예를 갖추고 있습니다.

냉정하기 그지없는 현실세계에서도 이러한 논리가 통하는데 과거의 역사는 말할 필요가 없지 않겠습니까?

역사에 대해 책임지는 자세는 그 나라의 성숙도를 말해줍니다. 역사는 오로지 진실이어야만 할 뿐, 숨김이나 왜곡의 대상이 되어서는 안 됩니다.

그대의 할아버지인 이토 히로부미, 조선을 구하기 위해 목숨을 바친 안중근 의사, 그리고 나의 할아버지인 김좌진 장군 역시 오로지 진실로 남아 있는 양국의 역사일 것입니다.

안중근 의사의 유해를 찾는 것은 한국인에게 대단히 의미가 큽니다.

우리 민족의 영웅이자, 선조에 대한 '예'를 갖추기 위해 후손들이 할 수 있는 최소한의 방법이며, 유일한 방법이기 때문입니다. 그것이 우리가 안중근 의사의 유해를 찾고자 하는 이유의 100% 입니다.

또한, 일본이 안중근 의사 유해와 관련된 자료를 제공하는 것은 일본이 한국에 대해 지켜야 할 '역사적 예'일 것입니다.

일본이 이에 대해 적극 협조하지 않는다면 한국은 일본에 대해 매우 서운한 감정을 숨길 수가 없을 것입니다.

당신은 예전에 일본 국회도서관을 관리하는 중의원 운영위원장으로 있을 때 안중근 의사의 유해에 관한 자료를 찾아 한국에 건네주겠다는 뜻을 밝힌 적이 있었습니다.

기록을 중시하는 일본이기에 안중근 의사처럼 일본 역사상 중요한 인물에 대한 자료는 반드시 본국에서 보관하고 있을 것입니다.

결국 일본정부의 의지 정도에 따라 안중근 의사 유해발굴 사업의 진척 여부가 결정될 것입니다.

작년은 안중근 의사가 순국한 지 100년이 되는 해였으며, 다가오는 4월 28일은 한국정부가 '안중근 의사 유해발굴 추진단'을 결성한 지 1주년이 되는 날입니다.

한국과 중국, 북한까지도 협력하여 노력하고 있는 상황에서 모두가 일본의 적극적인 협조를 촉구하고 있습니다.

역사를 진실로서 후세에 남기고, 한국과 일본의 발전적인 미래를 위해서도 외무상의 역할이 중요할 것입니다.

그대는 이토 히로부미의 손자이기에 더욱더 안중근 의사 유해발굴과 관련된 당위성과 정당성이 있으며, 그런 면에서 한국인들의 기대가 높습니다.

대한독립군단 총사령관 김좌진 장군 손녀이자 대한민국 국회의원의 자격으로 초대 조선통감 이토 히로부미의 후손인 마쓰모토 다케아키 외무상에게 양국의 국가적·민족적 차원에서의 협조를 요청합니다.

첫째, 현재 일본에서 진행 중인 안중근 의사 유해 발굴 관련 업무의 진행상황을 알려주시기 바랍니다.

둘째, 일본 및 일본이 영향을 미치는 범위 내에 존재하고 있는 안중근 의사 유해와 관련된 모든 자료를 조속히 조사하여 한국에 제공해 주시기 바랍니다.

이에 대한 마쓰모토 다케아키상의 조속한 답변을 기대합니다.

대한독립군단 총사령관 백야 김좌진 장군 손녀

대한민국 국회의원 김을동

　내가 안중근 의사의 유해발굴에 대해 관심이 깊은 까닭은 안중근 의사가 민족적 영웅이기도 하지만, 고국의 할아버지 산소를 볼 때마다 조국에 돌아오지 못한 그분의 영령(英靈)에 죄송한 마음이 들어서이다. 매년 대학생들과 함께 떠나는 '청산리 역사대장정'에서도 안중근 의사가 거사를 치렀던 하얼빈 역과 투옥됐다 순국하신 여순감옥을 돌아본다.

　그리고 일국이는 작

송일국이 안중근 의사와 그 아들 안중생을 1인 2역으로 소화한 연극 〈나는 너다〉

년과 올해 안중근 의사의 부자(父子) 이야기를 주제로 한 연극 〈나는 너다〉에서 1인 2역으로 안중근 의사와 아들 안중생 역할을 소화했다. 처음 도전하는 연극무대라 힘들었을 텐데도 아들은 그 어느 때보다 열심히 했으며, 출연료도 거의 받지 않았다. 그나마 받은 출연료 전액을 '안중근 의사 기념관' 건립비용으로 기탁하기도 했다. 이처럼 나나 아들이나 안중근 의사와 관련된 인연이 많다. 그래서 내가 할 수 있는 일은 최대한 힘을 보태리라 마음먹어 일본 외무상에게도 서신을 보낸 것이다.

솔직히 처음부터 답장에 대한 큰 기대를 가지진 않았다. 하지만 그의 짧았던 임기 동안 끝내 어떤 서신도 못 받은 것은 여간 서운한 일이 아니다. 일본이 나서준다면 뭔가 윤곽이라도 잡히련만……. 안중근 의사 유해 발굴 사업은 여전히 진척을 보이지 못하고 있다. '독도영유권' 문제로 날로 악화되어가는 한·일 양국 관계 속에서 점점 미궁으로 빠져드는 안중근 의사 유해발굴을 어찌하면 좋을꼬. 자꾸 안중근 의사에게 죄송하고 송구한 마음이 든다.

2011년 들어 한·일 관계는 급속도로 냉각되었다. 일본은 '독도' 문제를 국제사법재판소로 가져가려는 듯 빠르게 움직이고 있고, 마쓰모토 외무상 또한 그 중심에서 강경한 태도로 한국에 대한 공격태세를 취하고 있었다. 이토의 후손이기에 더더욱 역사적 책임감과 정당성이 있다고 생각한 나의 추측은 완전한 오판이었다. 그 역시 이등박문으로부터 제국주의 침략 DNA를 물려받았다는 것을 망각했던 것이다.

나는 마치 믿었던 친구에게 배신이라도 당한 사람처럼 분개하여

〈일본 외무상 마쓰모토 다케아키에게 고함〉이라는 성명서를 발표하였다. 또한 그는 우리 대한항공의 여객기가 우리의 영공인 독도 상공을 시험 비행했다는 이유로 자국 외교관들에게 한 달간 대한항공 탑승을 자제하라는 지시까지 내렸다. 그야말로 양국관계에 불을 지핀 것이다.

　설상가상 일본의 제1야당인 자민당 소속 의원 4명은 울릉도를 방문하겠다고 기어이 한국에 입국하기도 했다. 우리 정부는 출입국관리법에 의해 공항에서 입국을 금지했지만 돌아가지 않겠다고 버티는 모양새가 어찌나 꼴사나웠는지 모른다. 당시 외무상을 지냈던 마쓰모토는 일본 정부를 대표하여 그 모든 상황을 책임졌어야 한다고 생각한다.

　　　　〈일본 외무상 마쓰모토 다케아키에게 고함〉

　　유례없이 급속도로 냉각되고 있는 한·일 관계를 바라보며,
　　과연 양국의 관계에 화해와 소통, 협력이 진정 가능한 것인지에
　　대해 궁극적인 의문이 갈 정도이다.

　　전 세계가 평화를 외치는 21세기에 유일하게 동아시아의 평화
　　를 해치는 자들이 있으니 그들은 바로 20세기의 국제적 전범국
　　(戰犯國), 일본이다.

　　일본의 외무상 마쓰모토 다케아키에게 고한다.
　　당신은 일본을 제국주의로 병들게 한 이토 히로부미의 후손으

로서 역사적, 민족적, 전 인류적 책임을 느끼지 못하는가? 이토의 손자이기에 한·일 관계에 대해 일말의 기대라도 걸었던 한국이 아직도 너무 순진하다고 비웃는 것인가?

오늘날 한국에 대한 일본의 얄팍하고 자극적인 술수를 보면서 100년 전 이토의 침략 DNA가 그 손자에게도 흐르고 있고, 그를 통해 일본의 제국주의 침략 망령이 춤추고 있는 것은 아닌지 우려를 금할 길 없다.

마쓰모토 외무상이 그대의 조국, 일본을 위해 지금 해야 할 일은 한국을 비롯한 동아시아에 대해 저질렀던 반인륜적 범죄에 대해 용서를 구하고, 안중근 의사의 유해발굴에 적극 협조하는 것, 독도에 대한 침략야욕을 버리고 일본의 국민들에게 '평화'와 '공생' 그리고 '진실'을 가르치는 것임을 잊지 말지어다.

우리는 나라를 잃고도 목숨 바쳐 나라를 되찾은 자랑스러운 선대들의 핏줄로서 일체의 침략행위에 대해 전 국민이 일치단결하여 단호하게 대처해나갈 것임을 경고한다.

2011. 08. 01

대한민국 국회의원 김을동
국회 독도영토수호대책특별위원회 위원

6

거기들!
기본은 지킵시다

다변화의 시대를 살면서 우리는 상대적으로 지켜야 할 가치가 많아졌다. 자칫하면 잊어버리기 쉬운 것들! 가령, 새로운 것들의 홍수에 밀려 아예 그 존재가치를 망각하게 되는 옛것들, 당연하게 여겨지던 것이었으나 우선순위에 밀려버린 것들, 내 것이었으나 어느새 남의 것이 되어버린 것들, 지금 바로 이러한 위기에 처한 것들 등. 이중에서는 잊거나 혹은 사라져도 무방한 것들도 분명히 있다. 오히려 자발적으로 없애 버리고 싶은 것도 있을 것이다. 하지만 반대로 절대 잊히거나 사라져서는 안 될 가치들이 있다. 그러한 것들을 나는 '기본'이라고 부른다.

나는 모든 행위에 있어 '기본'을 중시한다. 실제로 '기본'을 다잡기 위해 수시로 노력한 정치인이기도 하다. 가장 대표적인 기본의 예가 민족의식과 전통문화였고, 지금부터 이야기하려는 역사교육

문제와 독도, 그리고 군대 문제이다.

2009년 개정교육과정이 확정되자마자 역사학계는 강력히 반발했다. 역사교육을 중학교에서만 필수로 배우고 고등학교부터는 선택으로 바꾼다는 것은 실로 말도 안 되는 일이었다. 고등학교 때 역사과목을 선택하지 않으면 광복 이후의 한국 근현대사를 전혀 배우지 않고 졸업할 수도 있다는 의미였다. 이대로라면 8월 15일을 왜 국경일로 정했는지 모르는 국민들이 생겨나는 셈이었다.

즉각적으로 국민들도 깊은 우려를 나타냈다. 이번 정부 들어 국가 지도층의 민족의식, 역사의식을 의심할 만한 사건들이 많이 터졌지만, '역사교육의 선택화'는 그중 가장 어리석은 정책이었다. 반드시 막아야만 된다는 생각이 들었다. 특히 교육과정이 수시로 바뀌는 우리나라 교육제도의 불안전성을 고려할 때, 한국사 교육만이라도 아예 법제화하는 방안이 필요할 듯 보였다. 그래서 발의한 것이 '한국사 교육 필수화 법안 6종 세트'이다. 교육기본법, 초·중등 교육법,

한국사 교육 필수관련 토론회 개최

국가공무원법, 지방공무원법, 교육공무원법, 유아교육법에 한국사 교육과 시험을 필수화하는 내용이다. 내가 발의한 이후, 많은 의원이 비슷한 성격의 법 개정안을 발의하였다. 그러나 이 모든 법안이 아직 국회에 계류 중인 것이 안타깝기만 하다.

경술국치 100년이던 지난 해 대한민국 청소년들의 역사의식을 테스트하는 설문조사가 여기저기서 실시되었다. 결과는 참담했다. 경술국치의 뜻을 모르는 사람에서부터 안중근이 누구인지, 6·25가 왜 일어났는지 모르는 학생들이 태반이었다. 이 소식을 접하고 있자니 언젠가 자신의 초등학생 딸 이야기라며 누군가 들려준 얘기가 생각났다. 유관순 열사가 태극기를 흔들고 있는 독립운동 그림을 보여주며 "유관순 누나가 지금 뭐하고 있지?"라고 물었다. 그랬더니 아이가 "음, 월드컵 응원이요."라고 대답하더란다. 그 아이에게 태극기는 월드컵 응원의 상징이었을 뿐이었다. 아이의 엉뚱한 발상에 웃음이 났지만, '이 나라 역사교육이 이래도 되나?' 쓸쓸한 생각이 들었다.

아이들의 역사의식은 날로 떨어지는데, 국가마저 아이들이 역사를 배울 기회를 아예 박탈해서야 되겠는가. 도대체 대한민국의 국가지도자들이 이러한 발상을 했다는 것을 용서하고 지나쳐야 할지 모르겠다. 그나마 다행으로 각계각층에서 우려와 불만이 터져 나오자 정부에서는 수습책으로 2012년부터는 고등학생들도 한국사를 필수로 배우게 하겠노라고 발표했다. 어지간히도 왔다갔다한다. 기본이 수립되지 않았으니 말도 많고 탈도 많은 어처구니없는 일이 자꾸 발생하는 것이다. 우리 속담에 '지피지기면 백전백승'이라는 말이 있다. 적을 알고 나를 알면 백 번 나가 싸워도 백 번 이긴다는데, 자국의 역사를 모르고서 어떻게 세계 각국과 경쟁하여 이길 수 있겠는가.

독도 문제도 마찬가지이다. '독도는 우리땅'이라고 목청껏 외치지만 왜 우리 땅인지를 대라면 정확히 말할 수 있는 사람이 몇이나 될까? 일본은 치밀한 계산 속에 독도를 빼앗기 위한 그물을 죄어오고 있는데 감정적으로만 대응할 수는 없는 노릇이다.

국회에는 '독도영토수호대책특별위원회'라는 것이 있어 나도 그중 한 사람으로 독도 문제에 관심이 매우 높다. 독도 문제는 참으로 민감한 문제라서 국제적 외교 문제뿐만 아니라 국내에서도 독도와 관련된 정책을 놓고 서로 이견들이 팽팽하다. 이명박 정부가 말하는 '조용한 외교'가 정답일는지, '당당하고 단호한 외교'가 정답일는지는 아무도 모른다. 다만, 여러 가지 측면에서 독도가 대한민국의 땅임을 정당화시키는 근거들을 마련해야 할 것은 분명하다. 이러한 작업들과 함께 내가 주력하는 부분은 '홍보'이다.

사실 세계지도를 유심히 찾아보거나 한일 양국 간의 분쟁이 불거지지 않으면 세계인이 '독도'의 존재에 대해 알 기회가 없다. 그나마 독도를 알고 있는 세계인 중 많은 사람이 '독도'가 아닌 '다케시마'로 기억하고 있다는 현실은 참으로 통탄할 일이다. 다행히 반크와 여러 독도 관련 단체들의 사이버외교사절단, 적극적인 네티즌들이 명칭 오류 등을 시정하는 활동을 하고 있지만, 누구보다 정부가 더욱더 개입하고 적극적으로 지원해야 하겠다.

나는 독도가 우리 땅임을 세계인들에게 알리고자 2010년에는 독도함상에서 대형음악회를 개최할 것을 제안하고, 국회의원 76인의 서명을 받기도 했다. 그런데 결국 우리 국방부가 독도함의 사용을 허가해주지 않아 무산되고 말았다. 참으로 아쉬운 일이었다.

그러나 나는 이에 지치지 않고 지난 4월 일본의 독도 관련 역사교과서 왜곡 사태가 불거졌을 때에는 '독도 가상분양사업' 이라는 아이디어를 내기도 했다. 독도는 국유지이기 때문에 실제로 분양을 할 수는 없지만, 가상으로라도 전 국민들이 분양을 받아 대한민국 모든 국민이 독도 5만 6천8백 평의 주인임을 상징적으로 보여주자는 캠페인이었다. 사실 분양기금도 모아 독도를 전 세계에 홍보하는 비용으로 쓰면 더없이 좋지만, 국회의원의 신분으로 돈은 모을 수 없고 또 온갖 잡음이 생길 수도 있어 조심스럽게 의견을 타진했다. 그러던 찰나에 가수 김장훈 씨가 독도 앞바다에서 요트대회를 여는 행사를 진행한 것이다. 바로 내가 하고 싶었던 일을 그가 대신 해준 셈이었다.

나는 독도를 우리 문화의 하나로 세계에 소개하고 싶었다. 우리의 행사를 독도에서 열면 '독도는 한국의 것' 이란 인식이 자연스럽게 자리 잡을 것이다.

'세계인이여 독도를 보아라! 그곳은 순전히 대한민국의 것으로 가득하다. 태극기가 휘날리고, 한국인이 산다. 독도의 풀 한 포기도, 앞바다를 선회하는 갈매기도, 다 대한민국의 것이다.'

이렇게 대한민국을 상징하는 섬으로 독도를 알리고 싶었다. 그리하기 위해서 가장 효과적인 방법은 '문화' 로 홍보하는 것이 적격이었다. '문화' 는 직접 느끼는 것이고 파급효과도 빨라서 그 어떤 방법보다 기대치가 높고 확산될 수 있기 때문이다.

그밖에 나는 독도특위 위원들과 함께 '울릉독도해상국립공원 신

독도음악회

규지정'을 위해 활동 중이다. 울릉도와 독도는 세계적으로 드물게 화
산섬 생성과정이 그대로 보존된 우리의 자연유산이다. 이는 정책적
으로 보존이 절실하며, 자연경관이 수려하여 해상관광지로서도 지정
가치가 충분하기 때문이다. 울릉도와 독도의 자연을 보호하면서 더
불어 관광지로서의 가치를 높일 수 있고, 두 섬이 대한민국의 섬임을
홍보할 수 있는 절호의 찬스이다. 더 나아가서는 울릉도와 독도가 유
네스코 세계지질공원과 세계자연유산에 등재되기를 바란다. 그러면

그 어느 누구도 독도가 대한민국 땅임을 부정할 수는 없을 것이다.

그러나 이러한 나의 뜻과는 달리 아쉽게도 울릉도 주민들의 극렬한 반대에 부딪치고 있다. 내가 울릉독도해상국립공원 신규지정요청서를 정부에 제출하자마자, 울릉도에서는 즉각 반대의사를 표시하고 국회 독도특위의원들의 울릉도 방문을 저지하겠다고 밝혔다. 국립공원으로 지정되면 자신들의 사유재산이 침해된다는 생각에서다. 하지만 이것도 국립공원에 대한 케케묵은 오해에서 비롯된다. 흔히 국립공원으로 지정되면 집에 못 하나도 마음대로 박을 수 없다고 생각하는데 오히려 일반 자연환경보전지역보다 건폐율이 40% 이상 보장되고, 인지도가 올라가 내외국인의 방문이 는다. 그러면 국비 투자도 늘어나고 지역경제의 활성화도 가속화되어 지역경제에 더 큰 이익으로 돌아온다. 전반적으로 순구조가 형성되는 것이다. 따라서 이에 대한 오해가 조속히 풀려 독도 문제의 돌파구를 찾을 수 있기를 바랄 뿐이다.

마지막으로 이야기할 '기본'은 병역 문제이다. 작년 북한의 연평도 폭격 이후, 대한민국은 안보의 중요성을 다시 한번 체감하게 됐다. 남과 북이 대치하고 있는 우리의 현실을 확고히 실감하게 된 것이다. 또한, 천안함 사태로 수많은 젊은이들을 잃은 후라 국민적 감정은 거의 전쟁촉발 위기였다. 이명박 대통령은 연평도 사건이 발생하자 긴급히 안보장관회의를 열었다. 그러나 문제는 회의에 참가하는 장관들이나 참모들 중 병역 면제자가 상당수 있었다는 점이다. 북 도발에 대한 불안과 정부의 안보정책에 불신을 가지고 있던 국민들의 여론은 "군대 안 간 이들이 지하벙커에서 회의만 한다."는 식으로 급속도로 악화됐다.

그도 그럴 것이 실제로 우리 사회에서 병역의 이행 여부는 항상 이슈가 되곤 한다. 인사청문회의 단골 메뉴이며, 정치인이나 그 자녀, 연예인, 스포츠 선수 등 병역 면제자는 항상 의혹의 대상이 되곤 한다. 솔직히 제18대 국회의원 297명 중 여성과 장애인 48명을 제외한 남성의원 249명 중, 총 43명이 병역면제자인 것으로 드러나기도 했다. 이유야 대기 나름이겠지만, 신성한 국민의 의무인 병역의 의무를 정작 국가지도자들과 기득권은 피해가고 있는 것이다.

기본적 의무조차 지켜지지 않는 국가지도자들을 국민들이 어떻게 믿고 따를 수 있을까? 국민이 선출하는 대통령이나 국회의원의 병역 이행에 대한 판단은 국민이 해야 할 몫이다. 그러나 적어도 임명직 공무원에 대해서는 병역의무에 대한 기준이 있어야 한다고 본다. 특히 우리 헌법에는 대통령 궐위 시 총리와 국무위원이 권한을 대행하도록 하고 있는데, 병역면제 국무위원이 과연 국가비상사태 시에 대통령을 대신해서 군을 통솔할 자격이 있는지 의문이다.

나는 이 때문에, 대통령이 임명하는 국무총리와 국무위원에는 병역 면제자를 임명할 수 없도록 하는 국가공무원법 개정안(여성, 장애인, 국위선양에 의한 면제자는 제외에 둔다.)을 발의하게 되었다. 내가 이 법을 발의하자 평소에 친하게 지내던 의원님들도 나와 눈 마주치기를 거부했다. 심지어 인사조차 받지 않는 분들도 상당수여서 많은 국회의원이 반대할 가능성이 높았다. 나름 매우 필요하고 바람직한 법안이라고 생각하지만 법 개정의 전망은 그리 밝지 않은 것 같아 참으로 씁쓸하다.

'기본'이 잘 지켜질 때에는 아무도 그것의 소중함을 모른다. 그저 당연한 것으로만 받아들인다. 그러나 '기본'이 무너지는 순간, 우리는 그것이 얼마나 가치 있고 중요한가를 새삼 깨닫게 된다. 기본이란 다시 말해 공공의 도리임을 여실히 확인하게 된다.

　그리고 기본을 지키는 사람에 대한 평가도 마찬가지이다. 당장은 뻔한 소리인 것 같아 잔소리로 들리고, 당연한 소리여서 고리타분해 보일지 모르나 그런 사람이 없다면 도덕적인 사회로 이끌고 갈 수 없다. 그렇기에 내가 늘 '기본'을 외치는 것이다. 누구에게나 자기의 스타일이 있고 몫이 있다. 정치인도 마찬가지이다. 나의 몫은 '기본'을 지키는 것이라 생각하며, 이를 실천하기 위해 오늘도 묵묵히 기본에 충실할 생각이다. 제발 기본이 서는 한국, 기본만큼만 하는 정치였으면 좋겠다.

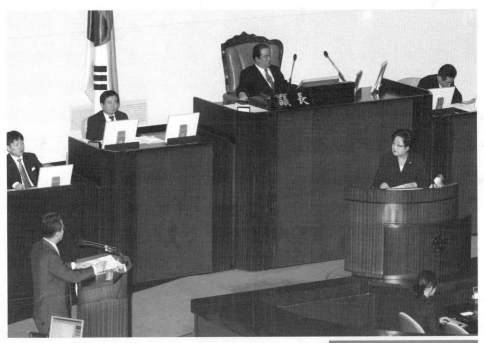

대정부질문 때 한승수 총리에게 질의하고 있다.

김을동의원실의 책상 뒤에는 '세 남자'가 있다.

독도음악회를 주최한 독도를 지키는 국회의원의 모임(2011.12.11)

사할린 문제해결을 위한
한일의원 라운드테이블
(일본동경, 2011.02.25~27)

영주귀국 독립유공자 후손 워크숍

국정감사 NGO모니터단에서 선정한 2011년 국감우수의원상 수상

안중근 의사 연극 〈나는 너다〉를 관람한 국회의원들과 배우들의 모습

나의 자식 사랑, 그리고 교육법

만약에 내 아들이나 딸에게 돈이나 명예, 권력이 주어진다고 해도 마찬가지다. 나는 늘 그것만을 강조한다. 나의 힘이나 권력이 다른 이에게 불이익이나 고통으로 전해질 수 있다는 사실을 명심하라는 것! 늘 마음을 쉽게 현혹하는 것들을 조심하고 경계해야 한다. 그것만이 우리 아이들에게 진정으로 남겨주고 싶은 유산이다. 이는 그 어떤 물질적인 유산보다 훨씬 값어치 있는 정신적 유산이 될 거라 믿고 있다.

I

나쁜 엄마를 위한
변명

"엄마, 컵을 그렇게 씻으면 어떡해요? 항상 손잡이 부분은 안 닦
였잖아요."

"엄마가 해주는 된장찌개는 정말 최고예요. 근데, 부엌은 언제 치
워요?"

"엄마가 저녁을 해주신다고 해서 오긴 왔는데, 오늘은 몇 시간이
나 기다려야 해요?"

부엌에서 딸아이가 늘 내게 하는 귀여운 잔소리들이다. 몇 년 전,
송이가 몸이 아파서 잠깐 우리 집에서 머문 적이 있었다. 덕분에 그
동안 못해준 음식을 마음껏 해줄 수 있어서 나는 너무 행복했다. 더
욱이 사위까지 함께 있으니 '오늘은 우리 사위에게 어떤 음식을 해
줄까?'로 일과를 시작할 때도 있었다. 이 기쁨으로 아무리 촬영이

늦어도 집에 들어와 음식만큼은 꼭 내 손으로 직접 해주었다. 청소야 다른 사람이 해도 상관없지만 아이들 살찌우는 음식은 내 손으로 만들어 주고 싶은 게 엄마의 마음 아니던가. 또 다들 내가 만든 음식이 맛있다고들 하니 만드는 사람 입장에서도 재미가 쏠쏠하다.

그런데 문제는 음식을 너무 더디게 만들고, 부엌을 폭탄 맞은 것처럼 엉망진창으로 만든다는 점이다. 아침식사를 만들기 위해서 적어도 나는 5, 6시에 일어난다. 남들이 쉽다는 김치찌개조차 2, 3시간은 족히 걸리기 때문이다. 그렇게 긴 식사를 준비하면 이젠 난장판이 된 부엌을 정리하는 데도 긴 시간이 소요된다. 그럼에도 불구하고 설거지 역시 꼼꼼하게 하지 못한다고 늘 딸아이에게 잔소리를 듣는다. 엄마의 어색한 설거지를 보느니, 차라리 자신이 하는 게 낫다며 집에 오면 꾸역꾸역 부엌일을 도맡아 했던 아이다. 몸이 아직 완쾌되지 않아서 자기가 하고 싶어도 할 수 없으니 느릿느릿 음식을 만드는 나를 마냥 바라보기가 답답한 모양이었다.

하지만 딸아이의 답답함이 무슨 대수냐. 이렇게 아이와 함께 요리도 하고, 주말이면 사위와 딸이 내가 만든 음식을 맛있게 먹어주면 그렇게 행복할 수가 없다. 아이들 어렸을 때 왜 진작 더 많이 챙겨주지 못했나 미안한 마음도 든다.

사실 내 아들과 딸에게 나는 그다지 좋은 어머니는 아니었다. 촬영 때문에 바쁘다는 이유로 집에 있는 시간보다 바깥에서 보내는 시간이 많았다. 아이들의 입학식, 졸업식에도 참석하지 못한 적이 많았고, 비 오는 날 우산 한번을 가져다 준 적이 없었다. 아이들 입장에서는 참 무심하고 무책임한 엄마라고 많이 서운해했을지 모르겠다.

엄마의 부재는 종종 아이들에게 고스란히 피해가 갔으니까.

한번은 집에서 일하는 아주머니와 일국이 사이에 마찰이 빚어졌다. 글쎄, 아주머니가 일국이의 도시락에 썰지도 않은 소시지를 통째로 넣어준 것이었다. 어렸을 때엔 무척 개구쟁이였던 일국이 때문에 자꾸 소일거리가 생기니까 아주머니 입장에서 화를 그렇게 풀었던 것이다. 그렇지만 아이 먹는 도시락인데 소시지를 통째로 넣은 것은 좀 너무하다는 생각이 들었다. 그런데 얼마 지나지 않아 이번엔 송이가 도시락 반찬이 너무 적다고 투정을 부리는 것이었다. 알고 보니 반찬이라고는 딱 두부조림 한 개가 들어가 있었다. 아주머니에 대한 서운한 마음이 컸지만 이게 다 내 탓인 것만 같았다. 엄마가 곁에서 일일이 신경 써주지 못했으니 무슨 할 말이 있으랴……. 아주머니에게 잘 부탁해 도시락에 더 신경 쓰도록 했지만 심기불편한 일이 생기면 아이들의 도시락은 또다시 형편없어졌다. 그럴 때마다 아이들에게 정말 미안한 마음이 들었다. 엄마가 일일이 챙겨주지 못해 내 자식이 이런 대접을 받는구나 싶었다.

이 일이 있은 후 시간이 생길 때마다 아이들의 도시락을 싸주었다. 온 정성을 다해 반 아이들이 감탄할 정도로 아기자기하게, 반찬도 색색으로 구색을 맞추었다. 그간 함께 해주지 못한 시간에 대한 약간의 보상이었다. 물론 가뭄에 콩 나듯이였지만. 이렇게 늘 부족한 엄마였는데 아이들 스스로 너무 반듯하게 잘 자라줬다. 아이들을 보며 난 늘 이렇게 말한다. 잘 자라줘서 고맙다고.

아이들에게 음식을 해주면서 가끔 난 돌아가신 어머니 생각을 한다.

내 어머니는 눈을 감으시기 전까지도 나에 대해 마음을 놓지 못하셨다. 그래서 어린 딸아이인 송이를 불러놓고, "할머니가 세상을 뜨면, 네가 엄마를 잘 보살펴주어야 한다."라고 말씀하실 정도였다. 나를 키우는 동안 내가 하는 행동이 얼마나 어설펐으면 손녀에게까지 이런 말씀을 하셨을까……. 마음 한구석이 무척 아파온다.

내 어머니도 내가 만든 음식 한번을 제대로 못 드셔보시고 떠나셨다. 그 생각만 하면 아직도 눈시울이 뜨거워진다. 정말 다음 세상에서는 내가 어머니로, 어머니가 내 딸로 태어나 내가 지은 밥을 맛있게 드시는 모습을 꼭 보고 싶다. 매일매일 어머니를 위한 식사를 지어드리고 싶은 것이 뒤늦은 내 간절한 소망이다.

이제와 지난 일을 후회하면 무슨 소용이 있으랴마는, 아이들을 보고 있노라면 그런 생각이 든다. 반평생을 모자라게 보냈으니 앞으로의 시간은 부족하지만은 않게, 함께 하는 시간을 살아야겠다고.

일국이와 송이가 어릴 때 잡지에 실린 내용

2

희생적 어머니를 위한
신(新) 자녀교육법

"아따 이 싸가지 없는 것을 보소. 잉. 그 무엇이냐 잉!"

SBS 방송국 탤런트 공채 시험 장소에서의 일이다. 딸아이는 〈분례기〉의 한 장면을 열심히 연습해서 심사위원들 앞에 보기 좋게 대사를 읊었다. 그러자 듣고 있던 심사위원 한 분이 이런 질문을 했다.

"자네 연극 해봤나?"

"아니요."

"그럼, 누구한테 배웠나?"

"저, 엄마한테 배웠습니다."

"어머니가 누구신데?"

"김을동 씨입니다."

그러자 심사위원들의 박장대소하는 소리가 여기저기에서 들렸고, 이내 장내는 시끌시끌해졌다. 사실 시험을 앞두고 딸아이는 걱정이 이만저만이 아니었다. 연기공부를 제대로 한 적이 없어 별로 자신이 없었던 터였다.

"엄마, 내가 별로 예쁘지도 않은데 정말 시험에 붙긴 할까?"

"뭐, 너 정도면 예쁘지, 또 꼭 얼굴 예쁜 사람만 탤런트 되라는 법 있니? 엄마를 봐라."

내가 보기엔 누구보다도 예쁜 딸이었지만, 출중한 외모를 자랑하는 지망생들 틈에 나가야 하는 것이 좀 걱정이었나 보다. 그래서 시험 접수도 고심 끝에 맨 마지막날 하게 됐다.

아이는 오디션 테스트를 받기에 앞서 어떤 연기를 하면 좋겠냐고 내게 물어왔다. 대부분의 여배우 지망생은 거의 시련 당한 여주인공의 눈물연기나, 가련해 보이는 여성적인 역할들을 많이 하곤 했다. 하지만 나는 딸아이에게 개성이 강해보이는 〈분례기〉의 한 장면을 권해준 것이다. 남들이 꺼리는 조연의 역할을 연기하라 했고, 딸은 그 연기를 진국으로 잘 표현해냈던 모양이다. 아무튼 그 덕분인진 몰라도 송이는 대학교 1학년 때 덜컥 SBS 공채 탤런트로 합격을 한 것이다.

이런저런 옛 생각을 하면 나는 참 딸아이와의 추억이 많다고 생각되는데, 송이는 별로 그렇지 않은 것 같다. 오히려 내게 서운했을 때가 더 많은 모양이다. 어려서부터 다른 엄마들처럼 세심하게 마음 써주지 못한 점도 그렇고, 아들을 좀 더 챙기는 것도 그랬다. 요즘 같은 시대에 뒤떨어진 사고방식이겠지만 나도 남자인 아들을 더 챙긴 건 사실이다. 하지만 열 손가락 깨물어 안 아픈 손가락이 어디 있으랴. 일국이의 이름이 알려진 탓에 사람들의 관심은 아들에게 더 쏠려 있지만 내게는 아들과 딸, 둘 다 너무나 소중하고 사랑스럽다.

언젠가 한번은 옷을 맞추러 양장점에 나간 적이 있었다. 솔직히 내 몸매로 몸에 맞는 기성복의 사이즈를 찾기란 여간 어려운 일이 아니었다. 그래서 큰맘 먹고 맞춤옷을 지으러 나갔는데 상의 한 벌 가격이 남들 옷 한 벌 값이라 망설이다 결국은 못하고 나왔다. 당시 집안 형편이 매우 어려웠던 시기였다. 내심 기분도 그렇고 해서 돌아오는 길에 친구가 하는 의상 숍에 들렀다. 그런데 그곳에서 딸에게 입히면 좋겠다 싶은 옷이 눈에 띄는 것이 아닌가! 하지만 이 또한 가격이 만만치 않았다. 내가 맞추려는 옷보다도 몇 배의 가격이었다. 매장에서 연신 옷깃을 만지작거리며 얼마나 고민을 했는지 모른다.

'우리 딸이 입으면 정말 예쁠 텐데…….'

도저히 그 앞을 떠날 수가 없었다. 나를 위한 것이었다면 그리 고민하진 않았을 게다. 결국 나는 눈을 질끈 감고 옷을 구입해 버렸다. 12개월의 할부로 하고.

이후 할부금을 갚느라 한참 고생했다. 자식의 일이 아니라면 어느 누가 이런 무식한 짓을 하겠는가. 그때 일을 생각하면 내 스스로가 참 대견한 생각이 든다. 정말 부모는 자식을 위해서는 아까운 것이 없다.

내가 철없던 어린 시절에는 맛난 음식이 있으면 나갔다 들어와도 그것이 꼭 그대로 있을 거라고 생각했다. 한참을 놀다 들어와 놓고서도 음식이 없으면 이상하게 여길 정도였다.

무남독녀 외딸로 자랐으니, 형제와 나눠먹는 것도 몰랐던 것이다.

사랑하는 아들 일국, 딸 송이와 함께

"여기 놔두고 간 것 어디 갔어?"

나는 왜 그것을 먹는 사람은 나밖에 없다고 생각했을까? 어머니는 항상 배가 부르다고 하셨으니……. 내가 좋아하는 음식은 싫어하신다고 하셨던 말이 결국, 당신의 몫도 내게 주고 싶은 마음이었음을 그때는 미처 깨닫지 못했다. 그때나 지금이나 부모는 늘 자식들에게 그런 희생적인 삶을 사시는 것이다.

하지만 이게 마냥 정답의 육아방식은 아니다. 내가 아는 어떤 분의 어머니는 보통 어머니들과는 조금 다른 교육법을 썼다. 남편이 일찍 세상을 뜨고 다섯 남매를 혼자 키우며 사셔서인지 조금은 자립이 확고한 분이셨다. 어쩌다가 생선을 굽게 되면 자신이 가운데 생선살을 드시고, 나머지를 아이들에게 나누어 주었다고 한다. 아이들을 왕처럼 키우는 게 오히려 해가 된다고 여기셨던 것이다. 그래서인지는 몰라도 그분의 다섯 자녀는 모두 소문난 효자, 효녀들이다. 지금도 좋은 것만 보면 어머니를 먼저 떠올린다고 한다. 그분의 방식은 아이들을 사랑하고 아끼되, 부모의 가치와 공경을 깨닫게 하기 위한 이른바 효자·효녀 만드는 교육법이 아니었나 싶다. 이 시대의 자녀교육에 이런 방법도 나쁘지 않을 것 같다.

요즘에는 외동아들, 외동딸이 많아 뭐든지 최고급으로 꾸미고 가르치는 경향이 크다. 중국에서는 그런 아이들을 아예 '소황제'라고 부를 정도라고 한다. 중국의 '한 가족 1자녀 정책'이 부모가 자식을 떠받들고 살게 만든 셈이다. 우리도 한 자녀 가정이 늘어나는 세태를 생각한다면, 생선의 가운데 토막을 먼저 드셨던 어머니의 육아방식도 '효 사상'을 일깨운다는 측면에서 한 번쯤 새겨볼 만하다.

3

진실한 사람만이 가질 수 있는
위대한 유산

어느 부모라도 그렇듯 나에게 가장 큰 힘이 되어 주는 사람은 바로 자식들이다. 일국이와 송이. 그들은 내가 어떤 일을 하든 언제나 날 지지하며 응원해줄 것이 분명하다. 이미 장성하여 가정을 이룬 자식들이지만 여전히 보듬어야 할 내 아이들이다.

나는 아이들에게 어머니로서 꼭 남기고 싶은 게 있다. 바로 '사람 냄새 나는 사람'이 되라는 것이다. 사람을 귀히 여길 줄 알고 함께 어울릴 줄 알아야 자신도 역시 그들에게 그런 사람이 된다. 설사 사람에게 상처받고 외면받는 일이 생길지라도, 자신이 사람들에 대한 믿음을 놓지 않으면 사람들 역시 자신에 대한 믿음을 놓지 않는 게 세상의 이치이다.

예전에 내가 촬영을 다니면서 가장 많이 듣던 소리가 "사람들이 귀찮지도 않냐."였다. 드라마〈토지〉를 촬영할 때였다. 요즘처럼 매니저나 코디가 일일이 챙겨주지 않았던 시절이라, 모든 연기자들은 손수 운전하고 각자가 알아서 연락하여 촬영장에 오곤 했다. 하지만 나는 거의 혼자 다닌 기억이 없다. 내가 서울역에 나타나면 늘 덩치 좋은 후배들이 양손에 내 짐보따리를 들고 나타났다. 선배로서 후배들이 직접 현장을 체험하게 하고 실전연기를 가까이서 배울 수 있도록 한 작은 배려에서였다.

야외촬영을 다닐 때도 마찬가지이다. 〈마파도〉를 찍으러 갔을 때에도 두세 명씩 아는 후배나 친구와 함께 가곤 했다. 그때 사람들은 나를 보며 종종 이런 질문을 했다.

"왜 그렇게 사람들을 몰고 다니는 거야? 일일이 신경 써야 하고 귀찮지 않아?"

사실 나는 사람들이 전혀 귀찮지가 않다. 아마도 천성 탓인 것 같다. 나와 함께 다니는 친구나 후배, 그 외에 일적으로 함께 지내는 사람들조차도 한 번도 귀찮게 여긴 적이 없다. 오히려 내가 그들 옆에 더 붙어 있으려 애를 쓴 것 같다. 뭘 보면 누군가와 함께하고 싶고, 먹을 것이 생기면 옆에 있는 사람을 먹여줘야 마음이 편하다. 만약 지금 당장 함께하지 못하면, 내가 한만큼 꼭 똑같이 챙겨줘야 직성이 풀렸다. 이 오지랖 때문에 아직까지 주위에 나를 따르는 사람이 그래도 많은 듯하다.

일단 내가 사람들 자체를 좋아하니까 사람들도 부담 없이 나와 함께 있는 걸 좋아하는 것 같다. 그러다 보니 솔직히 호주머니에 잔돈이 남아나는 날이 없다. 주로 후배나 친구, 동생들을 많이 데리고 다니는데 내가 사주고 챙겨주는 것이 당연하지 않은가. 그렇게 씀씀이가 커지는데도 마음은 늘 무언가 꽉 찬 느낌이 든다. 난 그것이 그렇게 좋을 수가 없다.

주위 사람들은 이런 나를 보며 실속이 없다고 한다. 혹자는 사람이 약지를 못했다느니 하면서 안타까워하기도 한다. 하지만 나는 전혀 그렇게 생각하지 않는다. 나름대로 나를 좋아하는 사람들이 있고, 내가 그들을 만나서 기분 좋고 행복하면 되지 않는가! 그것이 사람 사는 이유고 재미지, 꼭 어떤 이득을 위해 사람을 만나는 것은 아니라고 생각한다.

사람 위에 사람 없다고, 이 세상에 필요치 않은 사람은 없다. 또한 사람은 가장 진실한 마음일 때만 힘을 가질 수 있다고 믿는다. 진실과 진실이 만나 깊은 신뢰의 관계를 형성하는 것이 인간관계의 진정한 의의가 아닐까. 무언가를 숨기거나 거짓으로 남을 대한다면 언젠가 둘 사이의 신뢰는 무너지게 된다. 이것이 진실하지 않은 인간관계의 최후이다. 결국엔 사람을 떠나면 자신도 약해지는 것이 세상의 이치이다. 거짓이 없는 솔직한 본연의 자신이 될 때, 비로소 어디에서나 당당해질 수가 있는 것이다.

이러한 삶의 태도를 나는 아이들에게 보여주고 가르쳐주고 싶다. 사람에 대한 나의 철학은 이렇다. 어떠한 선택의 기로에 있을 때 항상 약자의 편을 들어야 한다는 것! 그리고 그 마음이 진실해야 한다는 것이다. 이러한 나의 소신은 절대 변함이 없고 꺾임이 없다.

물론 그러다 보면 어떨 때는 미련하게 내 것을 챙기지 못할 수도 있다. 하지만 지내다 보면 욕심내는 것보다 내어주는 게 더 마음이 편하다는 것을 차차 깨닫게 된다. 비록 돈과 권력과는 거리가 멀어지는 길이라 해도 나는 이것이 정의이고 순리라 생각한다. 뭐, 내가 아무리 돈과 명예, 권력을 좇는다고 그것들이 또 쉽사리 주어지는 것도 아니지 않느냐. 애걸복걸 구차하기보다는 속 시원히 마음 편히 사는 게 내 성미에도 맞다.

만약에 내 아들이나 딸에게 돈이나 명예, 권력이 주어진다고 해도 마찬가지다. 나는 늘 그것만을 강조한다. 나의 힘이나 권력이 다른 이에게 불이익이나 고통으로 전해질 수 있다는 사실을 명심하라는 것! 늘 마음을 쉽게 현혹하는 것들을 조심하고 경계해야 한다. 그것만이 우리 아이들에게 진정으로 남겨주고 싶은 유산이다. 이는 그 어떤 물질적인 유산보다 훨씬 값어치 있는 정신적 유산이 될 거라 믿고 있다.

사랑하는 가족 사진

4

인덕이
훌륭한 사돈을 만나다

부잣집 외동아들인 의사와 가정형편이 어려운 여자가 사랑에 빠졌다! 과연 이들의 사랑은 결혼으로 이어질 수 있을까?

모든 드라마에서도 그렇듯이 남자의 부모는 심하게 반대하고, 여자는 인간적인 모욕을 당하며 결혼을 포기하고 만다. 혹은 우여곡절 끝에 결혼에 성공하더라도 심한 마음고생을 하며 행복하지 못한 결혼생활을 이어나간다. 너무 통속적인 드라마 속 이야기이나 그리 남 애기만은 아니다.

소위 말하는 '사' 자 직업을 가진 사람과 결혼하려면 법칙처럼 등장하는 조건들……. 적어도 예물로 열쇠 3개 이상은 줘야 한다는 것이 현실이 된 지금이다. 그나마 상대방의 가정형편이 풍족하다는 배경 아래에서 말이다. 만약, 신부될 사람의 가정형편이 좋지 않으면 현실도 드라마와 마찬가지로 온갖 역경이 그녀에게 도사리고 있다.

사람들은 그런 남성과 결혼하려면 그 정도의 고난은 감수해야 한다고 당연지사 여긴다. 그만큼 '사' 자 직업은 안정된 미래와 부(富)가 담보된 엘리트 특권층의 상징이 되어버린 것이다.

그런데 이 통속적인 스토리와 전혀 다른 일이 벌어지게 된 것이다.

때는 1999년 2월이었다. 어느 아침 프로그램에서 출연요청이 들어왔는데, 딸 송이와 같이 나오라는 섭외였다. 쑥스러워서인지 우리 아이들은 나와 함께 TV 출연하는 것을 내켜하지 않는다. 더군다나 송이는 92년도에 SBS 공채로 데뷔하여 활동하다가 연기생활을 잠정적으로 쉬고 있던 터였다. 자기 딴엔 이래저래 싫은 모양이었다. 하지만 엄마의 부탁이라 결국 출연을 허락했다.

방송이 나가고 일주일쯤 흘렀을까, 아침 9시부터 집전화가 울렸다.

"안녕하세요? 김을동 씨지요? 저는 ○○대학의 교수로 있는 ○○○입니다."

아침부터 알지도 못하는 대학교수가 웬 전화란 말인가. 도대체 우리 집 번호는 어떻게 알았을까? 당시 나는 자민련의 지구당위원장이었는데, 그분의 동창도 지구당위원장이라며 그 친구를 통해 전화번호를 알아냈다는 것이다. 그는 먼저 정중하게 양해를 구하고는 대뜸,

"얼마 전에 아침 토크쇼에 따님을 데리고 나오셨지요? 내 아들이 ○○병원 레지던트 3년차로 있는데, 따님과 만나게 하면 어떨까 해서 연락드렸습니다."

너무나 갑작스럽고 황당해서 웃음이 났다. TV에 나온 우리 송이가 너무 마음에 들었다는 것이다. 나는 일단 딸아이에게 물어보겠노

라고 전화를 끊고는 혼자 한참을 웃었다. 송이에게 이 이야기를 했더니 송이 역시 재미있는 아저씨라며 가볍게 웃어 넘겼다.

　그런데 일주일 후 또 전화가 와서는 그날 저녁에 아이들과 같이 만나자는 것이었다. 너무나 진지하고 진심으로 말씀하시는 터라 한 번 만나보는 것도 나쁘지 않겠다 싶어 흔쾌히 응했다. 만나는 게 뭐 어렵겠는가 싶었다.

　송이를 데리고 약속된 호텔 커피숍으로 갔다. 겸손하고 검소하게 보이는 두 내외와 착하게 생긴 젊은 아들이 나와 있었다. 여하튼 세상에는 참 재미있는 일도 많다고 생각하며 나간 자리에서 우리는 부담 없이 수다를 떨었다. 두 내외분 모두 참으로 소박하신 분들인 것 같아 느낌이 좋았다.

　부모들은 수다 삼매경에 빠져 있는데 두 아이들은 서로 눈만 껌뻑이고 있었다. 얼마나 부담스럽고 어색했겠는가. 잠시 둘만의 시간을 주었더니 이것저것 대화를 주고받은 모양이다. 그 후로도 둘이 몇 번을 만나는 눈치였다. 그렇게 만남을 가진 지 2개월인가 지나서 아이들은 서로 마음이 잘 맞았던지 결혼하겠다고 양가 부모에게 알려왔다.

　그리하여 급작스럽게 딸아이의 결혼식을 준비하게 됐다. 궁합이나 사주 따위를 볼 겨를도 없었다. 또 본들 무엇하리. 사돈어른들이 좋은 사람이고 사위 역시 착해서 딸에게 잘해줄 거라는 굳은 믿음이 있었다. 일하는 엄마 때문에 어렸을 때 외롭게 자라야 했던 딸이 가정을 꾸려서는 정말 행복했으면 하는 바람이었다. 또한 시아버지가 먼저 마음에 둔 며느리라 지금까지도 두 분은 송이를 친딸처럼 대해

주신다. 그래서 그런지, 내게 늘
자신의 시어머니 자랑을 늘어
놓는 딸에게 나는 질투 반으로
꼭 이런 말을 한다.

"너네 시어머니가 무척 참고
사시나 보다."

사실 요즘 다 그렇지 않은가.
아들 둔 엄마들이 하는 말이 "아
들은 장가를 안 가도 걱정, 장가
를 가면 더 걱정."이라고. 알게
모르게 고부갈등이 그만큼 심하

딸 송송이와 사위의 결혼 당시 사진

다는 뜻이다. 그런데 며느리 입에서 시어머니 칭찬이 나올 정도면,
그 시어머니는 얼마나 많은 것을 참고 인내하시는 것인가. 한편으로
는 나도 친정엄마인 동시에 시어머니이기도 해서 사돈어른과 같이
현명한 시어머니가 되야겠다고 다짐을 하곤 한다.

나중에 사부인과 사위에게 들어 보니 사돈어른이 나에게 전화를
걸게 된 사연은 이러했다.

사돈어른은 송이가 나온 아침 토크쇼를 시청하고 있었다. 그러다
다짜고짜 여기저기 전화를 걸더니 탤런트 김을동의 연락처를 수소
문했던 것이다. 사부인 말을 빌리자면 "남편이 뭔가 귀신에 씌인 줄
알았다."고 한다. 평소 무뚝뚝하고 조용한 성미인데 뭐가 그리 급했
는지, 알지도 못하는 김을동의 집에 전화를 걸어 만나달라고 했으니
사부인도 얼마나 황당했겠는가. 더군다나 그때 아들의 나이가 고작

스물아홉 살, 의사로서 앞길이 창창한데 말이다.

사위는 늘 "며느릿감은 아버지가 골라 오십시오."를 농담처럼 했다고 한다. 그런데 그 농담 때문에 아버지가 드디어 일을 저지르시게 된 것이다. 어느 날 사돈은 아들에게 대뜸 "김을동 씨 딸이 마음에 들어서 연락해 놨다."고 하셨단다. 참, 재미있는 양반이시다. 그때 사위가 얼마나 황당했을까? 그 모습도 알만하다.

'김을동' 하면 억척스럽고 강인한 역할로 이미지가 굳혀져 있었다. 그런데 그녀의 딸이라니! 처음에 사위는 나를 닮아 우락부락한 딸일 것이라 상상해서 고개를 저었다고 한다. 하지만 아버지께서 이미 물을 엎질러 놓으셨으니, 아버지 체면은 깎을 수가 없어 그 자리까지 나왔다고 한다. 그런데 의외의 송이를 보고 지금은 부부의 연을 맺은 것이다.

한편으로 이것은 송이의 운명이란 생각이 든다. 그렇게 출연하기 싫다던 토크쇼에 나가게 된 것과 그날 무뚝뚝한 사돈어른이 방송을 시청하고 송이를 맘에 둔 것도 예사 인연은 아닌 것 같다. 좋은 짝을 만나 가정을 이뤘으니 더없이 행복하지만, 딸 시집보낼 때 생각하면 미안한 마음이 앞선다.

당시에 우리는 할아버지 기념사업으로 인해 경제적으로 많이 궁핍할 때였다. 그런데 여유도 없이 갑자기 딸을 시집보내려니 걱정이 앞섰다. 다행히 사돈이 우리의 사정을 아시고는 사돈댁 근처의 열 평 남짓한 원룸을 신혼집으로 마련해주셨다. 열 평짜리 원룸에 세간이 들어가면 얼마나 들어가겠는가. 정말 꼭 필요한 것만 몇 가지 챙겨서 의붓아비 벌초하듯이 시집을 보냈다. 이때만 생각하면 난 지금도 미안한 마음이 큰데 딸아이는 한마디 원망도 하지 않아 고마울 따름이다.

몇 년 후, 사위는 전문의를 따고 군의관으로 군복무를 하고 나서 전셋집에 들어갈 수 있었다. 나중에 좀 큰 집으로 옮길 때는 〈주몽〉으로 뜬 일국이의 도움으로 살림살이를 마련해줄 수 있었다. 나는 자식과 사돈의 인복 덕분에 그저 지켜보기만 했을 뿐이다.

하루는 사위가 와서 이렇게 말했다.

"저희 아버지가 장모님 차를 사셨다고 하는데요."

"아니, 사돈 어르신이 내 차를 왜 사셨나?"

그러고 보면 나는 자동차 복은 참 많은 사람이다. 당시 나는 지인이 사준 차를 몇 년째 타고 있었다. 사회에서 만나 평소 친하게 지낸 언니의 남편으로 살갑게 '형부'라 부르던 사이였다. 워낙 천성이 착하고 남에게 잘 베푸는 성정이 있었던 형부였다. 다른 배우들은 값비싼 외제차를 끌고 다니는데 나는 낡고 덜덜거리는 국산차를 탔던 게 안쓰러웠나 보다. 언니와 상의해서 통 크게도 차를 한 대 뽑아주셨다. 덕분에 몇 년 잘 타고 다녔더니 길을 가다 가끔씩 서는 지경에 이르렀다. 아마 사돈어른 역시 내 낡은 차가 안쓰러웠던 모양이다.

하지만 덥석 차를 얻어 탈 수는 없었다. 여러 차례 거절을 했다. 그러나 연신 거절하는 것도 예의가 아닌 것 같아 염치없이 받아서 타고 다니게 된 것이다. 정작 사돈들은 허름한 차를 타고 다니는데 나만 고급차를 얻어 타서 황송할 따름이었다.

나는 종종 친구들에게 이렇게 말한다. "대한민국에 의사 사위 보고, 사돈한테 차 얻어 타고 다니는 사람 있으면 나와 보라고 해!" 열쇠 3개를 갖다 바쳐도 모자란다는 의사 사위를 보면서 나는 도리어 사돈한테 차를 얻어 탔다. 비록 지금은 세월이 지나 일국이가 사준 차를 타고 다니지만 그때 사돈들의 고마움은 늘 마음의 빚으로 남아 있다. 아무래도 내가 대한민국에서 사돈 복은 제일 타고난 사람인 것 같다.

이왕지사 이렇게 말을 꺼낸 거 사돈 자랑을 더 해야겠다. 17대 국회의원 선거가 한창일 때였다. 마침 돈이 궁할 때였는데 뜻하지 않게 사돈이 물어왔다.

"사돈, 선거하실 돈은 마련하셨습니까?"

또 사돈에게 신세를 지게 될까 봐 내가 미처 대답하기도 전에 일국이가 냉큼 대답했다.

"저희 어머니는 무대책이 대책입니다. 걱정 마세요."

그랬더니 사돈은 아이들 차를 사주려고 모아둔 돈이 조금 있는데 그거라도 먼저 쓰시라고 내밀었다. 너무 염치가 없었지만 당장에 급했던지라 고맙게 받아 선거운동을 치를 수 있었다. 워낙에 나는 돈 없이 선거운동을 많이 치렀던 터라 그다지 많은 돈은 필요 없었다. 자식 복도 모자라 사위 복, 사돈 복까지 이렇게 많으니 이 또한 더 베풀고 살라는 조상의 뜻이지 싶다. 그 후에 일국이가 사위에게 좋은 차를 사주는 것으로 약간의 은혜는 갚은 셈이다. 이렇게 서로 주고받은 마음 덕분에 우리 가족은 더욱 *끈끈*하고 화목해질 수 있었다.

일국이가 한창 〈주몽〉을 촬영할 때의 일이다.

어느 날 일국이를 인터뷰했던 여기자가 자기 신랑의 직장동료 누이를 소개해 주고 싶다고 했고, 그 후 그녀를 소개 받았는데, 바로 지금의 며느리가 된 것이다. 사법연수원생으로 성격이 밝고 서글서글한 성격이 일국이의 마음에 들었나 보다. 그렇게 1년 반의 연애기간을 거쳐 우리 집안에 판사 며느리가 들어오게 된 것이다.

나는 아들이 지금의 며느리를 택한 이유가 자못 궁금했는데 아들의 대답을 듣고 나서는 참으로 고맙고 대견한 생각이 들었다.

평생을 살아가는 데 가장 중요한 것은 신뢰이다. 며느리에 대해 가장 안심이 되었던 것은 사돈어른들이 팔순이 넘은 노모를 모시고 산다는 점에서였다. 노모가 안방을 쓰시는 것과 명절이면 모든 형제들이 안방에 모여 명절을 지내는 집안 분위기가 마음에 쏙 들었다는 것이다. 즉, 가풍이 제대로 잡힌 집안이라는 뜻이다. 삼십을 훌쩍 넘겨하는 늦깎이 결혼이라 많이 성숙하고 여문 결정이란 생각이 들었다. 또한 그러한 삶의 방식에 후한 점수를 주는 아들의 생활철학에 나는 정말 고마울 따름이었다. 이를 계기로 나는 아들을 다시 보게 되었다.

결혼 후에 아들은 내게 "어머니, 저는 참 불효자인 거 같아요." 하는 것이다. 사돈어른들이 노모를 극진히 모시는 모습을 보면서 이제까지 자신은 엄마에게 너무 불효만 저지른 것 같다고 반성하는 것이었다. 나는 속으로 '며느리 하나는 진짜 잘 봤구나!' 란 생각이 더욱 들었다. 며느리와 사돈 덕에 우리 아들이 철들고 이제 남은 것은 아들한테 효도 받는 일밖에 없으니 말이다.

옛말에 사돈집과 뒷간은 멀수록 좋다 했는데 그것도 다 옛말인 것같다. 나는 사돈들과 굉장히 스스럼없이 편히 지내고, 때가 되면 다같이 모여서 사는 얘기 나누는 게 그리 즐거울 수가 없다. 이렇게 사돈과 이웃처럼, 친구처럼 지내는 것이 다 세상 사는 재미 아니겠는가.

김을동이 의사 사위, 판사 며느리를 봤다고 하면 사람들은 중매를 통해서 그렇게 된 줄 안다. 내가 정치를 하고 국회의원이라서……. 혹자는 '사' 자 사위와 며느리를 얻기 위해 내가 사방팔방으로 엄청 노력한 줄 안다. 그러나 천만의 말씀이다. 그들이 어떤 위치에 있는 것은 내게 중요치 않다. 더군다나 내 자식들이 누구를 만난다고 해서 깊게 간섭하는 편이 아니다. 연애는 그들의 선택의 문제이며 배우자 역시 제 복이라 여기기 때문이다.

자식들이 다 장성하여 좋은 짝을 만나, 육체적·정신적으로 건강하게 살아가는 것은 부모로서 정말 행복한 일이다. 아이들을 보면서 이것도 다 조상이 베풀어주신 은공이 아닌가 싶다. 그러니 항상 감사하고 또 감사하자. 덕(德)이라는 것은 쌓는 즉시 내게 바로 돌아오지 않더라도 그 후손에게 반드시 돌아가는 것이다. 할아버지, 아버지, 감사합니다.

5

후손에게
미리 전하는 유언(遺言)

나는 내 아이들에게 특별히 '장군의 후손'이라는 책임감을 강요하지는 않는다. 그저 아이들이 원하는 대로 살아가길 바랐다. 다만 겸손한 마음과 은혜를 아는 마음만은 꼭 강조하며, 기본을 아는 올바른 사회인이 되길 원했을 뿐이다. 다른 아이들과 똑같이 그저 평범하게, 다른 마음의 짐은 갖지 않도록 했다. 하지만 어린 시절 내가 그랬듯 말하지 않아도 가질 수밖에 없는 책임감이 분명히 있었을 것이다. 그들의 어른들이 모두 세간에 이름을 알린 사람들이었으니 말이다.

김좌진 장군, 김두한의 손자 손녀, 배우 및 국회의원 김을동의 아들딸……. 그들의 꼬리표는 나보다 길다. 그러니 어찌 성품에 조심스럽지 않았겠는가. 그들의 행동거지 하나하나마다 남들의 이목을 끌었을 것이다.

어쩌면 연예인처럼 주목을 받는 게 좋을 수도 있다. 하지만 유명세가 좋은 것은 아주 잠깐이다. 아이들이 어디를 가나 졸졸 따라붙는 그 꼬리표들 때문에 부모인 내가 생각하는 이상으로 제약이 많았음은 가히 짐작하고도 남는다. 그것은 꽤나 스트레스가 되는 일이다. 나 역시 장군의 손녀, 야인의 딸로 똑같은 삶을 살아오지 않았던가. 하지만 고맙게도 아이들은 별다른 말썽 없이 잘 자라주었고 이제 두 아이는 나를 가장 많이 이해해주는 든든한 조력자가 되었다. "너희는 장군의 후손이니 말이나 행동에 각별히 유의해라."라는 말을 하지 않았어도 알아서 조심하고 신중히 결정하며 사려 깊어진 것이다.

시간이 지남에 따라 세대는 다음 후손에게로 넘어가는 법이다. 지금까지는 장군의 후손이라는 그림자에 내가 중심이 되어왔지만 앞으로는 다르다. 이제 장군의 후손이라는 책임감이 내게서 아들과 딸에게 넘어가고 있다는 생각을 하게 된다.

우리 집 제사는 외손봉사를 받고 있다. 장군에 대한 제사도 현재 일국이가 지내고 있다. 엄밀히 말하면 송 씨인 일국이의 몫은 아니지만 현재로써는 우리 집안이 아니면 제사를 지낼 곳이 없다는 게 이유이다. 그리고 외가든 친가이든 그게 다 무슨 소용이겠는가. 모두 한 핏줄이며, 더 나아가 국민의 한 사람으로서 국가 유공자에 대한 예는 충분히 행할 수 있는 일이다.

이제까지 나는 제사든 명절이든 한 번도 거른 적이 없다. 영화 〈마파도〉 촬영을 할 때도 스케줄상 추석날 도저히 집에 갈 수 없게 되자, 여러 스태프들과 함께 제사를 올렸다. 그중 조상 없이 태어난 사람이 어디 있겠는가! 〈마파도〉 촬영장에선 지금까지 내가 차렸던 차례상보다 훨씬 푸짐하게 차려 합동차례를 올렸다.

우리 집에는 옛날 양반가에서 했듯 굴건제복에 흰 족두리를 쓰고 제사를 지냈던 사진이 있다. 어머니는 4대 봉제사를 비롯해서 증조할머니, 할머니의 3년 상, 매일 지내는 상식, 초하루에 지내는 삭망, 소상(1년 상), 대상(2년 상), 상청(3년 탈상)을 온전히 모셔왔다. 어렸을 때 할머니는 안동 김씨 선원공파 13대손이라는 것을 내게 일러주셨다. 두꺼운 종이에 '안동 김씨 선원공파 13대손 을동'이라고 써서 가지고 다니게 했다. 내가 음식에는 자신이 없지만 그나마 자신 있게 할 수 있는 것은 제사음식을 만드는 것과 제사를 지내는 것이라고 할 정도이다. 그만큼 제사를 소홀히 하거나 잊어본 적이 없다.

우리 집에 제사가 많았던 것은 오래도록 내려온 '숭유사상' 때문이다. 더욱이 할아버지가 나라를 위해 큰일을 하시니 안사람으로서 집안은 자신이 굳건히 지키겠다는 할머니의 의지이기도 했다. 그렇게 할머니가 안을 단속하는 것 중에 제일 으뜸으로 생각하셨던 것이 제사일지 모른다. 그 정신을 나도 고스란히 이어받아 이젠 아들, 딸에게 몸소 보여주고 있는 것이다. 결국 말로 꺼내진 않았지만 자식들에게 장군의 후손이라는 의식을 깊게 새겨 넣은 것 같다. 두 아이 모두 자신들의 위치를 부정하지 않고 가치를 깨우쳐나가는 모습을 보면 대견스럽고 고마울 따름이다.

장군의 후손으로 산다는 것이 쉬운 일은 아니지만, 그렇다고 특별할 것도 없다. 은혜를 알고 충분히 베푸는 삶을 살아가면 되는 것이다. 다른 것 필요 없이 아들과 딸, 그들의 손자, 또 그들 아이들이 그 정신만 이어간다면 더 바랄 것이 없겠다.

언젠가 어떤 기자분이 내게 이런 질문을 한 적이 있다.

"김을동 씨는 앞으로 남아 있는 바람이 있다면 무엇입니까?"

기자의 질문에 나는 망설이지 않고 대답했다.

"저는 여태껏 살면서 남한테 도움 준 적도 몇 번 있었지만, 또 그만큼 도움도 많이 받고 살았습니다. 그래서 오늘날 나를 있게 해준 사람들에게 속 시원하게 전부 그 은혜를 갚으면서 사는 게 제 바람입니다."

솔직한 내 마음이다. 내가 누군가를 도와주면 그 사람은 내가 아니어도 반드시 다른 이들에게 도움을 되돌려줄 것이라 믿는다. 나도 누군가에게 도움을 받았던 것처럼 말이다.

이 세상 제일의 가치는 사람과 사람 사이에 덕을 쌓는 것이다. 덕이란 사람의 인격과도 일맥상통하는 것이고, 또 하루아침에 이루어지는 것도 아니다. 내 친구들은 간혹 내게 이해심이 정말 많다거나, 사람들의 허물을 잘 감싸준다고 말하지만 나도 원래 그런 사람은 아니었다. 나도 덕을 쌓기 위해 평소에 노력도 많이 하고, 또 많이 참기도 한다.

가령, 지인의 경조사나 행사 등에 초대를 받으면 반드시 참석하려고 노력한다. 설사 내 몸이 안 좋거나 다른 긴한 약속이 있어도 어떻게든 자리를 마련하려고 한다. 나를 애써 생각하여 불러주는 마음이 얼마나 감사한가! 사실 나 같은 사람은 돈 부조는 안 해도 인(人) 부조는 해야 할 경우가 많다. 돈이 중요한 것이 아니라, 그래도 얼굴이 알려진 내가 왔다는 것이 그 사람들에게 더 큰 의미가 되기 때문이다. 이 때문인지 내가 어떤 행사를 치르거나 큰일이 있으면 나를 도와주는 이들도 많다. 이것이 내가 말한 덕이며, 무엇보다 소중한 재산이다.

사람이 간혹 사는 게 바쁘면 무엇이 먼저이고 나중인지 망각하게 될 때도 있다. 그럴수록 사람을 우선으로 생각하라고 나의 사랑하는 자식들에게 말해주고 싶다. 사람의 일이 무엇보다 가장 중요하기 때문이다. 늘 베푸는 삶을 살았던 내 조상들처럼, 앞으로 나 또한 베푸는 삶을 살아갈 것이다. 그 마음은 일국이, 송이도 마찬가지일 거라 생각한다. 대(代)를 이어 우리의 삶이 타인을 위해 더 많이 쓰이는 것, 나의 이익보다는 공익을 더 많이 생각하는 선공후사(先公後私)의 정신으로 살아가길 바랄 뿐이다.